Der Golem vom Prenzlauer Berg

Bibliografische Information der Deutschen Nationalbibliothek

Die Deutsche Nationalbibliothek verzeichnet diese Publikation in der Deutschen Nationalbibliografie; detaillierte bibliografische Daten sind im Internet über http://dnb.d-nb.de abrufbar.

KulturBrauerei Haus 2, Schönhauser Allee 37, 10435 Berlin
post@bebraverlag.de
Lektorat: Gabriele Dietz, Berlin
Umschlag: Ansichtssache, Berlin, unter Verwendung eines Fotos von Reiner Gerlach, Berlin
Satzbild: Friedrich, Berlin
Schrift: Stempel Garamond 10/13,5
Druck und Bindung: GGP Media GmbH, Pößneck
ISBN 978-3-89809-526-6

www.bebraverlag.de

Thomas Knauf

Der Golem vom Prenzlauer Berg

Ein Prenzlauer Berg Krimi

berlin.krimi.verlag
be.bra verlag

Das Gefühl, fremde Blicke im Rücken zu haben,
ist peinlich.

Egon Erwin Kisch

Kurz & Klein

Wäre er als Preuße geboren, könnte er diese Ansammlung von Dörfern, Berlin genannt, aus Pflichtgefühl lieben. Als Sachse aber betrachtete er die Dinge je nach ihrem Gebrauchswert positiv oder negativ, in diesem Fall sowohl als auch: Wenn schon Provinz, dann Berlin.

Inzwischen war John Klein ein echter Spree-Athener geworden, eine Mischung aus Franz Biberkopf und Harald Juhnke. Wie sie hatte er eine Karriere nach unten gemacht und war als Ermittler bei der Vermisstenstelle gelandet. Vor die Wahl gestellt zwischen Entzugsklinik und Selbstständigkeit, entschied er sich für Letzteres, da Berlin deutlich mehr Kneipen besitzt als Privatdetektive. Im Prenzlauer Berg waren er und sein Partner konkurrenzlos, seit andere Detekteien den lukrativeren Sicherheitsdienst vorzogen.

Zuerst hielten die Bewohner der Metzer Straße das Firmenschild Kurz & Klein *für das eines Abrissunternehmens oder einer Änderungsschneiderei. Dass sein westdeutscher Partner schwul war, er hingegen Ostalgiker und leicht homophobisch, störte ihre Teilhaberschaft nicht im Geringsten. Von sprachlichen Missverständnissen abgesehen – 9 Uhr 45 war für Klein drei viertel neun, für Kurz Viertel vor zehn; eine Tasse Kaffee eine Tasse Kaffee und nicht Latte oder Olé –, waren der übergewichtige Melancholiker und das schmalbrüstige Nervenbündel ein ideales Paar. Jeder hatte seine Klientel. Kurz die Versicherungsbetrüger und Urkundenfälscher, er die delikaten Fälle wie Ehebruch, Erpressung, Wiederbeschaffung entlaufener Hunde, Katzen und anderen Getiers. Alles in allem eine Tätigkeit mit niedrigem Stressfaktor und gleitender Arbeitszeit.*

John Kleins Welt war wie sein Name, überschaubar und geläufig – die Gegend um den Kollwitzplatz von Ecke Schönhauser, wo das Leben nach Currywurst und Benzin schmeckt, bis Bötzow-Eck und Nikolai-Friedhof, wo der Hund begraben ist. Ein Bermudadreieck gescheiterter Existenzen und provinzieller Selbstdarsteller, umweht vom Mythos falscher Legenden, seit am Wasserturm die Freibeuterflagge der Besitzständler wehte. Zu denen John Klein nicht gehörte; er wohnte seit Jahren zur Miete im selben Haus, besaß zwei Anzüge von der Stange, ein Bankkonto ohne Dispo und einen Hund namens Seneca. Wie sein Herr ließ der andalusische Straßenköter sich ungern an die Leine legen oder herumkommandieren, was nicht nur die störte, die einiges auf dem Kerbholz hatten, sondern ihm auch beruflichen und privaten Ärger einbrachte.

Eile war für den Detektiv ein Fremdwort, nichts tun auch Tun, und stillsitzen eine andere Form der Bewegung. John Klein fand, dass er als Polizeiermittler oft genug in die falsche Richtung gerannt war. Der Erfolg eines Privatdetektivs fußt nicht auf Schnelligkeit, vielmehr auf Intuition und Überlegtheit. Der Rest ist Erfahrung und die Fähigkeit, jedes vorschnelle Urteil über Mensch und Dinge anzuzweifeln. Darin konnte John Klein nach dreißig Dienstjahren so leicht niemand etwas vormachen, nur er sich selbst. Denn ein Irrtum des Melancholikers ist es, zu meinen: »Nichts kann mir passieren, was mir im Traum nicht längst passiert ist.«

1

John Klein blinzelte hinüber zu dem Ruhla-Wecker neben seinem Bett. Die Zeiger standen auf vier Uhr dreiundzwanzig. Seit er die Fünfundfünfzig überschritten hatte, schlief er kaum länger als ein Bäcker. Diesmal war es der Druck von zu viel Bier auf der Blase, der ihn aus dem Bett warf. John rief nach Seneca. Wenn er nach durchzechter Nacht schnarchte, verzog der Hund sich ins Wohnzimmer und schlief auf der Couch. Doch diesmal saß er unterm Tisch und zitterte am ganzen Leib wie eine Hundepuppe auf der Autokonsole.

»Was ist los?«, wunderte sich John. »Silvester ist doch erst in vier Wochen.«

Seneca sah ihn ängstlich an, als wüsste er es besser und draußen würde schon mal probeweise die Schlacht um Berlin nachgestellt. John trat ans Fenster. Was er vor seinem Haus sah, trieb ihm Tränen in die Augen, obwohl der Rauch zweier ausgebrannter Autos sich längst verzogen hatte. Die Feuerwehr rückte gerade ab, und mehrere Polizisten untersuchten die Wracks. Der schwarz lackierte Humvee, vermutlich das Ziel des Brandanschlags, sah aus wie ein gerösteter Ochse am Spieß, der daneben parkende Mercedes 300 S, Baujahr 85, wie halb durchgebratenes Boeuf Stroganoff. Kein schöner Anblick für den stolzen Besitzer John Klein. Nicht dass er ein Autonarr war und Mercedes-Benz als höchstes Gut deutscher Wertarbeit schätzte. Die goldene Kutsche mit grünen Ledersitzen und getönten Scheiben hatte er nach der Wende für 5 500 D-Mark gekauft, in der Hoffnung, sie irgendwann als Oldtimer für das Dreifache zu veräußern. Kurz darauf wurde die Abgasnorm verschärft, und er musste zwei Mille für einen Kat berappen, um die Berliner Luft zu schützen, die schon immer nach Pulver und Blei roch. Nun hatten linke Autonome, rechte Nazideppen oder unparteiische Pyromane ihn über Nacht zum Fußgänger degradiert, nur weil ein Möchtegern-Schwarzenegger sein 150 000 Euro teures Spielzeug ausgerechnet neben dem Uralt-Mercedes parken musste.

»Scheiße!«, fluchte John und eilte hinunter, bevor die Polizei an seiner Tür klingelte, um ihm die freudige Nachricht zu überbringen.

»Können Sie Angaben über den oder die Täter machen?«, fragte ihn ein Beamter und zückte seinen Notizblock. John hielt sich die Hand vor die Augen, nicht wegen des beißenden Geruchs von verbranntem Gummi, sondern wegen der saudummen Frage. »Hätte ich die Kerle gesehen, könnten Sie mich wegen Körperverletzung festnehmen.«

»Also waren es mindestens zwei«, notierte der Polizist. »Oder vielleicht drei?«

»Hören Sie!«, unterbrach John ihn genervt. »Wenn ich mich nicht irre, war gerade Totensonntag und nicht Wahltag. Deshalb würde ich den Verlust meines Autos gern in aller Stille betrauern.«

Das Gesicht des Polizisten verfärbte sich leicht. Offensichtlich überlegte er, ob er als Respektsperson genügend ernst genommen wurde. »Wir können die Befragung auch morgen auf dem Revier fortsetzen, falls Ihnen das lieber ist«, erwiderte er und hob die Stimme wie ein Oberlehrer. »Es gibt Bürger, die ihren Pkw eigenhändig anzünden, um die Versicherung zu kassieren.«

John hatte in kluger Voraussicht die Fahrzeugpapiere bei sich und reichte dem Beamten die Versicherungskarte. Er wusste, es würde Ärger geben mit den uniformierten Kollegen. Sein neuronales Netz sah rot, sobald er Grün sah.

»Sie haben nur Haftpflicht und nicht mal Teilkasko«,

konstatierte der Grünschnabel. »Da zahlt die Versicherung keinen Cent für den Schaden.«

»Wäre ich von allein nicht drauf gekommen«, murmelte John und zückte seine Visitenkarte mit der Aufschrift *Detektei Kurz & Klein. Wir helfen, wo die Polizei versagt, diskret und zuverlässig.* »Falls Sie noch Fragen haben. Ansonsten nehme ich mir das Recht, den Rest des Tages sprachlos zu sein, Kollege.«

Als er schon fast an der Haustür war, rief ihm der Beamte hinterher: »Wohnt der Besitzer des Hummer Jeeps vielleicht in Ihrem Haus?«

John war zu müde, um sein Recht zu schweigen durchzusetzen. Er wusste, es würde nichts nützen, die Antipathie beruhte auf Gegenseitigkeit. Sobald sein Name an die Einsatzzentrale des LKA ging, würden dort die Sektkorken knallen und er könnte das Wochenende vergessen.

»Wenn der Eigentümer hier wohnen würde, hätte man es längst abgefackelt. In unserem Viertel mögen die Leute nämlich kein Kriegsspielzeug.« Sprach's und ließ die Tür hinter sich ins Schloss fallen.

2

Seit längerem hatte Moshe Meirowitz das Gefühl, weder Fisch noch Fleisch zu sein, ein Jemand, den man *wishy-washy* nennt. Noch benahm er sich nicht wie einer dieser polnischen Nichtsnutze, die den ganzen Tag auf ihren Bauch starren und darüber nachdenken, ob Flöhe einen Nabel haben. Für solche Überlegungen hatte er keine Zeit, denn ihn quälten unaussprechliche Sorgen, zerrten an seinem Verstand. Der Rabbiner wusste, dass er weder im Tal noch auf dem Gipfel seiner manischen Depression wandelte, seit er das Wundermittel Fluotexin einnahm. Doch um welchen Preis. Bisher hatte er fest daran geglaubt, er wäre ein Auserwählter, den *Ha-Kodosh*, der Allerheiligste, mit der Gabe der Eindringlichkeit beschenkt hatte. Nun zweifelte er, ein Rebbe der höchsten Initiation zu sein, einer, der Wunder vollbringt.

Nachdem er als Rabbiner die Gemeinde eines Kibbuz auf dem Golan an den Rand des Ruins getrieben hatte, indem er aus überzogener Mildtätigkeit die Armen reich beschenkte und die Reichen zu hochriskanten Börsengeschäften verleitete, dass auch sie arm wurden, dachte er lange nach und kam zu dem Schluss, dass nicht alle irdischen Wundertaten gelingen können, weil *El Eljon*, Gott der Höchste, sonst leicht Konkurrenz bekäme und seine Geschäfte verdürben. Als man ihn in die Orthodoxengemeinde nach Monsey im Staate New York sandte, um dem Messianismus der *chassidim* einige Reformgedanken nahezubringen, ging auch das schief. Weil er, Moshe Meirowitz, einziger Sohn des Schuhmachers Abraham Meirowitz, es nicht schicklich fand, dass die Tänzerinnen in den gemeindeeigenen Table Dance Bars von Monsey auftraten, ohne jenes zu verhüllen, für das es im Hebräischen kein Wort gibt, vielmehr den Begriff *ossu makom* – jener Ort –, und ihn von japanischen Touristen fotografieren ließen. Weswegen er beim Oberrabbi der Lubawitscher scharf protestierte und der ihm vorwarf, am Sabbat in einer der fensterlosen, schwarz lackierten Bars gesehen worden zu sein, was nicht den Tatsachen entsprach, weil er nie einen solchen Ort betreten hatte. Aber ein hiesiger Gerüchtemacher servierte ihm die Unappetitlichkeit ausgerechnet am Sabbat.

Zu Jom Kippur, dem letzten der zehn Bußtage nach dem Neujahrsfest, wo Juden die Verantwortung für alle Missetaten und Verfehlungen der Menschheit teilen, verfiel er in tiefe Depression und begab sich auf Anraten seines Arztes in psychiatrische Behandlung. Dr. Yankel, ein New Yorker *jewish shrink*, diagnostizierte nach zweiundzwanzig Sitzungen à 100 Dollar bipolare Störungen und verschrieb ihm Prozac. Als seine *rebbetsin* sich beklagte, dass er anfangs immer seltener und zuletzt überhaupt nicht mehr mit ihr *yentzen* mochte, gab ihm Dr. Yankel ein Rezept für Viagra. Diese Methode, den Teufel mit dem Beelzebub auszutreiben, machte ihn nur noch depressiver, und er kam auf den Gedanken, dass sein Weib Rivka nicht die Quelle seines Unglücks war, sondern New York, dieser faule Apfel vom Stamme Israel, ihn *zoreß* lehrte oder, wie man hier sagte, *some tsatske for your trouble* gab. Deshalb bat er um eine Rabbinerstelle in der alten Welt, wo er ja herkam und hingehörte, möglichst in einer Stadt, die so viele Lubawitscher hat wie das Tote Meer weiße Wale. Doch alle Rabbinate von Whitechapel bis Cernowitz waren vergeben, und im Staat der Juden wollte man ihn, Moshe Meirowitz aus Wilna, bis zum jüngsten Gericht nicht mehr sehen. So nahm er notgedrungen eine Stelle in einer Berliner *jeschiwa* an.

Obwohl er seiner in Sobibor und Majdanek ermordeten *misch-póche* geschworen hatte, nie einen Fuß nach Deutschland zu setzen, und die *jeschiwa* in der Synagoge Rykestraße zu den orthodoxen zählt, gewöhnte er sich schneller ein, als ihm lieb war. Von fünf Deutschen waren vier mehr oder weniger judenfreundlich oder taten so. Dagegen verachteten vier von fünf *jeschíwe-bóchern* alles Nichtjüdische und wünschten dem Staate Israel die Platze an den Hals. Sie warteten auf das im Talmud verheißene einzige Erez Israel, wo nur selbstgefällige Frömmigkeit und das Wort des Allerhöchsten galt, dessen Namen *Adonai* sie nur bedeckten Hauptes und im feierlichen Gebet aussprechen. Ansonsten nennen sie ihn *Adoshem*, jener, der die Welt wieder zusammenfügt.

Für Moshe Meirowitz war die Welt aus den Fugen, seit sein Weib Rivka kurz nach Pessach bei einer Gallenoperation verstorben war. Der Arzt sagte, das Herz habe während der Anästhesie plötzlich zu flimmern begonnen, dann sei es wie ein abgelegter Kaftan in sich zusammengefallen. Wie eine Nadel ohne Faden ging er seither durch das Gewebe der Zeit. Das Dasein war ihm ein *gehinnom*, ein finsterer mit schwefligem Feuer erfüllter Ort, wie die Thermen von Pozzuoli. Ein Unglück zieht das andere an, heißt es, doch er, Moshe Meirowitz, war kein *jekke*, den das Tragen von Trauerpailletten kleidete. Er war ein gläubiger Mann, dem Glück und Unglück als zwei Seiten derselben Münze gleich viel wert waren. Mit keiner Seite konnte man sich die Gunst des Allmächtigen erkaufen, predigte er seinen Schülern, nur durch die Summe seines *mentschseins*. Fromme oder falsche Worte zahlen keinen Zoll fürs Paradies, wenn der Gebende kein *fólksmentsch*, sondern ein *luftmentsch* ist. Moshe Meirowitz brauchte lange, um zu verstehen, dass in ihm zwei Extreme wüteten, die ihn mal in die Luft, mal in den Boden stießen. Als hätte der bei der Geburt gestorbene

Zwillingsbruder Mendel sich seiner Existenz halb bemächtigt, und seitdem rangen sie unversöhnlich wie Jakob und Esau um das Meirowitz'sche Erbe. Nur das Mittel Fluotexin verhinderte das Auf und Ab seiner *meschugáß* und dass er völlig den Verstand verlor.

Doch wer war er noch in seiner Zerrissenheit? Ein *nébesch*, der hell und dunkel nicht unterscheiden kann und im Kunstlicht ewigen Frohsinns dahindämmert wie der Schauspieler in einer Seifenoper. Lieber zehn Russen als einen Nebbich, sagte man in Litauen. Dort war er unter lauter *meschugóim* einer und von seinen Leuten gern gelitten, weil sie nicht viel zu lachen hatten. In der zivilisierten Welt wiegt der Mensch so viel wie seine Nützlichkeit. Schlägt er aus der Art und zeigt Auffälligkeiten, verabreicht man ihm chemische Zwangsjacken, und wenn das nicht hilft, Elektroschocks, dass er stumm wie ein Fisch und fromm wie ein Lamm wird. Wie ein geschächtetes Tier fühlte sich Moshe Meirowitz seit dem Tod seines Weibes. Die Zunge klebte ihm an den Zähnen, und die Schwermut war ihm ein dauerhafter Gast. Aber er war ein guter Rabbiner und sorgte sich mehr um seine Schäfchen in der *jewschiwa* als um sein Seelenheil. Würde er auch aus diesem Amt geschasst, könnte er nur noch als bedauernswerter *almonéß* bei Verwandten in Oostende auf sein Ende hoffen, das bei dem ungesunden Seeklima gewiss viel schneller käme, als ihm recht war. Denn Meirowitz hing an seinem verflixten Leben wie Samson an seinen Haaren. *Adoshem* würde ihm seine Welt schon wieder zusammenfügen, obschon ein jüdisches Sprichwort sagt: Die Welt in die Irre zu führen war für Satan allein zu schwer, deshalb hat er sich Rabbiner geholt, die ihm dabei halfen.

Moshe Meirowitz nahm die Hände vom Gesicht und betrachtete sie wie eine Seite des Talmud. In beiden Handflächen war deutlich der Buchstabe M zu lesen, der sich aus

Herz-, Schicksals-, Kopf- und Lebenslinie zusammensetzte. Die Herz- und Kopflinien waren besonders kräftig ausgeprägt. Ein Zeichen, dass er sich keine allzu großen Sorgen um seinen Gemütszustand zu machen brauchte. Die lang geschwungene Lebenslinie, stetig anschwellend wie ein Fluss von der Quelle bis zur Mündung, versprach ihm ein erfülltes und hohes Alter. Wäre da nicht die abrupte Verästelung im zweiten Drittel seiner Schicksalslinie, die sich erst am Handballen wieder zu einer Geraden vereinte, könnte er getrost der Dinge harren, die da kommen. *Schmonzeß,* sagte sich der Rabbiner, Chiromantie war keine Wissenschaft, sondern *gemátrijeß,* Kaffeesatzlesen für Kabbalistiker. Zu den Erbsenzählern unter den Talmudgelehrten hatte er ein gespanntes Verhältnis. Die Berechnung des Datums der Wiederkehr des Messias aus den Buchstaben der Tora schien ihm so sinnvoll wie Lottospielen mit System. Nein, er war kein Mystiker, eher ein *macher* und *melócher*, der seine Zeit nicht mit Albernheiten vergeudete.

Meirowitz trat ans Fenster und schaute hinunter auf die Rykestraße. Die Bauarbeiten an der hydraulischen Sicherheitssperre vor der Synagoge waren abgeschlossen. Lange hatte er um Senatsmittel gekämpft, weil man die Gefahr von Anschlägen auf jüdische Einrichtungen nicht hoch genug einschätzte. Erst als deutsche Touristen durch eine Bombe in der Synagoge von Djerba starben, bekam er das Geld für die Fahrzeugsperre. Zwei Jahre dauerten die Arbeiten – das Ergebnis war, dass die versenkbaren Zylinder aus Chrom-Nickel-Stahl per Knopfdruck aus dem Boden fuhren, aber nicht wieder hinein. Jedes Mal wenn die Handwerker mit Lieferwagen in den Innenhof fuhren, hüpften die Beamten des Wachschutzes wie Rumpelstilzchen auf den Pollern herum. Beim Besuch des Innenministers funktionierte die Hydraulik problemlos, jedenfalls bis zu dem Moment, als sein Dienstwagen wieder auf die Rykestraße biegen wollte.

Eine Ersatzlimousine musste geschickt werden und der Sicherheitsfirma eine saftige Rechnung. Mit dem deutschen Perfektionismus war es nicht mehr weit her, man musste sich auf die Überwachungskameras und die elektronische Sicherheitsschleuse aus Israel verlassen. Hatte fast so viel gekostet wie der Belag des Innenhofes aus Jerusalem-Sandstein.

Moshe Meirowitz sah auf seine Bresson-Armbanduhr, ein Geschenk seiner Frau zum Fünfzigsten. In einer Viertelstunde war Sabbat-Anfang. Zum Feiern war ihm nicht zumute, doch *Adoschem*, der Gerechte, würde seinen Kummer verstehen und ihm verzeihen. *Masl-tów*!

3

Am Grab von Lea Klein, geborene Blocher, auf dem St. Nikolai-Friedhof an der Prenzlauer Allee dachte John diesmal weniger an seine tote Frau als daran, von hier wegzuziehen. Ein Mann über fünfzig ohne Familie, Eigentumswohnung, Volvo-Kombi und Golden Retriever passte nicht mehr in die Gegend. Vermutlich sahen die Kinder von Meister Propper und Klosterfrau Melissengeist in ihm einen verkrachten Künstler, von denen es um den Kollwitzplatz früher etliche gab. Wer ihn nicht kannte, grüßte ihn wegen seines drolligen Hundes. Wer ihn wegen Fremdgehens des Ehepartners engagiert hatte, gab ihm die Schuld, dass die Ehe in die Brüche gegangen war, und wandte sich auf der Straße ab. Nur wenige wussten, dass sein Partner Peter Kurz in der Schwulenszene in der Gleimstraße verkehrte, die meisten hielten Kurz und Klein nicht nur beruflich für das seltsamste Paar seit Jack Lemmon und Walter Matthau. Sollte er wegziehen aus dem Kiez, in dem er sein halbes Leben verbracht und als Privatdetektiv ein bescheidenes Auskommen hatte? Unter den sozial Benachteiligten gab es genug Schmarotzer, Kleptomanen, Erbschleicher, die zu jeder Gemeinheit, jedem Betrug fähig waren, wie es unter den Besitzständlern genug Gutmenschen und Weltverbesser gab, die keine Zeit hatten, sich selbst zu bessern, und deshalb zu jeder Gemeinheit, jedem Betrug fähig waren.

Lea hätte wohl gesagt: »Alles Schlechte hat sein Gutes.« Wie sehr er sie gerade heute vermisste, wo ihm wieder einmal übel mitgespielt worden war. Gewöhnlich suchte er nach anfänglicher Gegenwehr die Schuld bei sich und hatte meistens recht damit. Leas Tod in einem Gebrauchtwagen mit angebrochener Vorderachse aber ging nicht auf sein Konto. Obwohl er hätte verhindern müssen, dass sie ihr erstes Auto, zuvor fuhr sie einen Trabant, bei einem Gebrauchtwagenhändler im Wedding kaufte. Bis heute verfluchte er den Tag im August, an dem sie ihn zur Probefahrt in dem roten Opel Vectra eingeladen hatte, er aber wegen eines Verhörs absagen musste. Der gemeinsame Tod in einer Linkskurve kurz vor Lanke wäre der heroische Schlussakkord ihrer harmonischen Liebessinfonie gewesen. Wie in den Topper-Filmen, wo das Paar nach einem tödlichen Autounfall als Geister weiterlebt und jede Menge Unsinn treibt, könnten auch sie weiter zusammen sein und, unsichtbar für andere, eine Menge Spaß haben. Stattdessen suchte Leas Geist ihn fast jede Nacht auf und hinderte ihn daran, eine andere Frau mit ins Bett zu nehmen. Nicht, dass er ihr ewige Treue geschworen hätte. So etwas hätte sie nie verlangt.

Seit Wochen schon lag Lea nicht mehr bei ihm, wie es so schön in der Bibel heißt, spürte er nicht ihren unsichtbaren Körper. Sein Psychiater meinte, die Tote würde ihn nicht als Geist heimsuchen, vielmehr schlafe er in der REM-Phase mit offenen Augen und glaube, wach zu sein, wenn er träumte. Diese Erklärung war wenig überzeugend, da er manchmal laut »Bitte, lass mich schlafen!« sagte und Lea dann aus seinem Bett verschwand. Er fing an, sich an Sorgen zu machen, weil sie ihm nicht mehr im Traum erschien. Dafür fantasierte er umso heftiger von gewissen Dingen, die einen Mann ohne Frau nur verwirren.

Heute würde er zehn Vaterunser beten oder ein Kaddish singen, wenn Lea ihm sagte, weshalb sie ihn nachts nicht mehr besuchte. Doch außer dem Krächzen der Krähen und Senecas Rascheln im Laub drang kein Laut an sein Ohr. Kein Zeichen einer Botschaft aus dem Jenseits wie das Fallen eines Blattes auf seinen Kopf oder das ungewollte Anschwellen seines primären Geschlechtsteils. John legte ein paar Kiesel auf den Grabstein, die der Herbstwind weggeweht hatte, und nahm den kürzesten Weg zum Bäcker in der Sredzkistraße. Er hatte noch nicht gefrühstückt und brauchte dringend einen Kaffee nach der nächtlichen Höllenfahrt.

Doch die Ereignisse der Nacht waren schon nicht mehr sein Problem. Ihn beschäftigte die Frage, welcher Weg zum Café der kürzeste war. Dabei ging es ihm weniger um die Abnutzung seiner portugiesischen Schuhe als um die Auswertung einer Anzahl physikalischer Größen zur Bestimmung von Gesetzmäßigkeiten. Diese Methode zur Erfassung und Untersuchung sich wiederholender Ereignisse hatte er als Kind entwickelt, um einen Weg zu finden, die Unberechenbarkeit seiner Mutter vorauszusehen. Später, bei der Kripo, half ihm die Warscheinlichkeitsrechnung, aus der Summe gleicher Verbrechen typische Verhaltensmuster der Täter zu destillieren und ihnen eine Nasenlänge voraus zu sein. Weil aber jeder Beruf den Menschen deformiert, war die angewandte Statistik zu einer zwanghaften Marotte geworden, deren Nutzen nicht dem jeweiligen Zweck diente, ja ihn nachträglich erfinden musste, um den Aufwand zu rechtfertigen.

Wenn er an diesem völlig nutzlosen Samstagnachmittag dem Problem nachging, welcher der möglichen Wege (*x*) vom Friedhof (*A*) zum Bäcker (*B*) unter Berücksichtigung von Ampeln und Verkehr (*h*) bei mittlerer Gangart (*v*) der optimale, weil kürzeste war, ging es ihm nicht um Zeitersparnis oder Kraftgewinn, sondern um die Frage, warum er, wenn er nicht weiter über die Strecke (>) nachdachte, zu seinem gewohnten Ziel häufig jene Straßen benutzte, die die kürzeste Verbindung zwischen Punkt *A* und Punkt *B* darstellten, aber nicht die sicherste und schnellste. Ginge er von der Heinrich Roller in die Winsstraße und überquerte die Prenzlauer Allee an der Immanuelkirch- oder Marienburger Straße, würde er auch am Sonnabendnachmittag im ungünstigsten Fall Minuten an der Ampel stehen. Nähme er die Roller-, Raabe- oder Christburger Straße, wo es keine Ampeln an der Prenzlauer gibt, könnte er seine gewählte Beschleunigung (*a*) beibehalten, riskierte aber, überfahren zu werden. Zudem musste er weitere fünf bis sieben für Fußgänger gefährliche Straßen überqueren, um direkten Wegs zur Sredzkistraße zu gelangen. Er entschied sich für die scheinbar ungünstigste Variante Wins-, Christburger-, Sredzkistraße, obwohl er siebenmal über die Straße musste, aber nur an einer Ampel (Wins/Marienburger) warten, denn auf der Prenzlauer Allee Höhe Christburger gab es keine. Er hätte auch die Variante Roller-, Prenzlauer, Sredzkistraße mit sieben Überquerungen versuchen können, doch Seneca entschied die Wahl. Der kluge *chien andalou* (*kläff*) wusste, dass die Winsstraße an Wochenenden den geringsten Verkehr hat, weil es dort die wenigsten Brunch-Lokale gibt. Ergo hieß die Formel seiner statistischen Berechnung: $x = v + A > B : h + \mathit{kläff}$.

Alles Wissen, die Gesamtheit aller Fragen und Antworten, ist in den Hunden enthalten, schrieb Franz Kafka. Darum widersprach John seinem Begleiter nur selten. Zügig schlug er den Weg zur Winsstraße ein.

* * *

Wie gewöhnlich ging er auf den Kollwitzmarkt, um nichts zu kaufen. Weniger die gepfefferten Preise als die Betulichkeit der Käuferschaft hielt ihn davon ab, sich irgendwo anzustellen und mit anhören zu müssen, ob der Brie auch reif genug sei, das Gemüse biologisch einwandfrei oder der China-Tee pestizidbehandelt. Im Sommer saß er gewöhnlich vorm *Weizmann* und las Zeitung. Doch seit der Eckladen wegen der exorbitanten Miete den Besitzer gewechselt hatte und *Chez Etienne* hieß, trank er seinen Kaffee lieber beim Kollwitz-Bäcker in der Sredzkistraße. Dort war er um die Hälfte billiger und stärker als die Plörre, die man am Platz als Café clair verkauft. Außerdem nervten hier keine Touristen mit Fragen wie: »Isch des dr Kollwitzplatz?«

So las John auch an diesem Samstag die Zeitung beim türkischen Bäcker, wo man ihn oft genug für einen Ausländer hielt, weil er seinen Hund nicht anschnauzte, keine Meinung zum Sauwetter hatte und genüsslich seine Zigarette im Freien rauchte. Als er die *BZ* durchblätterte, fand er zwischen dem schönsten Arsch Berlins und der Schlagzeile »Knut goes Hollywood« eine unscheinbare Meldung mit Bild. Die Polizei teilte mit, dass die fünfjährige Maren G. aus Prenzlauer Berg vermisst wurde. »Seit neun Tagen«, murmelte John. Er wusste, dass die Presse in solchen Fällen erst informiert wird, wenn der dringende Verdacht auf ein Verbrechen vorliegt. Ab dann stehen die Beamten unter massivem Druck der Öffentlichkeit und müssen das Kind finden. Die Chancen, dass Maren noch lebte, lagen neunzig zu zehn, dass sie von allein wieder auftauchte, bei zehn zu neunzig. Entgegen der Medienhysterie war Kindstötung kein stetig zunehmendes Delikt, aber die Zahl der Kinder, die verschwinden und nie wieder gesehen werden, war seit dem Wegfall der Grenzen in Europa dramatisch gestiegen. Womöglich war das Mädchen längst in einem holländischen Kinderbordell oder bei einem netten Onkel zu Besuch auf Mallorca. Aber nicht selten »wohnte« so ein kleines süßes Ding nur ein paar Ecken von zu Hause entfernt, und keiner merkte es.

Der Privatdetektiv riss das Bild aus der Zeitung und steckte es ein. Als er sich zum Gehen entschloss und Seneca erfreut aufsprang, rief jemand: »Hallo Marlowe!«

John fuhr herum. »Ach, Herr Kunze! Wie geht's Frau Kunze?«

Der untersetzte Mann mit dem nervösen Blick eines Buchhalters reichte ihm die Hand und antwortete: »Sie heißt jetzt wieder Dimitrova. Das Gericht hat dank Ihrer Beweise die Untreue meiner Frau als Scheidungsgrund anerkannt. Aber Unterhalt muss ich trotzdem zahlen.«

»Das tut mir leid«, bemühte sich John, glaubhaft zu lügen. »Da kann ich die letzte Rate meines Honorars wohl vergessen?«

»Das dürfen Sie nicht sagen«, stotterte der frisch Geschiedene. »Aber im Moment ...«

»Rufen Sie an, wenn Sie im Lotto gewonnen haben«, beeilte sich John, das peinliche Gespräch zu beenden.

Der Mund des Mannes verzog sich zu einer dünnen Linie. »Es ist Ihre Schuld, dass es so gekommen ist. Ohne die abscheulichen Fotos wäre ich noch verheiratet.«

»Ich gebe Ihnen einen Rat«, sagte Klein. »Das nächste Mal kaufen Sie sich für zehn Euro eine Wegwerfkamera und erledigen den Job selbst.«

»Es gibt kein nächstes Mal. Ich kaufe mir lieber einen Hund.«

John sah den Mann erstaunt an. So viel Klugheit hatte er ihm nicht zugetraut.

»Was kostet so ein handlicher Wischmopp?«, grinste Kunze.

»Unbezahlbar«, übertrieb Klein und hielt Ausschau nach seinem Gefährten. Er saß vorm *Anna Blume* und wartete, dass jemand die Tür öffnete und er ein Stück Kuchen spendiert bekam. Er war ein verdammt kluger Hund und verstand es besser als die jammernden Bettler in der U-Bahn, die Herzen der Menschen zu erweichen. Ganz ohne Worte, nur mit Schwanzwedeln.

John überlegte, ob er in seinem Büro in der Metzer Straße

vorbeischauen und den Anrufbeantworter abhören sollte. Die ganze letzte Woche hatte kein Schwein nach ihm verlangt, nur ein Filmstudent, der Stoff für einen Kiez-Krimi suchte. »Unsere Fälle sind streng vertraulich«, hatte Klein bedauert. In Wahrheit wollte er nur nicht zugeben, dass sein Job wenig Aufregendes zu bieten hatte.

Nachdem er beim Vietnamesen in der Kollwitzstraße Bier und Hundefutter gekauft hatte, verbrachte John den Rest des Tages mit Abwohnen seiner Zweizimmerwohnung. Das Haus vis-à-vis dem Wasserturm war ein hässlicher Sozialbau aus den Fünfzigerjahren und stand neben den sanierten Gründerzeitfassaden mit ihrem aufgeplusterten Zierrat wie Aschenputtel neben ihren Schwestern. Nach dem Tod seiner Frau hatte John die bildschöne gemeinsame Vierraumwohnung mit Stuckdecke und Flügeltüren in der Kollwitzstraße gegen die sozialistische Puppenstube eingetauscht, um nichts zu behalten, was ihn an die glückliche Zeit mit Lea erinnerte.

Weder war John ein Nestbauer noch ein Stubenhocker. Deshalb sah es bei ihm aus, als wäre er gerade eingezogen oder dabei, auszuziehen. Im Flur stapelten sich Kartons mit alten Zeitungen, Fotos, Tagebüchern. Im Wohnzimmer waren die wenigen Sitzmöbel mit weißen Tüchern behängt wie in einem Tschechow-Stück, aus dem Bücherregal quollen die unsortierten Bände und schauten herablassend auf die Berge von Zeitungen am Boden. Nur der Schreibtisch wirkte einigermaßen aufgeräumt mit dem alten Powerbook und einem Glas voller Schreibgeräte. Alle Arten von Kugelschreibern, Füllern und Bleistiften mit Werbung, ohne Werbung, Druck- oder Drehknopf, Gold- und Alu-Feder. John liebte diese Erfindung des Ungarn Biró und ließ die Dinger überall mitgehen, wo sie versehentlich oder absichtlich herumlagen. Sein bestes Stück, ein silberner *bullet pen* von Spalding & Bros., den er bei einem Freundschaftsbesuch vom Chief Detektive der New Yorker Polizei geschenkt bekommen hatte, trug er immer bei sich und hütete es wie seinen Augapfel. Diesen Kugelschreiber zu verlieren käme einer Kapitulation vor der Zerstreutheit des Alters gleich und würde ihn die letzte Verbindung zu den schönen Dingen des Lebens abbrechen lassen. Der Verlust seines geliebten Mercedes 300 S war schmerzlich genug. Nun konnte er als Fußgänger einen persönlichen Beitrag zur Reduzierung des CO_2-Gehalts der Erde tun, ohne die Grünen wählen zu müssen. Mochten die ökologisch korrekten Volvo-Fahrer in seiner Nachbarschaft ihn für einen Sozialfall halten, weil jemand, der wie selbstverständlich tut, was andere nur predigen, sich keine Freunde macht: John war es gleich. Im Grunde war er sogar froh, ein Problem weniger zu haben.

Als er die Küche betrat, sah er genug andere Probleme. Der Abwasch von einer Woche stand in der Spüle und roch schon. Das Tiefkühlfach des Kühlschranks war leer. Er bestellte sich telefonisch eine Ente kross mit Chili und Knoblauch beim Thailänder und verbrachte die Wartezeit vor dem Fernseher. Euro Sport zeigte Sumo-Ringen. Seneca hatte seine nasse Schnauze in Johns Schoß gelegt und wollte gestreichelt werden. Die Ente in Folie, die der Bote endlich brachte, roch nach altem Fett. Eine Hälfte würgte John in sich hinein, die andere verfütterte er an den Hund, der sie fraß wie eine Delikatesse. John trank ein Bier und rauchte eine Zigarette und dachte über die Vermisstenmeldung in der Zeitung nach.

Er betrachtete das Foto des Mädchens, das seit neun Tagen verschwunden war. Es hatte dünnes blondes Haar, wässrige Augen, schmale Lippen und eine Zahnlücke – ein gänzlich durchschnittliches Kind. Entgegen dem Klischee der süßen Kleinen griffen die meisten »bösen Onkels« nach weniger hübschen Mädchen. Es verschwanden deutlich mehr sogenannte OBM – Kinder ohne besondere Merkmale. James Joyce nannte solche Menschen im *Ulysses* HCE, *Here Comes Everybody*. Schon Odysseus hatte sich als Niemand getarnt. NAKs, nicht auffällige Kinder, verursachten in den Medien geringeren Wirbel. Um Maren würde es vermutlich kaum Presserummel geben, solange sie nicht tot aufgefunden wurde, zumal ihre Eltern offenbar weder besonders begütert noch A- oder B-Prominente zu sein schienen. Die Polizei würde nach ihr suchen, zuerst im familiären Umfeld, dann landesweit, schließlich per Interpol und zuletzt auf Kinderporno-Seiten im Internet. Je länger die Suche dauerte, umso schwieriger wurde es, Heranwachsende auf Fotos zu identifizieren. Von drei Dutzend deutschen Kindern, nach denen seit Jahren gefahndet wurde, fehlte jede Spur. Tauchte Maren in den nächsten zwei Wochen nicht wieder auf, stand zu befürchten, dass sie zur Karteileiche würde, weil die Ermittler mit neuntausend Vermisstenfällen pro Jahr hoffnungslos überfordert waren. John musste es wissen, er hatte lange genug bei der VB II 4, der Berliner Vermisstenstelle im LKA, gearbeitet und keinen Tag dort vergessen.

Er heftete das Foto des Mädchens an seine Pinnwand und ging früh schlafen. Zuvor schloss er das Fenster im Schlafzimmer, das in Richtung St. Nikolai-Friedhof zeigte, und ließ das Licht der Leselampe brennen. Er hoffte, dass Lea ihn in dieser Nacht nicht wieder besuchte.

Gegen drei Uhr morgens erwachte er aus einem traumlosen Schlaf und hörte das Tatü-Tata der Feuerwehr, dann die Sirenen mehrerer Funkstreifen. Also brannte in Prenzlauer Berg wieder eine Luxuskarosse. Was ging es ihn an? John knipste das Licht aus und dreht sich zur Wand, um Lea Platz zu lassen, falls sie doch noch bei ihm liegen wollte.

4

Sein Partner Peter Kurz erschien wie immer zwei Stunden nach ihm im Büro, und wie immer sah er aus, als käme er geradewegs aus der Nachtbar. Er hängte seinen Mantel an die Garderobe, steckte seinen Kopf durch die Tür und rief: »Bonjour tristesse!«

John telefonierte mit der Keithstraße wegen des verschwundenen Mädchens. »Was heißt hier, ich bin nicht zuständig! Ich will doch nur die Adresse der Eltern ... Und ob ich zu tun habe! Kann nicht mal pinkeln gehen vor lauter Aufträgen ... Warum? Ich mag es nun mal nicht, wenn in meinem Viertel Kinder verschwinden. Schon gar nicht vor Weihnachten ... Genau, mein zweiter Vorname ist Nikolaus ... Ich krieg die Adresse auch so raus ... Ja. Sobald ich eine Spur habe ...« John notierte sich eine Adresse und legte auf.

»Du willst doch nicht etwa wieder bei den Ghostbusters anfangen«, fragte Kurz und kraulte Seneca das Hinterteil.

»Lass das! Der Hund wird noch schwul.«

»Hat er im Gegensatz zu dir wenigstens Spaß.« Peter ließ von Seneca ab und nahm sich einen Kaffee aus der Maschine. »Also, worum geht's?«

»Ein Mädchen aus der Raumer ist seit Tagen abgängig«, murmelte Klein.

»Jeden Tag verschwinden irgendwelche Leute in dieser Stadt. Was geht uns das an?«

John zuckte mit der Schulter und öffnete das Adressverzeichnis seines Computers. »Sei froh, dass du nie erfahren wirst, wie es ist, wenn dein Kind auf Nimmerwiedersehen verschwindet.«

»Du auch nicht«, erwiderte Peter. »Selbst als Großvater ist der Zug für dich abgefahren.«

John tat, als hätte er die Bemerkung überhört. Unter dem Buchstaben G fand er, wonach er suchte. »Gunther Graf, Raumer Straße 33. Na bitte!«

»Ehebruch oder Einbruch?«, fragte Kurz.

»Beamtenbeleidigung. Ich sollte Zeugen finden zu seiner Verteidigung. Es gab keine.«

Kurz schnalzte mit der Zunge. »Vielleicht verarscht er auch die Polizei und hat sein Kind in der Kühltruhe versteckt.«

»Ein Grund mehr, sich um die Sache zu kümmern.«

John nahm Pfefferspray und Handschellen aus seinem Schreibtisch und steckte beides in die Taschen seines Lodenmantels.

»Soll ich mitkommen?«, fragte Peter beinahe mütterlich.

»Nee, lass mal. Wenn ich bis vier nicht zurück bin, rufst du Eins-Eins-Null an.« John schob Seneca weg, der freudig an ihm hochsprang. »Heute geht der da mit dir raus.«

»Nix Gassi! Ich viel arbeiten«, gestikulierte Kurz und verschüttete den Rest seines Kaffees über den Mantel seines Partners.

John wischte die braune Brühe von der Imprägnierung. Den hat mir der Teufel geschickt für alle meine Sünden, dachte er und verließ das Büro.

Unterwegs zur Raumerstraße, erinnerte sich John an den Fall Gunther Graf, der gut zwei Jahre zurücklag. Der arbeitslose Dachdecker war von einem Mitarbeiter des Ordnungsamtes angehalten worden, weil er mit dem Fahrrad auf dem Fußweg fuhr. Er sollte fünfzehn Euro zahlen, dachte aber nicht im Traum daran und nannte den Beamten einen Wegelagerer, der Geld von jedem eintreibt, der nicht bei drei auf dem Baum ist. Ein Wort gab das andere, bis die Polizei kam und Graf das Ordnungsgeld bezahlte. Monate später wurde er vom Amtsgericht Moabit zu einer Geldstrafe von 500 Euro wegen Beamtenbeleidigung verurteilt. Der Verklagte erklärte, er könne die Summe nicht zahlen, weil er arbeitslos war. Die Richterin erhöhte daraufhin das Strafmaß auf 900 Euro, damit der Erwerbslose nicht dachte, er könne ungestraft Beamte beleidigen. Mit den Verfahrenskosten sollte Graf nun 1025,13 Euro zahlen. Er tat es nicht und weigerte sich auch, 174 Stunden Sozialdienst zu leisten. Als ihm 29 Tage Gefängnis drohten, schaltete er die Firma Kurz & Klein ein, weil sie billiger war als ein Anwalt. Graf wollte das Urteil anfechten und den Mitarbeiter des Ordnungsamtes wegen Falschaussage verklagen. Weil Aussage gegen Aussage stand und Graf keine Zeugen nennen konnte, riet John ihm, das Geld in kleinen Raten zu zahlen und die Sache zu vergessen. Doch der Geist von Michael Kohlhaas war in den Dachdecker gefahren und ließ ihn lieber ins Gefängnis gehen als klein beigeben. Im Streit mit einem Insassen verlor Graf einen Finger und war seitdem arbeitsunfähig. Und nun das mit seinem Kind.

John beschleunigte seinen Schritt und überquerte die Danziger Straße, die früher Dimitroffstraße hieß. Die Raumerstraße hieß immer Raumerstraße nach einem preußischen Innenminister, der Religion als Pflichtfach an Berliner Schulen eingeführt hatte. Auch so mochte John die Straße nicht, weil alles ihn dort an seine Frau erinnerte. Hier, zwischen Senefelder und Dunckerstraße, hatte sie gewohnt, bevor sie zusammengezogen waren. Den Second-Hand-Laden, in dem er sich einen Smoking für die Hochzeit gekauft hatte, gab es immer noch.

Gunther Graf wohnte zwei Hausnummern weiter zur Prenzlauer Allee. Wie erwartet, war er zu Hause. Seine Freude über den Besuch hielt sich in Grenzen. Den Mann konnte nichts mehr überraschen, nicht einmal das unerwartete Auftauchen John Kleins.

»Maren is nich mehr«, war Graf überzeugt und kippte sich einen Doppelkorn in den Rachen. »Ick fühle det, dass sie totjemacht wurde.«

John hielt nicht viel von negativer Gefühlsduselei und wollte wissen, wann und wo Maren zum letzten Mal gesehen worden war.

»Beim Laternenfest auf'm Kolle. Plötzlich war se wech, wie vom Erdboden vaschluckt. Obwohl meene Olle immer offjepasst hat.«

»Ihre Frau war dabei?«, unterbrach Klein. »Hat sie sofort die Polizei gerufen?«

Graf nickte apathisch. »Die janze Nacht ham se nach ihr jesucht. Ick war leider zu besoffen. Dachte ja, dass die Kleene von alleene wieder offtaucht.«

»Und niemand hat gesehen, dass ein Mädchen mit einer Laterne zu einem Mann ins Auto gestiegen ist?«, fragte Klein.

»War ja total duster. Außerdem jibt es im Prenzlberg Kinder wie Sand an der Ostsee.«

»Ist Maren schon einmal ... verloren gegangen?«

»Det ham mich die Bullen ooch jefracht«, entgegnete Graf. »Muss ick verneinen. Bei uns kommt nischt weg, normalerweise.« Graf goss sich noch einen Doppelkorn ein und bot Klein auch ein Glas an. Er lehnte dankend ab, um den Besuch nicht länger als nötig hinzuziehen.

»Warum hatte Maren kein Kinder-Handy?«

»Weil ick in die Schufa stehe, Schlaumeier!«, lallte Graf und griff das Glas mit Daumen- und Mittelfinger, weil der Zeigefinger der rechten Hand fehlte. »Is alles deine Schuld. Hättest du nur einen Zeugen jefunden, wäre ick nich in Knast jekomm und ...«

»Es gab keine. Das wusstest du«, konterte Klein und zündete sich eine Zigarette an.

Graf standen plötzlich Tränen in den Augen.

»Ick globe, ick hab nischt wie Pech. Erst die Arbeit wech, dann in Knast, und jetzt meene Kleene.«

»Das kann jedem passieren«, sagte John lahm und, obwohl er es besser wusste: »Die meisten Kinder tauchen früher oder später wieder auf. Sie dürfen die Hoffnung nicht aufgeben.«

»Det ham die Bullen och jesagt. Aber nischt is seitdem passiert«, jammerte Graf.

John drückte seine Zigarette aus und erhob sich zum Gehen. »Wann kann ich mal Ihre Frau sprechen?«, wollte er noch wissen.

»Meene Olle is in der Psichatrischen. Hat se allet schwer mitjenommen. Aber die kann dir ooch nich mehr sagen.«

»Nicht den Mut verlieren. Ich habe mehr Kinder wiedergefunden, als du Flaschen leer gesoffen hast. Ist so was wie mein Hobby, verlorene Dinge zu finden.«

Er fragte nach einem Foto von Maren. Graf kramte eins hervor und wollte ihn zur Tür bringen, fiel aber beim Aufstehen beinahe unter den Couchtisch.

»Ich finde schon selbst raus«, sagte John und winkte knapp, um Gunther nicht die Vierfingerhand geben zu müssen.

Noch im Treppenhaus furchtete er, sein Versprechen, nicht halten zu können. Wo sollte er nach dem Mädchen suchen, wenn niemand ihr Verschwinden beobachtet hatte? Nur der Zufall konnte ihm zu Hilfe kommen. Zufall war es auch gewesen, als sie eine junge Frau aus Pankow aufgespürt hatten, die sich in Luft aufgelöst zu haben schien. Monate nach ihrem Verschwinden verunglückte ein Mann aus Heinersdorf und kam ins Krankenhaus. Seine Nachbarn riefen die Polizei, weil ein Hund in der Gartenanlage Tag und Nacht jaulte. Als die Beamten den Bungalow öffneten, fanden sie außer einem Hund die vermisste Frau, angekettet im Keller, aber wohlauf. Sie hatte auf den Nachtbus gewartet, als der Mann sie mit dem Messer bedrohte und ins Auto zerrte. Seitdem hatte er sie als Sexsklavin gefangen gehalten, verwöhnte sie aber mit Luxusartikeln und vorzüglicher Küche. Kaum war die Frau entkommen, wollte sie ihren Peiniger im Krankenhaus besuchen. Als er seinen Verletzungen erlag, nahm sie den Hund zu sich und pflegte das Grab.

Der Mensch ist ein Abgrund, dachte John, das Unglück nicht nur die Kehrseite des Glücks, sondern womöglich das stärkste Band zwischen zwei geschundenen Seelen. Gunther Graf zog das Unglück an wie Schwarze Löcher das Licht. Er hatte sich im Zustand der Absorbtion seiner positiven Energie eingerichtet und war im Grunde zufrieden, im Unglück fand er die Ruhe, die ihm die Furcht vor möglichem Unglück raubte. Ihm konnte nichts Schlimmeres widerfahren als eine günstige Wendung seines Schicksals, die nur neue Furcht verursachen würde.

Die Angst ums Kind war der höchste Preis für Elternfreuden – eine Angst, die John Klein nicht zufällig erspart geblieben war. Zu viele verzweifelte Eltern hatte er als Ermittler der VB II 4 gesehen, Eltern, die vergeblich auf die Rückkehr ihres Lieblings hofften und für dieses Leben erledigt waren. Lea hatte sich Kinder gewünscht, konnte aber keine bekommen. Würde ein Kind von ihr den Verlust von Lea aufwiegen?

Um auf andere Gedanken zu kommen, kehrte John auf einen Kaffee bei Orhan ein. In der Hoffnung, etwas über die Ermittlungen im Fall Maren in der Presse zu finden, las er sogar die *BZ* und den *Kurier*. Aber er erfuhr nur, warum die Feuerwehr Samstagnacht seinen Schlaf gestört hatte: In der Saarbrücker Straße hatte ein Renault Espace gebrannt und mit ihm ein Mensch. Die Polizei konnte oder wollte nicht sagen, ob es sich bei dem Toten um den Fahrzeughalter, einen jungen Rabbiner aus der Synagoge in der Rykestraße, handelte. Der Staatsschutz ermittelte wegen eines Verbrechens mit terroristischem Hintergrund.

»Das hat uns noch gefehlt«, sagte Orhan, als John ihm die Nachricht vorlas. »Jetzt kann die Jagd auf Moslems losgehen.«

John beruhigte den Bäcker. »Du bist so deutsch wie Hitlers Schäferhund. Außerdem tragen deine Schwestern kein Kopftuch.«

»Wir sind Kurden, Herr Klein.«

John fiel nichts Besseres ein als der Kommentar »Nobody's perfect.« Weil Orhan nicht lachte, erzählte er ihm die Geschichte von dem kurdischen Imbissbesitzer in der Schönhauser Allee. John hatte bei ihm Falafel gegessen und Bier getrunken. Zu spät merkte er, dass er seine Brieftasche im Büro vergessen hatte. Also ließ er seinen Koffer mit Werkzeug, Fotoapparat, Abhörelektronik, Mini-Kamera, Funkgerät als Pfand zurück. Als er mit dem Geld zurückkehrte, war der Mann kreidebleich. Eine Woche später gab es den kurdischen Imbiss nicht mehr.

Auch jetzt lachte Orhan nicht. »Den Besitzer gibt es auch nicht mehr. Soviel ich weiß, wurde er von den Grauen Wölfen ermordet, weil er bei der PKK war.«

»Ich muss ins Büro«, sagte John betreten und stand auf. Er pfiff den Song *I don't like Mondays* von Bob Geldof, als ihm auf der Kollwitzstraße eine Funkstreife entgegen kam, an der Belforter eine schwarze Limousine mit Blaulicht. Ab jetzt, fürchtete er, würde in seinem Kiez jeder Tag ein Scheißmontag sein.

5

Am Dienstag ließ der Pressesprecher des Innensenators verlauten, dass es sich bei dem Toten in der Saarbrücker Straße um den dreißigjährigen Rabbiner Jakob Schwarz handelte. Da von einem Verbrechen mit antisemitischem Hintergrund auszugehen war, berief der Innensenator eine Sonderkommission ein, um die Tat zügig aufzuklären. Für sachdienliche Hinweise aus der Bevölkerung wurde eine Hotline eingerichtet und für Hinweise, die zur Ergreifung des Täters oder der Täter des Verbrechens führten, zudem eine Belohnung von zehntausend Euro ausgesetzt. Könnt ich grade brauchen, dachte John. Doch eine Staatsschutzsache war ihm zu heiß. Im Fall des gewaltsamen Todes eines Rabbiners würde er sich selbst mit Asbesthandschuhen die Finger verbrennen.

Am Mittwoch meldete die Presse die Verhaftung eines vierundvierzigjährigen Syrers aus Neukölln, der sich in einem anonymen Anruf bei der israelischen Botschaft zu der Tat bekannt hatte. Am selben Tag wurde die Verhaftung weiterer Tatverdächtiger bekannt gegeben. Sie stammten aus der rechten Szene und waren bereits wegen mehrerer Brandanschläge auf jüdische Einrichtungen rechtskräftig verurteilt. Alle einvernommenen Personen schwiegen zum Tathergang, doch die Polizei ging davon aus, den feigen Mord an dem Rabbiner in Kürze aufzuklären.

John Klein hatte weder Zeit noch Interesse an dem Fall. Er war mit einem verschwundenen Kind beschäftigt, und Kommissar Zufall schien ihn im Stich zu lassen. Dutzende Anwohner des Kollwitzplatzes hatte er befragt, ob sie am Martinstag das Mädchen allein oder in Begleitung gesehen hatten. Vergebens. Ein Penner, der täglich auf einer Bank des Platzes herumhing, wollte ihm einreden, dass in der Münztoilette vorm *Gugelhof* Leute verschwanden. Sie gingen hinein, und wenn sich die Tür nach einiger Zeit automatisch öffnete, kämen sie nicht wieder heraus. John fand die Beobachtung interessant, aber nur für einen Autor von Mystery-Thrillern. Ansonsten konnte der Mann Kinder so wenig ausstehen wie Hunde. Was ihn in den Augen eines Hundefreundes als von Grund auf verdorbenen Menschen disqualifizierte.

Er berechnete seine Chancen, Maren Graf zu finden. Es gab nur zwei Möglichkeiten: Entweder war sie unbemerkt ins Auto eines Fremden gestiegen und für immer im engmaschigen Netz internationaler Kinderpornoringe verloren. Oder sie war irgendwo in der Stadt, womöglich sogar hier, sichtbar verborgen im Bermudadreieck des kinderreichsten Berliner Stadtbezirks. John wusste, dass Pädophile oft äußerst intelligent sind, nur selten spontan handeln und jeden Schritt klug planen. Es sei denn, sie wollten gefasst werden. Was vorkommt bei Vätern oder Müttern, die ihre Kinder entführen, um das Sorgerecht zu erzwingen, aber kaum bei Triebtätern, die das Einmaleins des Verschwindens gelernt haben. Die erste Regel lautete: Eine Nadel im Heuhaufen zu verstecken ist nicht besonders klug, weil man nur einen Magneten braucht, um sie zu finden. Man muss die Nadel in einem Haufen Nadeln verbergen, um sie unauffindbar zu machen. An einem Ort, der gut sichtbar und zugleich unüberschaubar ist. Ein Wohnhaus mit vielen Mietern vis-à-vis eines Kinderspielplatzes zum Beispiel. Der Entführer könnte hier nach einer Weile sogar problemlos mit dem Kind herumspazieren, wenn es sich an ihn gewöhnt hatte.

Aber was half ihm die Kenntnis des Einmaleins des Verschwindens, wenn das Wiederfinden für einen Alleinermittler an höhere Mathematik grenzte? Er konnte nur auf Kommissar Zufalls Rechenkunst hoffen.

John rief seinen Partner Kurz an und ließ ihn wissen, dass ihn eine Winterdepression plage und er kurzerhand beschlossen habe, ein Transformations-Training zu absolvieren. Die Auftragslage war ohnehin gleich null, weil Ehemänner/-frauen am Jahresende kaum Zeit zum Fremdgehen haben, Angestellte vor lauter Feiertagen nicht krankfeiern müssen und Ladendiebstahl zur Weihnachtszeit das Saisongeschäft privater Sicherheitsfirmen ist. Eigentlich konnten sie ihr Büro bis Mitte Januar dicht machen und sich auf Mallorca sonnen, wäre der Dezember nicht ein ebenso einträglicher Monat für Versicherungsbetrug wie der Rest des Jahres. Und nach der Neujahrsknallerei stieg die Zahl echter und dubioser Schadensfälle gewöhnlich um hundert Prozent.

Um nicht aufzufallen, ließ John seinen Hund zu Hause. Seneca zog Kinder an wie ein Eisverkäufer, auch wenn er die kleinen Schreihälse kaum besser ertrug als das Pfeifen der Silvesterraketen. Den Kollwitz-Spielplatz ließ der Detektiv aus, weil nur in deutschen Fernsehkrimis Täter so dumm sind, an den Ort des Verbrechens zurückzukehren. Auch die Buddelkästen am Helmholtzplatz konnte er vergessen, weil der Entführer sie meiden würde, seit in der Presse ein Kind aus der Raumerstraße gesucht wurde. Von seiner Wohnung aus konnte John den Spielplatz am Wasserturm nicht überschauen, aber von der Anhöhe des Wasserspeichers aus hatte er die Klettergerüste und Schaukeln im Blick, ohne sich als Päderast verdächtig zu machen. Aber die Kinder, die unter ständiger Beobachtung ihrer Eltern herumtollten, waren viel jünger als Maren Graf. John hatte nicht daran gedacht, dass Fünfjährige vor- und nachmittags in den Kindergarten gingen. Zu riskant für den Entführer, hier mit einem Kind im Vorschulalter aufzukreuzen und sich den Fragen von Eltern zu stellen, deren größtes Problem die Wahl der richtigen Schule war.

Er musste anders an die Sache herangehen. Ein fünfjähriges Kind würde, damit es gehorchte, mal aus seinem Gefängnis heraus wollen. Aber wohin konnte der Entführer mit dem Mädchen gehen, ohne aufzufallen? Ins Schwimmbad? Ins Kino? Das Risiko, dass die Kleine erkannt wurde, war viel zu groß. Der Weihnachtsmarkt am Alex? Schon weniger riskant, aber doch gewagt. Seit nunmehr zwölf Tagen wurde Maren vermisst, am neunten war ihr Bild in der Zeitung erschienen. Ab da musste der Entführer ernsthaft befürchten, dass jemand das Kind auf der Straße erkannte. Acht Tage lang aber hatte er womöglich mit Maren spazieren gehen, Bahn fahren, einkaufen können, nur nicht in unmittelbarer Nähe der Raumerstraße. Jetzt musste er warten, bis Gras über die Sache gewachsen war, ehe er sich wieder mit der Kleinen nach draußen wagen konnte. Das konnte John Klein nicht – warten.

* * *

Moshe Meirowitz empfing die Ermittler hinter der elektronischen Schleuse am Eingang der Synagoge.

»Guten Tag, Herr Meirowitz«, sagte Kommissar Struck und reichte dem Rabbiner die Hand. »Oder heißt es Hochwürden?«

»Wir sagen Reb zu jedem Mann jüdischen Glaubens und Rebbe, wenn er ein Rabbineramt inne hat«, lächelte Meirowitz. »Aber lassen wir die Formalitäten. Bitte folgen Sie mir.«

Sie gingen schweigend über den Hof und betraten das Treppenhaus im Seitenflügel. Es roch nach Linoleumkleber und frischer Farbe. Im ersten Stock war der Flur mit Folie ausgelegt. Eine junge Restauratorin stand auf einer Leiter und legte mit Pinsel und Spachtel das mit brauner Ölfarbe übermalte Wandpaneel frei. Es zeigte ein orientalisches Kastenornament in dreidimensionaler Illusionsmalerei.

»Das wurde wohl von den Nazis verschandelt?«, fragte Strucks Begleiter Jenner.

»Von einer DDR-Malerbrigade. 1967 gab es einen Wasserschaden durch einen Sturm, der das Dach teilweise abdeckte.«

Moshe Meirowitz öffnete die Tür zu seinem Büro und bat die Ermittler hinein. Der Raum war schmucklos, ohne Bilder an den Wänden und mit Möbeln ungefährer Herkunft. Der Tisch verbarg sich unter einer Wachstuchdecke mit Sonnenblumenmuster, die Aluminiumstühle hatten verschiedenfarbige Polster, am Rollschrank an der Wand klebte noch das Inventarsiegel des Magistrats von Berlin. Meirowitz bot den Polizisten Kekse aus einer Blechdose und Coca Cola light an. Beide lehnten dankend ab.

»Wir möchten Ihre Zeit nicht unnötig in Anspruch nehmen, Herr ... Rabbi Meirowitz«, sagte Struck.

»Wir haben nur ein paar Fragen betreffs des Toten«, fügte Jenner hinzu.

Struck nahm einen Notizblock zur Hand und schrieb etwas aufs Papier.

Meirowitz rutschte hin und her, bis er bequem saß. »Eigentlich habe ich schon dem Staatsschutz alles erzählt.«

»Wir vom LKA ermitteln unabhängig von der Bundesbehörde«, erklärte Struck. »Das ist so üblich. Auch wenn es sich um ein Verbrechen mit eindeutig politischem Hintergrund handelt.«

Meirowitz strich sich über den graumelierten Bart. »Kann man denn sicher sein? Vielleicht war es ein dummer Jungenstreich und der unglückliche Rebbe Schwarz verbrannte bei dem Versuch, sein Auto zu retten.«

»Kannten Sie ... Rabbiner Schwarz gut?«

»Na, wie sollte ich ihn nicht kennen«, erwiderte Meirowitz und wedelte mit den Händen, als wollte er Fliegen verscheuchen. »Er war ein Rebbe aus Fleisch und Blut, wie es nur wenige gab.«

»Waren Sie sein Vorgesetzter oder Mentor?«, wollte Jenner wissen. »Er war ja wesentlich jünger als Sie.«

»Hierarchie oder Titel gibt es bei uns nicht. Nur in der Verwaltung des Gemeinde- oder Zentralrats. Wir sind eine *jeschiwa*, auf Deutsch: der Ort, wo man sitzt. Man kann auch Bibelschule sagen. Das Besondere ist, dass wir eine liberal-orthodoxe Einrichtung sind, wo Männer und Frauen gemeinsam die Tora studieren. In getrennten Räumen, versteht sich.«

»Verzeihen Sie«, unterbrach Struck, »was ist ein Rabbiner und was tut er?«

Moshe Meirowitz schien auf die Frage gewartet zu haben. »Ein Rabbiner ist eben ein Rabbiner. Er tut alles und nichts für das Wohl der Gemeinde. Er predigt, er tröstet, er lehrt und berät in allen nur möglichen Dingen. Manchmal auch in unmöglichen.«

Die Ermittler versuchten, ihre Begriffsstutzigkeit durch Lachen zu überspielen.

»Welche Aufgaben hatte Rabbiner Schwarz?«

»Dieselben wie ich«, erklärte Meirowitz. »Nur dass er trotz seiner Jugend ein echter *macher* war, der die Gemeinde auch nach außen vertrat. Während ich mich damit bescheide, Augen und Ohren offen zu halten für die Dinge *inmitn drinen.*«

»War Jakob Schwarz beliebt? Hatte er Feinde oder Neider?«

Meirowitz überlegte, wie er auf so eine komplexe Frage antworten könnte. »Ein Rabbiner strebt nicht danach, geliebt zu werden. Man soll ihn achten, so er es verdient, und seinen Rat befolgen, so er klug ist. Ansonsten lässt man ihn am besten zufrieden mit seinen *meriten*. Bei uns sagt man: Ein Rabbi, den seine Gemeinde nicht wegjagen will, ist kein richtiger Rabbi. Aber ein Rabbi, den sie tatsächlich wegjagen, ist kein richtiger Mann. Jakob Schwarz war ein Mann mit Eigenschaften, und somit hatte er wohl Neider. Ich glaube aber, keine Feinde.«

»Wissen Sie, ob er private Probleme hatte?«, fragte Struck vorsichtig.

»Das müssen Sie seine Frau fragen. Soviel ich weiß, führte Rabbi Schwarz eine glückliche Ehe. Seine beiden Kinder sind, wie man so sagt, von *schejner balbatischkajt*. Fromm und wohlerzogen. Sie tun mir in der Seele leid.«

Jenner kratzte sich am Ohr. »Und warum ist die Frau mit den Kindern nach der Beisetzung ihres Mannes sofort in die USA gereist?«

»Warum? Um mit ihrer Familie zu trauern, die so schnell nicht kommen konnte. Wie Sie wissen, muss ein Jude noch am Tag seines Sterbens bestattet werden.«

Struck nickte bedauernd. »Der Pathologe konnte noch nicht mit Gewissheit sagen, ob das Opfer durch den Brand starb oder durch andere Arten von Gewalteinwirkung.«

Jenner hob die Augenbrauen. »Vielleicht war er schon tot, als ...«

Meirowitz fiel ihm ins Wort. »Glauben Sie, man hat ihn gemordet?«

»Fürs Glauben sind Sie zuständig«, erklärte Struck hintersinnig. »Wir für Gewissheit.«

Dem Rabbiner missfiel ironischer Hintersinn in dieser Sache. »Man kann nicht wissen, wenn man nicht glaubt. Unser Glaube verbietet Selbsttötung. Ebenso die Tötung unseresgleichen ... jedes Menschen. Darum leisten strenggläubige Juden keinen Armeedienst.«

Jenner schaute auf die Uhr. »Nur noch eine Frage. Wann haben Sie Jakob Schwarz das letzte Mal lebend gesehen?«

»Am Sabbat vor der Tragödie«, antwortete Meirowitz bedrückt. »Wir unterhielten uns über dies und das. Er sagte mir, dass er für ein paar Tage mit seiner Familie nach Wien fahren wolle, um Verwandte zu besuchen. Ich riet ihm ab, mit dem Auto zu reisen. Wegen der Gefahr von Glatteis.«

Jenner schaute seinen Kollegen an, der jedes Wort des Rabbiners notierte, und räusperte sich. »Tja! Ich denke, das wäre alles.« Struck klappte den Notizblock zu und erhob sich. Auch Meirowitz stand auf.

»Es tut mir leid, dass ich Ihnen nicht mehr helfen kann.«

»Wir danken trotzdem für das Gespräch«, sagte Struck und ging zur Tür. Jenner hatte das Gefühl, dass der Rabbiner noch etwas zu sagen hatte, und wartete.

»Es besteht doch kein Zweifel, dass es Brandstiftung war?«, fragte Meirowitz besorgt.

»Kaum. Trotzdem müssen wir alles in Betracht ziehen.«

»Zum Beispiel?«

Struck steckte sich eine Zigarette in den Mund, zündete sie aber nicht an. »Selbstmord kommt Ihrer Meinung nach nicht in Betracht. Ein Unfall kann ausgeschlossen werden, weil die Fahrzeuginspektion keine Mängel ergab, die zu einer Selbstentzündung hätten führen können. Bleibt nur ein antisemitischer Anschlag.«

»So steht es in der Zeitung«, meinte der Rabbi. »Das gedruckte Wort hat für Juden Gewicht.«

Struck machte eine Handbewegung, die seinen Zweifel an der Weisheit der Presse auszudrücken schien. »Wie gesagt, wir ermitteln routinemäßig und unterstützen damit die Arbeit des Staatsschutzes. Wir hoffen, Ihre Zeit nicht zu sehr in Anspruch genommen zu haben.«

»Jeder muss tun, was Gott ihm aufgetragen hat«, sagte Meirowitz jovial. »Meine Trauer schließt auch jenen oder jene ein, die Rebbe Schwarz in der Blüte seiner Weisheit das Leben nahmen.«

»Schalom, Herr Rabbiner. Wir finden selbst hinaus«, bedankte sich Struck und schob Jenner, der wie angewachsen dastand, zur Tür.

Moshe Meirowitz holte seinen Gebetsschal aus dem Schrank und legte ihn um. Er befestigte den Gebetsriemen mit dem Schächtelchen am Kopf und wickelte das Ende über den linken Oberarm. Mit dem anderen Teil des *tefillins* umschnürte er siebenmal entgegen dem Uhrzeigersinn seinen rechten Arm, das Ende der Riemen je dreimal um die Hand, Ring- und Mittelfinger, damit das hebräische Wort *Schadai* entstand, was Gott bedeutet. Zuletzt nahm er die Tora in die linke Hand und sprach unter rhythmischem Kopfnicken ein Gebet: *»El malej Rachamim, schochem baMromim, hamze Menuchah nechonah, tachat Knafej haSch'chinah, beMaalot Kedu-shim, Tehorim veGiborim, keSohar haRakia mas'hirim* ... Gott voller Erbarmen, in den Himmelshöhen thronend, es sollen finden die verdiente Ruhestätte unter den Flügeln deiner Gegenwart, in den Rängen der Heiligen, der Reinen und der Helden strahlend wie der Glanz des Himmels, die Seelen der Gefallenen ...«

6

Hermine Hunzinger saß schon im Vorzimmer, als John das Büro betrat. Sein Partner telefonierte nebenan mit einem Klienten. John nahm die Post aus der Ablage, öffnete die Tür zu seinem Zimmer und bat die Frau herein. Sie trug eine schwarz-weiß gescheckte Kalbfelljacke, Lederhandschuhe und imposante Perlenohrringe, auf dem Kopf einen Tirolerhut, unter dem das violett gefärbte Haar in drei spitzwinkligen Dreiecken in die Stirn fiel.

»Bitte nehmen Sie Platz«, sagte der Detektiv, lockerte den Knoten seiner Krawatte und entschuldigte sich, dass er einige Minuten zu spät gekommen war. Seneca verzog sich unter den Schreibtisch.

»Für diesmal nehme ich die Entschuldigung an.« Die alte Dame knöpfte ihre Jacke auf, behielt aber die Handschuhe an. Unter der Jacke sprang ein zum Kranzgebinde geknotetes rotes Seidentuch wie aus einem Pop-up-Buch hervor. »Obwohl ich böse mit Ihnen bin, dass Sie sich über zwei Wochen nicht mehr gemeldet haben. Jedesmal, wenn ich bei Ihnen anklingle, sagt die Stimme des Anrufbeantworters, Sie rufen gleich zurück.«

»Ich hätte Sie in den nächsten Tagen angerufen«, versicherte John. »Aber nun sind Sie ja hier. Ich vermute, Sie haben wieder Ihren Mann gesehen?«

»Letzten Freitag Ecke Schönhauser und Pappelallee. Weil die Ampel rot war, konnte ich ihm nicht nachlaufen, und als dann Grün war, habe ich ihn wegen der Elektrischen verloren, die ausgerechnet in die Pappelallee einbog. Wo sie sonst immer in die Schönhauser fährt.«

»Seit Monaten wird an der U-Bahn gebaut. Deshalb.«

»Jedenfalls, als die Elektrische weg war, war er auch weg. Wie vom Erdboden verschluckt.«

»Sind Sie sicher, dass er es war? Ich meine, haben Sie sein Gesicht erkannt?«

»Na, wie soll ich sein Gesicht erkannt haben, wenn er vor mir herging. Er war es. Da bin ich absolut sicher.«

»Das waren Sie das letzte Mal auch.«

»Was kann ich dafür, dass dieser Kerl ... Wie hieß er noch gleich?«

John schlug eine Mappe auf, entnahm ihr ein Foto und drehte es herum. In der Mappe lagen noch rund ein Dutzend Fotos von Männern um die siebzig. Keiner sah dem anderen annähernd ähnlich.

»Paul Grawitz.«

»So, ja. Aber warum hat er mich bei Kaiser's am Fleischstand angestarrt, als wenn er mich kennt?!«

»Sie hätten ihn fragen sollen. Hat mich ne Menge Arbeit gekostet, ihn ausfindig zu machen.« John bemühte sich, nicht allzu vergrätzt zu wirken.

»Ich bezahle Sie schließlich dafür, meinen Mann zu finden. Und jedes Mal bringen Sie mir den Falschen.«

»Es ist lange her, dass Ihr Mann ... verschwunden ist. Wer weiß, ob er heute noch so aussieht.«

»Dummes Zeug! Das sagt die Polizei auch. Dafür habe ich Sie nicht beauftragt, Herr Klein, dass Sie mir mit so was kommen.«

»Gut. Um welche Uhrzeit waren Sie am Freitag an der Ecke Schönhauser?«

»Genau fünfzehn Minuten vor fünf. Um fünf hatte ich nämlich einen Termin bei der Fußpflege in der Eberswalder.«

»Können Sie den Mann näher beschreiben?«

»Er trug eine graue Joppe bis zur Taille, dazu eine dunkelblaue Hose und so eine Mütze ... Sie wissen schon. Die mein Mann immer trug, wie der Bundeskanzler ...«

John nickte und buchstabierte tonlos S-ch-m-i-d-t-m-ü-t-z-e.

»Hatte der Mann auch so eine Tasche am Handgelenk, wie ihr Gatte sie trug, als er ...?«

»Ich glaube.« Hermine Hunzinger zupfte nervös an ihrem Seidentuch, während der Detektiv sich Notizen machte. »Oder doch nicht. Einen Einkaufsbeutel. Er trug einen Einkaufsbeutel mit fast nichts drin.« Der Frau wurde schwer ums Herz und sie fing an zu schluchzen.

John reichte ihr ein Taschentuch. »Machen Sie sich keine Sorgen. Er wird schon nicht verhungern.«

»Aber Georg kriegt doch gar keine Rente«, sagte die Frau, während sie ins Taschentuch schnäuzte. »Die kommt jeden Monat auf mein Konto. Wovon soll er denn leben?«

John wollte der Frau nicht erklären, was er als Ermittler der Vermisstenabteilung gelernt hatte. Dass Männer, die beim Zigarettenholen spurlos verschwinden, häufig bei einer anderen Frau untertauchen. Manche gar in unmittelbarer Nachbarschaft.

»Ich gehe davon aus, dass er noch lebt. In Deutschland kann man nicht so leicht verhungern. Viel wichtiger ist, herauszufinden, welche Umstände ihn daran hindern, nach Hause zurückzukehren.«

»Sie meinen, von welcher Schlampe er als Geisel gehalten wird.«

»Ich habe doch schon alle Ihre Freundinnen observiert. Und wer würde einen Mann, der keinen Cent hat, bei sich aufnehmen?«

»Die reichen Witwen aus Süddeutschland, die jetzt in unserem Kiez wohnen. Die nehmen sich, was sie brauchen. Geld spielt doch für die keine Rolle.«

»Nun gut. Ich rufe Sie an, wenn ich etwas Neues weiß. Aber geben Sie mir etwas Zeit. Vor Weihnachten verschwinden gewöhnlich mehr Leute als sonst.« John stand auf, um die Frau loszuwerden. Doch sie machte keine Anstalten zu gehen.

»Er könnte mich doch wenigstens anrufen. Ich will doch gar nicht wissen, bei wem er ist. Nur, dass es ihm gut geht.«

»Ich werde mit der Vermisstenabteilung reden, ob die etwas herausgefunden haben«, sagte John und hielt die Tür auf.

»Dieser Feigling!« Hermine Hunzinger erhob sich und verließ das Zimmer stolzen Hauptes, ohne sich zu verabschieden.

Bleischwer ließ John sich auf seinen Sessel fallen. Sein Partner trat ins Zimmer und und hockte sich auf den Schreibtisch.

»Wie lange willst du diesen Fall noch hinziehen? Die Alte tickt doch nicht richtig.«

John zündete sich eine Zigarette an und sog genüsslich den Teerdampf ein. »Sie tut mir leid. Wie würdest du damit umgehen, wenn jemand, mit dem du fünfzig Jahre verheiratet warst, aus dem Haus geht und nie mehr wiederkommt?«

»Kann mir nicht passieren. Meine Kerle bleiben meistens nur eine Nacht und rufen dann nie mehr an.«

John gähnte. »Männer sind Schweine. Sie pinkeln im Stehen, werfen ihre Kippen ins Klo und gehen Problemen, die sie nicht lösen können, aus dem Weg.«

»Wir zwei nicht. Wir lösen Probleme, die wir selbst nie haben, weil es uns Spaß macht und reich obendrein«, lachte Peter sarkastisch. Ein Zeichen dafür, dass er mal wieder Liebeskummer hatte.

»Tu mir den Gefallen, kümmere dich um den Steuerberater. Ich habe auswärts zu tun«, sagte John, griff nach seinem Mantel und verließ mit Seneca das Büro.

***

Er rieb sich die Augen. Zwei Stunden lang hatte er das Urlaubsvideo der Grafs angeschaut, um sich Aussehen und Stimme ihrer Tochter einzuprägen. Am Strand von Koserow würde er das Mädchen leicht unter lauter kleinen Nackedeis herausfinden, aber nicht im Prenzlauer Berg kurz vor Weihnachten, wo die Menschen bei dem Sauwetter als Verpackungskünstler auftraten. Wie Nante, der Eckensteher, an jeder Straßenkreuzung im Kiez herumzulungern und Ausschau nach Männern mit Kind zu halten, war so ätzend, wie alle Überwachungsvideos von Drogerien und Supermärkten durchzusehen. Das hatten seine ehemaligen Kollegen von der VB II 4 längst erledigt, offenbar ohne Erfolg. Sie zu kontaktieren und um Hilfe zu bitten, wäre das Dümmste, was er tun konnte. Sie würden ihn vor die Tür setzen oder erst gar nicht vorlassen, nachdem sie ihn so lange genervt hatten, bis er freiwillig aus dem Polizeidienst schied.

Nachdem er zum soundsovielten Mal mit Seneca den Kollwitzplatz umrundet hatte, kroch die Kälte in ihm hoch, und er ging auf einen Grog ins *1900*. Nach dem zweiten Glas meldete sich, wie so oft, wenn er kurz davor war, aufzugeben, die Stimme des Kommissars in ihm und sagte: Erinnere dich! Vor Jahren gab es einen ähnlichen Fall, ein kleiner Junge verschwand am Kollwitzplatz, und du hast den Entführer gefasst und hinter Gitter gebracht.

Noch am selben Nachmittag machte sich John zu Fuß auf den Weg zu der Straße, die wie sein Kiez hieß – Prenzlauer Berg. Selbst viele Eingesessene kannten die zwischen zwei Friedhöfen gelegene Verbindung zwischen Prenzlauer und Greifswalder Allee nicht. Außer für den Neubau »Schöner wohnen an der Tankstelle« und zwei Hochhäuser aus DDR-Zeiten hatte der Briefträger hier nicht viel auszutragen. In den als Sprungtürme für Lebensmüde berüchtigten

Achtzehnstöckern wohnten früher nur SED-Parteikader Professoren, Bankangestellte, Bauarbeiter, Masseusen, Filmemacher, Arbeitslose und SED-Parteikader im Ruhestand. Unter ihnen lebte jetzt ein verurteilter Päderast, seit Kurzem wieder auf freiem Fuß. Durch einen Anruf beim Einwohnermeldeamt wusste John, dass der Mann jetzt Prenzlauer Berg 17 wohnte.

Um sich nicht am Klingelbrett abwimmeln zu lassen, wartete er, bis jemand das Haus betrat, und nahm den Lift in die siebte Etage. Der Flur mit flaschengrünem Linoleum, ockerfarbenen Rauputzwänden, greller Deckenbeleuchtung und kackbraunen Türen erinnerte ihn an eine geschlossene Anstalt. An der Wohnung ohne Namensschild lockerte er seine Krawatte und dachte: Dies wird kein willkommener Hausbesuch. Nach mehrmaligem Klingen öffnete sich die Tür einen Spalt weit. Hinter der Verriegelungskette ertönte eine männliche Stimme: »Ich kaufe nichts und spende nichts!«

Bevor der Mann die Tür schließen konnte, klemmte John seinen Schuh in den Spalt.

»Was wollen Sie? Ich habe meine Strafe verbüßt«, sagte der Mann und stemmte sich gegen die Tür. »Gehen Sie, oder ich rufe die Polizei!«

Weil er um seine guten Trippen-Schuhe fürchtete, drückte John von außen dagegen. »Fünf Minuten. Ist was Persönliches.«

Dietmar Weiß löste die Kette und zog ihn über die Türschwelle, als auf dem Flur Schritte hallten. Die Wohnung, Zimmer, Küche, Bad, machte den Eindruck, als sei der Mieter erst kürzlich eingezogen. Bett, Tisch, Stuhl, Fernseher, Hometrainer und Computer, sonst gab es auf den ersten Blick nichts Pfändbares. Der wegen Entführung und Kindesmissbrauch Verurteilte war trotz verbüßter Strafe immer noch nicht aus seiner Zelle in Moabit raus.

»Darf ich«, fragte John und setzte sich auf den Plastikstuhl, der sich unter seinem Gewicht bog.

Weiß zog den Netzstecker des Computers und nahm auf seinem Bett Platz. Nach sechs Jahren Zuchthausessen litt der Mann kein bisschen unter Fettsucht, war drahtig, solariumgebräunt, glatt rasiert und penibel gekämmt. Sein vergilbter Bademantel und die ausgeleierten Socken in den Latschen verrieten den Endvierziger als von der Gesellschaft geächteten Einsiedler. »Wer hat Sie hergeschickt?«

»Niemand«, versicherte John.. »Das heißt, ein verschwundenes Mädchen vom Kollwitzplatz. Sie haben sicher davon gehört.«

Weiß strich die Enden seines Bademantels über den Knien glatt. »Das war ich nicht. Ich bin ein für alle Mal kuriert.«

»Das behaupten alle Sexualtäter.«

»Bei mir ist tote Hose«, versicherte Weiß. »Habe mich freiwillig kastrieren lassen.«

John sah den Mann mit zusammengekniffenen Augen an und zweifelte, dass Dietmar Weiß deshalb ein anderer war. Weil der Sextrieb im Kopf wütet, nicht zwischen den Beinen. »Ich bin kein Polizist mehr und suche das Kind im Auftrag der Eltern ... kann es aber nicht finden.«

»Hier ist sie nicht, wie Sie ja sehen können«, sagte Weiß und taute langsam auf. »Wie alt ist das Mädchen?«

»Fünf. Ist nicht Ihre Kragenweite, Sie stehen auf kleine Jungs. Aber vielleicht kennen Sie jemanden aus der Szene, der Mädchen ... gern hat.«

»Sie glauben, wir Ehemaligen treffen uns mit den Derzeitigen zum Kaffeekränzchen?«, reagierte Weiß gereizt. »Wir sind doch kein Verein. Jeder ist für sich und Gott gegen alle.«

»Ach, kommen Sie! Im Internet kann man sich nach Lust und Laune austauschen. Wer ... besonders ist, sucht Gleichgesinnte. Mit den Nachbarn kann man nicht reden.

Obwohl, unter zweihundert Mietern im Haus gibt es gewiss ...«

»Hundertneunundachtzig«, korrigierte Weiß. »Ich kenne keinen von ihnen, und keiner kennt mich.«

»Trotzdem macht man sich doch Gedanken, wenn am selben Ort ein Kind verschwindet. «

»Wie ich sagte, ich hab mein Verlangen im Griff. Andere interessieren mich nicht.«

»Ich weiß einfach nicht, wo ich suchen soll«, gestand John. »Geben Sie mir einen Hinweis. Dann bin ich weg.«

Der Mann im Bademantel erhob sich, ging zum Fenster und sah hinunter auf den Friedhof. »Ich wette, Sie laufen täglich um den Kollwitzplatz herum und hinter jedem Vater mit Kind her. So kriegen Sie ihn bis zum Jüngsten Gericht nicht.«

»Wie dann? Ich muss das Kind finden ... Ich hab es versprochen«, flehte John den Mann an.

Weiß ließ sich Zeit mit der Antwort. Aber weil er wieder ins Internet wollte, um Fotos von nackten Jungs anzusehen, zierte er sich nicht lange. »Sie machen einen Fehler. Sie schauen nach gewöhnlichen Männern mit Kind und übersehen den, der durch Sie hindurchschaut. Weil er sich nicht zugehörig fühlt oder für unantastbar hält und darum mit dem fremden Kind an der Hand herumspaziert.«

John rutschte nervös auf seinem Stuhl hin und her. Er wusste nicht, was Weiß damit meinte.

»Aber das Kind fühlt sich zugehörig und könnte auf der Straße weglaufen.«

Weiß lachte in sich hinein »Sie haben keine Ahnung! Kinder laufen nicht weg, solange man ihnen Geschenke macht, ihnen jeden Wunsch erfüllt. Besonders vor Weihnachten. Wenn das nichts hilft, droht man ihnen mit Strafe.«

»Sie meinen, ich sollte alle Spielzeugläden in der Stadt abklappern?«, sagte John.

Weiß ging in den Flur, um dem Gast zu signalisieren, dass die Besuchszeit zu Ende war.

»Viel Hoffnung mache ich Ihnen nicht. Womöglich ist der, den Sie suchen, längst über alle Berge.«

John folgte Weiß zur Wohnungstür. »Falls Sie mehr wissen, als Sie sagen, schicke ich meine alten Kollegen vorbei.«

»Tun Sie das. Ich bin sowieso bald wieder weg.«

»Nach Bangkok?«, fragte John spöttisch.

»Kabul. Ich arbeite für ein diakonisches Hilfswerk und kümmere mich um Straßenkinder.«

Was für eine Welt, die Päderasten als gute Samariter in die Welt schickt, dachte John, als die Tür hinter ihm ins Schloss fiel.

***

Bevor er sich entschied, ob er dem Hinweis des Zuchthäuslers nachgehen sollte, trank John einen Kaffee beim Kollwitz-Bäcker. Er schmeckte wie Hallenser Muckefuck und die Zigarette wie der blaue Dunst, den ihm Dietmar Weiß eingeblasen hatte. Obwohl Kinderschänder von Natur aus schlau waren, gab er nicht viel auf das Gewäsch, hielt es für reine Wichtigtuerei.

Sollte er aufgeben und die alljährliche Geburt des Christkindes feiern? Dazu war es zu spät, die Sache hatte sich längst zur Obsession gesteigert – eine Krankheit, die er sich in der Vermisstenabteilung zugezogen hatte. Wenn man ein Übel nicht bekämpfen kann, muss man es lieben lernen. John liebte Herausforderungen, an denen er scheitern konnte; genau genommen waren es die Niederlagen, die in seinem Leben zählten, nicht die Erfolge. Sie einzustecken und daran nicht zu verzweifeln, war die ultima ratio gegen die Glücksverheißung der Konsumsüchtigen. Maren Graf hatte das Pech, in Deutschland aufzuwachsen, nach den

USA das zivilisierte Land der Welt mit den meisten Kinderschändern und Sexualmördern, in Berlin, der deutschen Stadt mit der niedrigsten Aufklärungsrate für derartige Delikte. Schon deshalb konnte er nicht aufgeben. Dass er den Kollegen in der Keithstraße beweisen wollte, dass er ihr bester Fahnder war, gestand er sich ungern ein. Zwanghaftes Handeln ist die Achillesferse des Ermittlers. Er musste sein Ego von seinem Denken und Handeln abkoppeln, sich ganz auf seinen Instinkt verlassen und versuchen, mit dem Täter eins zu werden. Es war wie Schachspielen, Strategie und Psychologie. Jeden Zug des Gegners voraussehen, alle Möglichkeiten von Aktion und Reaktion im Blick haben, um ihn aus der Deckung zu locken.

Die Erfahrung lehrte, dass Päderasten keine Spielertypen sind und jeden ihrer Schritte mit Vorbedacht planen. Und nicht, wie gewöhnliche Männer, zu keinem klaren Gedanken fähig sind, wenn ihnen der Schwanz über den Kopf wächst ... Suche einen Mann, der sich nicht zugehörig fühlt und dem entführten Mädchen jeden Wunsch erfüllt. Ein Spielwarengeschäft – davon gab es in Prenzlauer Berg erstaunlicherweise weniger als Schuhläden oder Biomärkte. Wo würde ich Spielsachen kaufen, wenn ich er wäre, überlegte der Detektiv. Ihm fiel nur ein Laden ein, der alles hatte, was das Kinderherz begehrt. Jedes Mal, wenn er dort vorbeiging, bedauerte er, keine eigenen Kinder zu haben.

Ohne große Hoffnung machte John sich auf den Weg. Seneca lief ein gutes Stück voran und hinterließ seinen DNA-Code an jedem Baum. Auf der Prenzlauer Allee kam ihnen ein alter Chinese in der Generalsuniform der Volksbefreiungsarmee entgegen. John grüßte mit »Ni hao« und fragte sich, ob der Mann ein Überbleibsel aus sozialistischen Zeiten war oder die Vorhut der gelben Invasion. An der Wörther Straße lief Seneca bei Rot über die Fahrbahn, und eine Frau mit Kind ermahnte John, den Hund gefälligst an die Leine zu nehmen.

Er betrat das Geschäft Spieltrieb auf der Prenzlauer Allee und ließ seinen Hund vor der Tür. Ein kurzer Blick auf die Videokameras des völlig überladenen Raumes sagte ihm, dass sie nur Attrappe waren. Zeitverschwendung.

»Was kann ich für Sie tun?« fragte der Verkäufer, ein Mann Mitte fünfzig mit Pferdeschwanz und einer Nase wie Pinocchio.

»Äh, eigentlich ... Was schenkt man einem fünfjährigen Mädchen zu Weihnachten?«

»Einen Moment bitte«, sagte der Verkäufer mit weicher Stimme, wandte sich wieder seiner Kundin zu und wickelte ein Knut-Plüschtier ein. »Wie gesagt, Sie können den Eisbär waschen. Aber nur kalt und nicht in der Maschine.«

»Ist das Fell wirklich ungiftig«, wollte die Frau wissen.

»Vollkommen«, nickte Pinocchio. »Die Bären kommen nicht aus China, sondern aus hiesiger Produktion.«

Die Kundin nahm das eingewickelte Tier, bedankte sich artig und verließ den Laden.

»So, jetzt bin ich ganz für Sie da«, sagte der Verkäufer.

John stellte ein Feuerwehrauto zurück ins Regal und langte nach seiner Brieftasche.

»Beschreiben Sie mir das Kind, das Sie beschenken wollen«, bat ihn der Verkäufer. »Ist sie ein Mädchen-Mädchen oder spielt sie lieber mit Feuerwehrautos?«

»Keine Ahnung. Kenne die Göre kaum. Will ihr auch nichts schenken, was man kaufen kann. Sondern die Freiheit.«

Der Ladenbesitzer sah ihn mit ausdruckslosem Gesicht an. Er war Kummer gewöhnt und nicht leicht aus der Fassung zu bringen.

»Ich bin Zivilfahnder und suche dieses verschwundene Mädchen«, erklärte Klein und hielt das Foto von Maren hoch, das Gunther Graf ihm gegeben hatte. »Sie haben sicher davon gehört. Die Kleine stammt aus der Raumerstraße.«

»Ich lese keine Zeitung. Seit wann ist sie verschwunden?«

»Vor zwei Wochen beim Laternenfest auf dem Kolle.«

»Sie war in meinem Laden«, sagte der Verkäufer. »Etwa vor einer Woche.«

John fing an, den Mann gern zu haben, und fragte, ohne sich seine Euphorie anmerken zu lassen, mit wem Maren Graf hier gewesen war.

»In Begleitung eines Herren, an den ich mich sehr wohl erinnere.«

»Iss ja ein Ding«, stotterte der Detektiv. »Wie sah er aus? Wie hat er gesprochen. Mit Akzent, ohne?«

»Gute Frage.« Der Spielzeughändler lächelte. »Er war ganz in Schwarz gekleidet und trug ein Basecap. Gesprochen hat er wenig. Ich würde sagen deutsch, aber etwas umständlich. Irgendein Dialekt ... Nicht süddeutsch, was man hier täglich hört ... mehr wie aus Ostpreußen.«

»Was hat er dem Kind gekauft?«

Der Verkäufer musste passen. »Daran kann ich mich beim besten Willen nicht erinnern. Da muss ich nachsehen.«

»Wie wollen Sie den Kassenbon finden, wenn Sie nicht wissen, was der Kunde gekauft hat«, fragte John unwirsch.

»Er hat mit American-Express-Karte bezahlt. Normalerweise akzeptiere ich die nicht wegen der vier Prozent Gebühren.«

»Und wieso haben Sie eine Ausnahme gemacht?«, wollte John wissen, während der Verkäufer in einem Kästchen mit Kreditkartenbelegen suchte.

»Weil Weihnachten ist und das Mädchen bitterlich weinte, weil der Vater ohne Geschenk gehen wollte.«

»Sie haben nicht nur ein Pferdegedächtnis, sondern auch ein Gemüt wie ein Pferd«, lobte John den Informanten.

»Ich verkaufe nicht nur Kinderspielzeug, sondern Gefühle.« Der Verkäufer reichte ihm den Beleg. »Neunundvierzig Euro neunzig. Das muss der Gorilla aus Leder gewesen sein.«

John riss dem Mann den Beleg aus der Hand und schaute auf den Namen des Kontoinhabers, der auf der Kopie der Visakarte gut zu lesen war. Er traute seinen Augen nicht und las den Namen noch mal.

»Wie heißen Sie eigentlich?«

»Justus Dehmel«, antwortete der Verkäufer zögernd.

»Sie sind ein Engel. Lesen Sie wirklich keine Zeitung?«

Dehmel schüttelte seine Pferdemähne. »Ich kann in den Augen der Kinder lesen. Darin erscheint die Welt weitaus fröhlicher.«

»Ich beneide Sie um Ihren Beruf«, sagte John ohne Ironie. »Wenn ich Maren finde, kaufe ich das teuerste Spielzeug aus Ihrem Angebot.«

Bevor John ging, bat er den Verkäufer, den Beleg gut aufzuheben und die Angelegenheit nicht öffentlich breitzutreten.

»Und was mache ich, wenn der Mann wiederkommt?«

»Halte ich für unwahrscheinlich«, antwortete Klein. »Er ist nämlich ziemlich tot.«

7

Im *Pieper* saßen gerade mal eine Handvoll Gäste. Aber auch wenn es hier voll war, verbreitete die Kneipe die Gemütlichkeit eines Luftschutzkellers kurz vorm Eintreffen der Russen. Jeder schien auf etwas zu warten, das jenseits von Raum und Zeit existierte. Ein Ereignis, eine Person, die irgendwo zwischen vollendeter und unvollendeter Vergangenheit abhanden gekommen war und in der Warteschleife der Gegenwart herumirrte. Für die Stammkunden, Wendeverlierer aus beiden Teilen Berlins, war das *Pieper* der Ort, an dem es ihnen gut ging, solange es den anderen schlecht ging. Wer Zufriedenheit ausstrahlte, war höchst verdächtig. Niemand redete mit John Klein, man »ignorierte ihn jar nich«, wie der Berliner sagt. Man hatte sich an ihn gewöhnt und nahm seine Anwesenheit so selbstverständlich wie einen ehemaligen Stasi-Mitarbeiter in der PDS. Außerdem war John heute nicht zum Lächeln zumute. Sollte er erklären, dass es wenig Mühe macht zu lächeln und man sich daran gewöhnen konnte wie ans Zähneputzen? Oder dem chronisch schlecht gelaunten Wirt die Anekdote von Brecht in New York erzählen? Als der mit Ruth Berlau im *Café des Artistes* saß, sagte sie verbittert: »Schau dir diese Kellner an. Sie müssen den ganzen Tag lächeln, um ihren Job nicht zu verlieren.« Darauf Brecht: »Die ersten zwei Wochen zwingen sie sich zu lächeln. Danach merken sie, dass ihnen der Job mehr Spaß macht, wenn sie freundlich sind.«

John konnte den Erfolg seiner Suche nach Maren Graf nicht genießen, weil der entscheidende Teil des Puzzles nicht mehr verfügbar war. Der Entführer war tot, verbrannt in seinem Auto. Fremdverschulden, Selbstmord, Unfall –

für die Polizei eine Frage der Beweislast, für John eine Sache auf Leben und Tod. Hatte Jakob Schwarz seinem Leben ein Ende gesetzt, musste er davon ausgehen, dass Maren ebenfalls tot war. Starb der Rabbiner ungewollt, bestand Hoffnung, dass sie noch lebte. Ein Rabbiner als Kindesentführer, das war der vertrackteste Fall der Fälle. Er weckte uralte Ressentiments gegen Juden, obwohl rituelle Kindstötungen längst als christliche Horrormärchen widerlegt waren. In Israel wurde über Rabbiner, die sich an Kinder heranmachten, in der Zeitung berichtet, in Deutschland würde ein jüdischer Schweinepriester einen Skandal auslösen, der die katholischen Päderasten als bedauernswerte Opfer des Zölibats erscheinen ließe.

Was nützte es, eine Verbindung zwischen dem toten Rabbiner und dem vermissten Mädchen herstellen zu können, wenn ihm als Privatdetektiv die Hände gebunden waren und er in der Synagoge nicht ermitteln konnte, ohne den Staatsschutz auf den Plan zu rufen? Es seinen alten Kollegen vom LKA auszuplaudern, würde ihm keine Sympathien einbringen, sondern allenfalls den Verlust seiner Lizenz. Und Maren Graf, die vielleicht seit Tagen vergeblich auf Onkel Jakob wartete, keine Aussicht auf Erlösung. Sie würde verdursten oder verhungern, wenn er sie nicht rechtzeitig fand – wenn sie noch lebte. Und es wäre seine Schuld. Sollte er eine Großfahndung einleiten oder allein weiter-suchen? Beides verhieß keine Garantie auf Erfolg und war kein Wechsel auf sein Versprechen den Eltern gegenüber.

Bevor ihn die trüben Tassen an der Bar zum Bier einluden, um ihren Kummer über ihm auszuschütten, bestellte er noch ein Glas von dem grottenschlechten Rioja. Für John beruhte die Unfähigkeit, sich am Leben zu freuen, vor allem auf einem Mangel an Intelligenz. Nicht dass er sich für den Einstein unter den Schnüfflern hielt. Ein durchschnittlicher

IQ, gutes Essen, kaltes Bier, eine bezahlbare Wohnung und sein Job reichten ihm zum Zufriedensein. Doch in diesem Moment fühlte er sich elend, wie seit Leas Tod nicht mehr, und wünschte, jemand würde diesen Zustand mit ihm teilen. Seneca interessierte nur, dass alles paletti war, schlechte Laune ließ er nicht gelten. Auch sein Partner Kurz war jetzt keine Hilfe, er würde ihn für verrückt erklären, seine Nase in polizeiliche Staatsaffären zu stecken.

John zahlte und machte sich auf den Heimweg. An der Kreuzung Sredzki-/Kollwitzstraße sah es aus wie in Prenzlauer Berg nach 1945. Um die Fußwege zu verbreitern, hatte man ein Erdloch gebuddelt, in dem man den Giftmüll eines Tages von ganz Berlin hätte entsorgen können. Dafür liebte er diese Stadt – hier wurde mit größtmöglichem Aufwand das Minimum an Veränderung betrieben, damit man bei den *Wühlmäusen* weiter singen konnte: »Berlin bleibt doch Berlin!«

Am Kollwitzplatz hatte John das Gefühl, verfolgt zu werden. Er sah sich um und lauschte in die sternenklare Nacht. Niemand weit und breit. Trotzdem beschleunigte er seine Schritte, weil er sicher war, dass jemand ihn aus dem Dunkel des Platzes beobachtete. Vermutlich ein harmloser Irrer, der Leuten, die nachts umherspazierten, seinen Pimmel zeigen wollte. Bei fünf Grad über Null sicher kein atemberaubendes Schauspiel.

Nach drei Fehlversuchen gelang es John, die Tür zu seiner Wohnung aufzuschließen. Seneca gähnte und wedelte mit dem Schwanz wie ein Signalmaat, wenn der Kapitän an Bord geht. Zu betrunken, um sich auszuziehen, fiel Klein ins Bett und schlief auf der Stelle ein. Mitten in der Nacht wurde er von seinem eigenen Schnarchen wach. Der Hund lag ausgestreckt neben ihm. John stieß ihn unsanft von der Bettkante und drehte sich zur Seite. Doch er konnte nicht mehr einschlafen. Obwohl er sich nach Kräften wehrte, kreisten seine Gedanken wieder um das verschwundene Kind der Grafs.

Wäre er ein Medium, könnte er mittels parapsychologischer Einbildungskraft den ungefähren Ort ihres Verstecks visualisieren. In der Vermisstenabteilung der Kripo hatten sie verschiedentlich mit Hellsehern gearbeitet, aber trotz brauchbarer Hinweise keine spektakulären Erfolge erzielt. Die beste Methode war deshalb immer noch die nicht nachlassende Suche und eine dosierte Mischung aus Intuition und Erfahrung. Im Gegensatz zu anderen Ermittlungen musste man die Sache gegen jede polizeiliche Vorschrift persönlich nehmen, als wäre die vermisste Person Teil seiner selbst. Während seiner Zeit in der Vermisstenabteilung registrierte John Klein eine Verflüchtigung seiner Anteilnahme und war gerade noch rechtzeitig ausgestiegen, bevor er ein Fall für den Sozialtherapeuten wurde.

Er könnte auch diesen Fall abgeben. Ein Anruf beim LKA und eine Horde Polizeischüler würde den Prenzlauer Berg durchkämmen, Haus für Haus, bis sie das Kind gefunden hätten. Warum missfiel ihm der Gedanke? Einen Orden würde er nicht erhalten, falls sein Alleingang Erfolg hätte. Als Dank höchstens einen Tritt in den Arsch, da es bei Gefahr im Verzug seine Pflicht war, die Keithstraße zu informieren. Alles ihn ihm sträubte sich, es zu tun. Zu lange hatte er auf eine Gelegenheit gewartet, es ihnen heimzuzahlen, obwohl er wusste, dass es keine Wiedergutmachung gab für das, was sie ihm angetan hatten. Der Staat und seine Diener entschuldigen sich nicht.

Aber hier ging es nicht um Rachegefühle, sondern um ein Kind, das dringend gefunden werden wollte. Ein Mann mit Erfahrung und persönlichem Ehrgeiz konnte eine Hundertschaft blutiger Anfänger ohne Anteilnahme nicht nur ersetzen, sondern sogar in den Schatten stellen. Weil kollektive Intelligenz nicht die Addition ihrer Einzelleistungen ist, vielmehr das Mittelmaß und in der Summe stets dümmer als ein intelligentes, auf sich gestelltes Individuum. John musste lachen über seine Marotte, die banalsten Dinge statistisch zu betrachten.

Die Nacht war bald vorüber. Vielleicht sollte er lieber berechnen, wie viele Schäfchen er zählen musste, um endlich Schlaf zu finden. Morgen war der fünfzehnte Tag, seit Maren Graf verschwunden war. Vor sechs Tagen war Jakob Schwarz gestorben. Wenn er das Mädchen in einem Verließ eingesperrt hatte, würde sie in wenigen Tagen so tot sein wie der Rabbi, es sei denn, der Entführer hatte einen Komplizen. Es war ein Wettrennen gegen die Zeit, das John nur gewinnen konnte, wenn er am Morgen ausgeruht war. Ohne Leas sanften Atem an seinem Ohr ein Zustand, den er seit Jahren nicht mehr kannte.

* * *

Am nächsten Morgen sah die Diedenhofer Straße aus, als hätte der Bäckerzulieferer ein paar Säcke Puderzucker verloren. Seneca saß am Fenster und freute sich wie ein Kind. Als er schon in Mantel und Hut war, fiel John ein, dass er Lorenz Straub anrufen wollte. Er hatte die Nummer der Kriminalpathologie nicht parat und musste in seinem Telefonverzeichnis nachsehen.

»Hier Klein! ... Was machen die Toten? ... Mir? Allet jut. Ick hab zu tun und kann mir nich jenuch beklagen, wie der Berliner sagt ... Verstehe. Eine kurze Frage. Hatten Sie eine Brandleiche namens Jakob Schwarz auf dem Seziertisch? ... Irgendwelche Anzeichen, dass er schon tot war, bevor ... Verstehe. Aber der Fall interessiert mich ... Können wir uns irgendwo treffen? ... Wenn's sein muss, auch im Fitness-Center.«

Bei dem Wort Fitness zog der Hund den Schwanz ein, als

wüsste er, dass sein Herr sich strikt an Winston Churchills Devise *No sports!* hielt.

Im Büro erwartete ihn eine Überraschung: weiblich, stark geschminkt, und sie roch intensiv nach Parfüm. Die Frau hieß Sonja Prager. Ihr blondes Haar war ebenso unecht wie die Bräune ihres Gesichts, über die Echtheit ihrer prallen Brüste wollte der Detektiv keine Mutmaßungen anstellen. Er lehnte sich im Sessel zurück und war darauf gefasst, dass die Frau sich in der Adresse geirrt hatte und ihn für einen Casting-Agenten für RTL-Gerichtsshows hielt.

»Was kann ich für Sie tun, Frau Prager?«

»Fräulein! Aber das sagt man ja nicht mehr, oder?«

John spürte, wie sich das Blut in seinen Schläfen staute. Er reagierte nicht.

»Ich bin nicht verheiratet. Zumindest noch nicht.«

»Partnervermittlung ist nicht Teil unseres Services«, bedauerte John. »Eher das Gegenteil.«

Die falsche Blondine lächelte, als hätte er einen Witz gerissen und sie ihn verstanden. Ihr Alter war ebenso schwer zu bestimmen wie das Geschlecht eines Kükens. Irgendwo zwischen dreiunddreißig und dreiundvierzig.

»Sehen Sie, das ist mein Problem. Ich habe einen Freund, der verheiratet ist. Seit drei Jahren verspricht er, sich scheiden zu lassen. Jetzt sagt er: Nur noch dieses Weihnachten, dann sind die Kinder groß genug. Ich meine, will der mich veräppeln? Die sind beide in der Pubertät und wissen, dass nicht der Klapperstorch die Kinder bringt.«

»Warum geben Sie Ihrem Freund nicht noch die vier Wochen«, schlug John vor und spielte demonstrativ an seiner Armbanduhr.

»Dann sind Winterferien. Da fährt die Familie in Skiurlaub. Zu Ostern auf'n Reiterhof im Schwarzwald, im Sommer zum Schnorcheln auf die Malediven, und dann ist wieder Weihnachten.« Sonjas Sopran war jetzt drei Oktaven höher und klang wie eine Sirene bei Fliegeralarm. »Ich lasse mich nicht mehr hinhalten von diesem verlogenen Mistkerl!«

»Vielleicht sollten Sie sich einen unverheirateten Freund suchen«, schlug John vorsichtig vor. »Bei Ihrer Figur und Intelligenz.«

Zu seiner Überraschung zeigte Sonja keine Reaktion. »Ich will aber den und keinen anderen!«

Er versuchte es auf die väterliche Tour. »Sie lieben ihn bis zur Besinnungslosigkeit und würden eher sterben als …«

»Wollen Sie mich verarschen, Mister? Leben Sie etwa von Luft und Liebe? Ich nicht. Ich habe noch andere Bedürfnisse als einmal die Woche Sex.«

»Damit wäre ich vollends zufrieden«, dachte John laut, konnte sich aber nicht vorstellen, wie er die höheren Ansprüche von Sonja Prager befriedigen sollte.

»Sie machen doch heimlich Fotos von Männern und Frauen in … na ja … wie soll ich sagen … eindeutigen Situationen.«

»Für gewöhnlich reicht es den Klienten, wenn ich den Ehepartner beim Händchenhalten mit der besten Freundin oder dem besten Freund ablichte. Alles andere würde mich die Lizenz kosten. Es ist nämlich nicht nett, Leute gegen ihren Willen mit heruntergelassener Hose zu fotografieren.«

»Ist für mich kein Problem«, lachte die Blondine. »Ich erlaube Ihnen, mich zu knipsen.«

John verstand noch immer nicht und hoffte, dass sein Partner endlich zur Tür hereinschneite.

»Gott, sind Sie schwer von Begriff. Sie sollen den Beweis liefern, dass wir miteinander vögeln. Damit seine Frau sieht, was für ein mieser Typ er ist, und sich scheiden lässt.«

»Tut mir leid«, erwiderte John. »Das kann ich nicht machen.«

»Warum nicht?«

»Weil es die Privatsphäre Ihres Freundes verletzt. Von der Ihren mal abgesehen.«

Sonja Prager rutschte unruhig auf ihrem Stuhl hin und her. Gleich würde sie es mit der Basic-Instinct-Nummer versuchen, fürchte John. Als sie die Beine übereinanderschlug, starrte er angestrengt an die Decke.

»Was verlangen Sie für die Gefälligkeit?«

»Nichts. Weil ich so etwas nicht tue.« John erhob sich von seinem Sessel, in der Hoffnung, damit die Diskussion zu beenden. Doch so leicht gab sich Sonja Prager nicht geschlagen.

»Ich kann es auch selber machen. Video ist sogar einfacher als Fotoapparat. Und dann sage ich meinem Freund, dass Sie es aufgenommen haben. Er ist Russe und kann sehr gemein werden.«

John zog ein handliches Diktiergerät aus der Jackentasche und spielte das Gespräch ab. Erst jetzt gab Sonja auf. Beim Verlassen des Büros schleuderte sie ihm noch ein paar unfeine Worte an den Kopf. Doch sie verfehlten ihr Ziel, weil der Detektiv sich nach seinem Hund bückte, der unterm Schreibtisch lag und darauf wartete, ausgeführt zu werden.

* * *

Beim Kollwitz-Bäcker war es wie gewöhnlich voll um die Mittagszeit. John bekam, ohne danach zu verlangen, seinen Kaffee im Becher und ein Buttercroissant für den Hund. Als er seinen Stammplatz auf der Fensterbank vor der Tür ansteuerte, saßen dort schon zwei Bauarbeiter. Ein Platz links neben der Tür war noch frei, doch auf der gepolsterten Bank saß eine Frau, und John wollte nicht zudringlich erscheinen. So pflanzte er seinen breiten Hintern auf einen Kinderstuhl, der ziemlich kippelig war, und fütterte Seneca.

»Sie können sich ruhig zu mir setzen«, hörte er hinter sich eine Frauenstimme.

Er drehte sich um und fiel fast vom Stuhl. »Meinen Sie mich?«

»Nun kommen Sie schon! Ich beiße nicht.«

John bedankte sich und wechselte den Platz. Der Anblick der Frau war das erste erfreuliche Ereignis des Tages. Sie war Ausländerin, so viel stand fest, denn deutsche Frauen suchten keine Gesellschaft beim türkischen Bäcker und trafen sich nur mit der besten Freundin oder dem Mann der besten Freundin in Orhans Vorgarten.

»Was für ein hübscher Hund«, sagte die Frau und kraulte Seneca hinter den Ohren. Ihr Deutsch war fast akzentfrei. »Ich hatte mal einen, der war so hässlich, dass ich ihn Arafat getauft habe. Ich heiße übrigens Hanna Wolff.«

»John Klein. Ich habe Sie noch nie hier gesehen.«

Hanna strich sich mit der Hand durch das rote Haar. »Bin erst seit ein paar Tagen in Berlin.«

»Und, wie gefällt es Ihnen?«

»Ich hab's mir größer vorgestellt«, sagte sie und nippte an ihrem Milchkaffee. »So wie London oder Paris.«

»Das täuscht. Weil Berlin nicht mal halb so viele Einwohner auf derselben Fläche hat. Immerhin gelten wir als drittgrößte Stadt der Türkei.«

»Und der Ort mit den meisten Juden in Europa. Ist das nicht komisch? Nur vor '33 lebten mehr von uns hier.« Direkter hätte sie das Wesentliche über sich nicht mitteilen können. Doch für John waren da noch ein paar Kleinigkeiten, die sie unter ihrem Valentino-Mantel verbarg, über die er gern Näheres gewusst hätte.

»Woher kommen Sie, wenn ich fragen darf?«

»Tel Aviv. Auf Deutsch Frühlingshügel. Aber eigentlich herrscht dort immer Sommer, und die Stadt ist ziemlich flach.«

»Ich war mal da, während der zweiten Intifada«, holte John aus. »Ein Kellner im Kaffee *Meerschaum* beklagte sich, dass keine deutschen Touristen mehr ins Gelobte Land kämen. Er hielt es für eine neue Form von Antisemitismus. Die Geschäfte gingen schlecht.«

Hanna schien seine Geschwätzigkeit zu gefallen. Sie ließ sich Feuer geben und zündete sich eine Zigarette an. »Israelis lieben es, die Schuld stets bei anderen zu suchen. Weil wir so lange die Schuldigen für andere waren.«

»Ich leide nicht unter Schuldkomplexen. Nur gelegentlich unter Migräne.«

Hanna musterte ihn mit ihren kastanienbraunen Augen, und ihm fiel auf, dass sie einen leichten Silberblick hatte.

»Dann sollten Sie keinen Kaffee trinken. Wie wär's, wenn Sie mich zu einem Drink einladen?«

»Wie? Jetzt sofort?«, stotterte er und schaute auf seine Uhr.

»Nein, später. Ich hab noch zu tun.«

Er versuchte, seine Freude so gut es ging zu verbergen. »Wann kann ich Sie wo abholen?«

»Sagen wir um acht in *Myer's Hotel* in der Metzer Straße.«

»Abgemacht!«

»Und bringen Sie Ihren Hund mit. Ich glaube, er mag mich.«

Sie ging, ohne ihm die Hand zu geben. Er starrte auf ihre Beine, die perfekt gebaut waren. Ihr Gang jedoch war eher unweiblich. Obwohl beide Frauen kaum Ähnlichkeit besaßen – Lea war groß und kurvenreich, Hanna klein und drahtig –, hatten sie eines gemeinsam: Sie ließen ihm seine Schwäche für rothaarige Jüdinnen bewusst werden. War es eine besonders heimtückische Form von Antisemitismus, der angeblich tief in der deutschen Seele ruht? Und wenn schon, man ist nicht, was man ist, man ist, was man tut und nicht tut. Er würde Hanna Wolff auch anziehend finden, wenn sie Palästinenserin wäre. Der Bibel nach stammen alle Juden und Araber von Sem, Noahs Sohn, ab und waren somit Verwandte. Leas Familie, alle gute DDR-Kommunisten, hatte das palästinensische Volk im Kampf gegen den Zionismus unterstützt, ging aber zu den hohen Feiertagen Jom Kippur und Pessach in die Synagoge. John besuchte als Nachkomme belgischer Calvinisten nicht mal Heiligabend den Gottesdienst. Aus der Kirche war er ausgetreten, als sie nach der Wiedervereinigung eine Nachforderung von fünftausend D-Mark an ihn stellte. Von dem Geld hatte er Lea später das Auto gekauft … An eine Strafe Gottes glaubte er trotzdem nicht. Wozu brauchte Gott Geld?

John trank seinen Kaffee aus und machte sich auf den Weg. Er zählte seine Schritte, um nicht weiter an Hanna Wolff zu denken. Er musste herausfinden, warum Jakob Schwarz gestorben war und wo er gewohnt hatte. Die Zeitungen schrieben nichts über das Privatleben des Rabbis und hielten sich auch sonst mit Ermittlungsdetails zurück. Ein Zeichen, dass die Kollegen vom Staatsschutz wieder einmal im Trüben fischten.

8

Am Nachmittag betrat John das Fitness-Studio *Gold's* in der Immanuelkirchstraße. Weil er nichts von Selbstgeißelung hielt, setzte er sich an die Bar und bestellte ein Mineralwasser. Lorenz Straub kam nach einer halben Stunde krebsrot aus dem Maschinenraum. Er roch nach Schweiß und Testosteron.

»Sie sollten was für Ihre Kondition tun«, sagte er und schnallte seinen Blutdruckmesser ab. »Das macht glücklich.«

»Zu riskant. Man wird leicht zum Adrenalin-Junkie.«

»Immer noch der alte Miesmacher«, lachte Straub. »Kommen Sie mit in die Sauna. Da können wir in Ruhe reden.«

John vertrug keine Sauna, wollte aber kein Spielverderber sein. »Ich bin nicht Mitglied in diesem Club. Außerdem habe ich kein Handtuch dabei.«

»Ich geb Ihnen eins von meinen.« Straub winkte den Barmann heran. »Der Herr ist mein Gast.«

»Möchte der Herr nicht Mitglied werden?«, fragte der Angestellte den Gast. »Die Monatskarte kostet nur wenig mehr als ein Saunabesuch.«

John bedankte sich. Er wollte keinem Verein beitreten, der Leute wie ihn aufnahm. Straub fand die Bemerkung unpassend und zog ihn mit sich in die Umkleidekabine.

»Können wir nicht reden, ohne uns auszuziehen?«, fragte John. »Ich trage keinen Sender am Körper.«

»Nun stellen Sie sich nicht so an«, drängelte Straub und reichte ihm ein Badetuch. Während sich beide entkleideten, klingelte in einem Spind ein Handy. Es war das des Pathologen.

»Ja? ... Nee! Heute nicht mehr ... Das ist mir scheißegal.« Straub schaltete das Telefon ab und warf es mit seinen Turnschuhen zurück in den Spind. »Chott verdamme! Jetzt schicken sie mir schon Hundertjährige, bloß weil sie beschnitten sind.«

Lorenz Straub, eigentlich Prof. Dr. hc. Straub, war gebürtiger Holländer. Anfang der 1980er Jahre war er aus politischen Gründen in die DDR gekommen und galt dort als *die* Kapazität der Kriminalpathologie. Er schrieb mehrere Bücher über ungeklärte Mordfälle, wurde aber vor allem berühmt durch seine These, dass Rudolf Hess sich 1987 in Spandau nicht selbst umgebracht haben konnte. Weil ein Greis von dreiundneunzig Jahren sich unmöglich mit einem Stromkabel erdrosseln kann. Obwohl die offizielle Todesursache Erstickung durch Abdrücken der Luftzufuhr lautete, blieben aufgrund von Straubs Gutachten berechtigte Zweifel. Dass er damit alten und neuen Nazis ein Argument für die These lieferte, Hitlers Stellvertreter sei ermordet worden, brachte ihm viel Ärger ein, aber auch einen Doktorhut der Oxford University.

John schätzte den ein Meter neunzig großen Mann nicht nur wegen seiner Fähigkeiten als Pathologe. Er bewunderte dessen Furchtlosigkeit gegenüber Bürokraten, seine Uneitelkeit und seinen Humor. Mit ihm in der Sauna zu schwitzen jedoch fand er nicht witzig. Sein chronisch niedriger Blutdruck würde nach zehn Minuten auf dem Nullpunkt sein und er zu müde, um das Rendezvous mit Hanna Wolff durchzustehen. Er musste das Gespräch so kurz wie möglich halten und sich ganz auf die Fragen zu Jakob Schwarz konzentrieren.

John betrat den Saunaraum. Straub saß bereits auf der obersten Bank und schwitzte wie ein Medizinstudent im Staatsexamen. Sie waren allein. John nahm ganz unten Platz und atmete tief durch.

»Sie sind neugierig, was den Rabbiner umgebracht hat.«

John nickte und spürte, wie die Hitze in ihm aufstieg.

»Der Fall ist eine Staatsaffäre. Schon der Versuch, etwas auszuplaudern, kann mich den Kopf kosten.«

»Ich behalt's für mich.«

»Okay. Sagen Sie mir, was Sie mit der Sache zu tun haben. Sie sind doch schon lange nicht mehr im Dienst.«

»Ein kleines Mädchen aus Prenzlauer Berg ist verschwunden. Jakob Schwarz hat vor seinem Tod für sie ein Stofftier gekauft. Obwohl er nicht ihr Patenonkel war.«

Der Pathologe stieg von der Empore und goss Wasser auf die glühenden Steine. »Sie meinen, er hat an ihr rumgefummelt und sich dann angezündet?«

»Glauben Sie, was in der Zeitung steht? Dass Nazideppen aus Übermut ein parkendes Auto abfackeln, in dem jemand sitzt? Das haut doch nicht hin. Das Opfer hätte rausspringen können.«

Straub setzte sich neben Klein, als fürchte er, dass doch jemand mithörte. »Es sei denn, es hat von all dem nichts mitbekommen.«

»Sie meinen, er schlief im Auto?« John atmete schwer. »Oder der Rabbi war tot, bevor er brannte ...«

»Wie Holofernes in den Armen von Judith«, versicherte Straub, der biblische Vergleiche liebte. »Und zwar, bevor man ihm Feuer unterm Hintern machte.«

»Sind Sie sicher?«

»Lieber Freund! Bei einer Brandleiche kann man sich mit allem Möglichen irren. Aber nicht, wenn sie einen zertrümmerten Halswirbel hat. Obendrein war der Adamsapfel massiv kontrahiert.«

»Das heißt, er wurde gewürgt und erschlagen?«

»Oder gewürgt und ist dann gestürzt und hat sich dabei das Genick gebrochen.«

John hatte nichts gegen Spekulationen, sie waren Teil seines Geschäfts. Von einem Gerichtsmediziner erwartete er jedoch Beweise.

Straub sah ihn vorwurfsvoll an. »Tote sind äußerst mitteilsam, wenn man ihre Sprache versteht. Selbst ein Anfänger könnte sich in diesem Fall kaum irren. Die Totenstarre hatte schon eingesetzt.«

»Das kann man bei einer Brandleiche feststellen?«,

Straub nickte vehement und verspritzte dabei Schweißperlen. »Hitze beschleunigt die Leichenstarre. Und unser Opfer war nicht stark verbrannt. Es starb mit vollem Magen. Anhand des Weges, den das Essen *post mortem* in den Dünndarm wandert, lässt sich der Todeszeitpunkt berechnen ... Gut zwei Stunden war Jakob Schwarz schon im Himmel, als das Auto brannte.«

»Oder in der Hölle.«

»Jedenfalls starb Jakob Schwarz nicht durch Feuer«, versicherte Straub. Wie und durch wen die Leiche des Rabbiners in das Auto gekommen war, wusste er natürlich nicht. Das war Sache der Kripo. Die hatte seinen Obduktionsbefund ignoriert und Schwarz zur Bestattung freigegeben, da nach jüdischem Brauch Tote binnen vierundzwanzig Stunden unter die Erde müssen.

John fühlte, wie das Blut in seinen Adern langsamer floss und ihn das Bedürfnis nach Schlaf überkam. »Die ganze Sache ist faul und hat mit dem verschwundenen Mädchen zu tun. Nicht mit Blut und Ehre oder Al-Kaida.«

»Mag sein. Aber ein toter Rabbiner ist eine Staatsaffäre«, sagte Straub und wischte sich den Schweiß von der Stirn. »Was er auch angestellt haben mag.«

John sah das anders. Kindesmissbrauch blieb ein Verbrechen, das nicht mit Religion zu entschuldigen war. Doch im Moment wäre es ein Verbrechen, noch länger in der Sauna zu schwitzen und zu müde für sein abendliches Rendezvous zu sein.«

»Dann lassen Sie uns rausgehen«, schlug Straub vor. »Sonst kriegen Sie nachher keinen mehr hoch.«

Sie verließen die Sauna. Straub stieg ins Kaltwasserbecken und tauchte bis zur Fontanelle unter. Als sie sich anzogen, fiel John ein, dass er das Wichtigste beinahe vergessen hätte. »Sie haben doch die Personenkenndaten von Jakob Schwarz?«

Der Pathologe sah sich um, nahm Klein das Handtuch ab und schob ihm dabei einen Zettel in den Hemdsärmel. »Seien Sie bloß vorsichtig«, warnte er. »Vorgestern haben Techniker alle Computer unseres Instituts inspiziert. Seitdem fehlen sämtliche Unterlagen über Bruder Jakob.«

»Logisch. Die wollen die Sache vertuschen. Ein Rabbiner, der kleine Mädchen befummelt …«

»Glauben Sie, dass das Kind noch lebt?«, fragte Straub.

»Der Glaube macht nur den selig, der glaubt.«

Straub nickte. »Und selig sind die Armen im Geiste.«

»Die Chance, dass Maren noch lebt, ist ungefähr so hoch wie die Wahrscheinlichkeit, dass ich durch Schwitzen abnehme. Trotzdem muss ich sie finden.«

»Warum? Die Polizei sucht doch bestimmt nach ihr?«

»Würden Sie auf die Polizei setzen, wenn Ihr Kind verschwindet?«

Lorenz Straub dachte nach. »Wenn Sie mich so fragen, würde ich lieber Sie engagieren.«

»Wäre auch keine Garantie. Das Dumme ist, ich hab den Eltern versprochen, sie zu finden.«

Als sie die Umkleidekabine verließen, hielt Straub John am Arm fest.

»Warten Sie einige Minuten. Es ist besser, wenn man uns nicht zusammen sieht.«

John bedankte sich für das Schwitzbad und setzte sich auf eine Bank, von wo aus er die Lobby im Blick hatte. Straub gab seinen Spindschlüssel ab und zahlte für den Gast. An der Bar saß ein Mann im dunklen Anzug und trank Diät-Cola. Als Straub in den Fahrstuhl stieg, griff der Mann zum Mobiltelefon.

Eine Viertelstunde später überquerte John Klein die Prenzlauer Allee. Er war sicher, dass niemand ihm folgte; für eine erfolgreiche Observation hätte man wenigstens vier Leute auf ihn ansetzen müssen. Um ganz sicher zu gehen – die Israelis waren nicht solche Stümper wie die Schlapphüte vom Verfassungsschutz –, bog er am Wasserturm links ab und schlug sich in die Grünanlage. Dort wartete er eine halbe Stunde. Er sehnte sich nach seiner Couch, die nur einen Steinwurf entfernt stand.

Als er sich endlich ausstrecken konnte, war es sieben Uhr. Wenn er jetzt einnickte, würde er sein Rendezvous verschlafen. Andererseits sagte ihm seine innere Stimme, die im Schwebezustand von Wachsein und Müdigkeit so verlässlich war wie das Orakel von Delphi, dass Hanna Wolffs Interesse an ihm nichts mit seinem Testosteronspiegel zu tun hatte. Der war seit einer kurzen Affäre mit seiner Psychotherapeutin vor zwei Jahren auf einem historischen Tief. Dennoch würde er eine Frau, die ihn zu einem Drink einlud, niemals warten lassen. Um nicht einzuschlafen, legte John eine Platte von Led Zeppelin auf, die mit den nackten Kindern auf dem Cover, und las den Zettel von Professor Straub.

```
Name: Jakob Samuel Schwarz
geboren: 15. Juli 1980 in Berlin (Ost)
wohnhaft: Rykestr. 9 SF 1.OG
Staatsangehörigkeit: deutsch
Staatsbürgerschaft: Israel
Tätigkeit: Rabbiner
Familienstand: verheiratet, zwei Kinder (4/7)
Ehefrau: Deborah Greenwald, Amerikanerin
```

wohnhaft seit 2010: 17 Sullivan Street, New York
Mutter: Anna Schwarz, geb. 30. Mai 1957
Tätigkeit: Malerin, Bühnenbildnerin
wohnhaft: Schliemannstr. 33 QG 4.OG
Vater: Max Todt, geb. 3. Januar 1954
Tätigkeit: Soziologe, Uni-Dozent
wohnhaft: Berlin, Knaackstr. 34 VH 2.OG

Die Details des pathologischen Befundes interessierten den Detektiv weniger als die Familie des Rabbiners. Die Presse schrieb, dass Deborah Greenwald-Schwarz nach New York abgereist war. John hielt es für ausgeschlossen, dass sie ein von der Polizei gesuchtes Kind mitgenommen hatte. Genauso ausgeschlossen war es, dass es sich bei der Mutter des Toten aufhielt. Trotzdem würde er sich Anna Schwarz vorknöpfen. Da die SoKo Rabbiner nicht nach dem verschwundenen Mädchen suchte, war die Mutter des Toten mit Sicherheit nicht zu Maren Grafs Verschwinden befragt worden.

Dass Anna Schwarz von dem entführten Kind wusste, war zweifelhaft, aber nicht auszuschließen. Mütter wissen oft mehr über ihre Söhne, als sie der Polizei anvertrauen. Und er musste sich um den Vater kümmern. Der Name Max Todt kam ihm irgendwie bekannt vor. Was du nicht im Kopf hast, weiß das Internet auf Abruf ... Binnen zwanzig Sekunden hatte er Dutzende Einträge zu Todt auf dem Schirm und erinnerte sich des Pressewirbels um den DDR-Bürgerrechtler. Er war nach der Wende angeklagt worden wegen antisemitischer Äußerungen und hatte sein Lehramt verloren. Zu so einem Vater würde der Rabbiner kaum ein enges Verhältnis gehabt haben. Eher zur Mutter. Nach allem, was John über Päderasten wusste, waren die meisten Muttersöhnchen mit problematischer Vaterbeziehung.

Jakob war neun gewesen, als die Mauer fiel. Aufgewachsen in der promiskuitiven, antiautoritären Künstlerszene des Prenzlauer Bergs, war der Junge vermutlich schlecht vorbereitet auf die Wende zurück in bürgerliche Werte. Hatte er sich deshalb seiner jüdischen Wurzeln besonnen und war, wie viele Kinder nichtreligiöser DDR-Juden, nach Israel gegangen? Suchte Jakob, nachdem der Glaube an den Sozialismus verloren gegangen war, Ersatz in der jüdisch-orthodoxen Religion? Aber warum kehrte er als Rabbiner in den Prenzlauer Berg zurück?

Je länger John darüber nachsann, desto mehr zweifelte er an der Mordtheorie. Polizei und Presse wussten nicht, dass Jakob Schwarz ein Kind entführt hatte. Ob er deshalb hatte sterben müssen und durch wen, wusste der Detektiv auch nicht. Nur dass er das Mädchen dort suchen musste, wo der Rabbiner tätig gewesen war – in der Synagoge. Ein Ort, den John seit seinem Übertritt zum Judentum mied, weil es für ihn nicht viel mit Gott zu besprechen gab. Höchstens, dass es ziemlich weltfremd war, Männer und Frauen getrennt beten zu lassen.

Er musste los. Er wollte Hanna Wolff nicht warten lassen.

* * *

Sie setzte ihr Glas ab, leckte sich die Lippen und sagte mit unverhohlenem Vorwurf: »Sie haben mir verschwiegen, dass Sie Jude sind.«

»Bin ich das?« John schob seinen breiten Hintern auf den Barhocker und vermied es, Hanna anzusehen. Er wollte nicht, dass sie in seinem Gesicht las wie in einem offenen Buch. Doch seine Körpersprache verriet ihn. Er war angespannt.

»Sie mögen das Thema nicht.«

John rutschte nervös auf seinem Hocker hin und her und überlegte, wie er dem Gespräch eine andere Richtung geben könnte. Doch er wusste, dass es zwecklos war. »Ich sehe nur nicht ein, warum man vierundzwanzig Stunden am Tag darüber nachdenken muss, ob man Jude ist oder nicht.«

»Wenn Sie keiner sind, können Sie es nicht verstehen.«

»Kann ich doch. Meine Frau war Jüdin. Wenn auch nicht religiös.«

»Wieso war? Ist sie konvertiert?«

»Meine Frau ist tot«, erklärte John mürrisch.

Hanna Wolff winkte dem Barkeeper. »Was wollen Sie trinken? Whisky, nehme ich an?«

»Ein Bier.«

»Kommen Sie! Seien Sie nicht so gewöhnlich. Trinken Sie einen Whisky mit mir.«

Sie bestellte einen zweiten Lagavulin. »Kennen Sie den Film *Monsieur Klein*? Lief gestern im Fernsehen.«

John schüttelte den Kopf. Fernsehen hielt er für Zeitverschwendung – schauen, amüsieren und vergessen. Tief in sein Gedächtnis eingebrannt hatte sich der Film *Es geschah am hellichten Tag* mit Heinz Rühmann.

»Der Film ist von Joseph Losey, einem der Hollywood Ten, die in den Fünfzigerjahren wegen kommunistischer Umtriebe von McCarthy kaltgestellt wurden … Nein?«

John sah Hanna an wie die Biologielehrerin ein Schüler, der an alles andere denkt als die Fortpflanzung der Regenwürmer durch gleichgeschlechtliche Vermehrung.

»Der Film handelt vom Pariser Kunsthändler Klein, der während der deutschen Besatzung Juden teure Gemälde für ein Butterbrot abkauft. Irrtümlich hält die Vichy-Polizei Klein für einen untergetauchten Juden gleichen Namens und deportiert ihn nach Auschwitz.«

»Meine Vorfahren waren belgische Calvinisten, die vor

den Katholiken nach Deutschland geflohen sind. Ist lange her.« John hob sein Glas. »Auf die jüdisch-deutsche Aussöhnung!«

Hanna nippte an ihrem fast leeren Glas, als fürchte sie, betrunken zu werden. »Weshalb waren Sie dann in Israel während der zweiten Intifada?«

»Dienstlich. Die Kripo von Tel Aviv hatte mich und Kollegen zu einem Erfahrungsaustausch eingeladen.«

»Auch das noch! Der erste nette Deutsche, den ich treffe, ist ein Bulle!« Sie kreischte wie eine Schauspielerin in einer Castorf-Inszenierung. Einige Gäste in der Bar wurden aufmerksam.

John lächelte bemüht. Er fand, dass sie sich wie eine amerikanische Touristin aufführte, die alte Straßenlaternen *very interesting* und volle Aschenbecher *so awful* findet. »Ex-Bulle! Mache jetzt in Privatdetektiv.«

»Ein Philip Marlowe vom Prenzlauer Berg«, sagte Hanna und grinste. Ein Angeber war dieser Klein nicht. Ein Aufreißer auch nicht. Vielleicht einer von diesen depressiven Typen, die sich wünschen, lieber zu den Bösen zu gehören als zu den Guten.

John kippte seinen Whisky herunter. Es schien ein kurzer Abend zu werden.

»Verzeihen Sie meine Neugier, aber was ermitteln Sie so?«

John hasste es, Auskunft über seine Arbeit zu geben. Andererseits war Hanna Wolff eine verdammt gut gebaute Nervensäge und, das sagte ihm sein diensthabender Profiler, viel klüger, als sie vorgab. »Ehescheidungen, Versicherungsbetrug, Erbangelegenheiten. Dinge, die für keinen Krimi taugen.«

»Sie flunkern«, unterbrach ihn Hanna. »Ich wette, dass Sie mit Leib und Seele Kripobulle waren und sich nicht mit derartigem Kleinkram abgeben.«

»Na ja, es passiert schon einiges hier im Viertel. Aber für die Aufklärung von Kapitalverbrechen werde ich nicht bezahlt.«

»Zum Beispiel der verkohlte Rebbe in dem Van. Stand in allen Zeitungen.« Hanna drehte sich auf ihrem Hocker herum und schlug ungeschickt die Beine übereinander. Für den Augenblick eines Augenblicks konnte John sehen, dass sie einen roten Slip trug. Das hätte ihm eine Warnung sein sollen.

»Mit politischen Fällen befasse ich mich nicht«, sagte John, ohne rot zu werden.

»Aber Sie lesen Zeitung und haben wie jedermann eine Meinung.«

»Wozu? Wenn die Presse bestimmt, was ich zu denken habe und was nicht?«

»In einer Demokratie hat jeder das Recht auf eine eigene Meinung«, widersprach Hanna.

»Klar. In Umfragen kann ich sagen, welchen Politiker von welcher Partei ich gerade gut finde. Was ändert das?«

»Alles, wenn Sie in einer Diktatur gelebt haben.«

John stutzte. »Wie können Sie das wissen? Israel ist doch keine Diktatur. Auch wenn es manchmal so aussieht.«

»Wir haben nicht nur eine regierungskritische Presse, sondern auch ein freies Fernsehen.«

»Prima. Und ändert es was?« John sah Hanna an, dass sie nah daran war, das Gespräch zu beenden. Er lenkte ein. »Wir sollten uns nicht über Kleinigkeiten streiten, ohne uns näher zu kennen.«

Hanna schien erleichtert und setzte ihr unwiderstehliches Lächeln auf. »Mich interessiert, warum der Rabbiner starb. Glauben Sie an ein rassistisches Motiv?«

»Was sonst. Etwa ein religiöses oder sexuelles?«

Hanna sah ihn an, als wüsste er mehr, als er zugab. »Wie kommen Sie auf so was Abwegiges?«

»Ich bin es gewohnt, um die Ecke zu denken. Das Naheliegende ist selten der kürzeste Weg zur Erkenntnis.«

»Und was soll ich hinter der Ecke erkennen?«

John überlegte, was er darauf antworten sollte. »Zum Beispiel: Dass unsere Neonazis nicht so dumm sind, einen Rabbiner anzuzünden. Die wollen legal an die Macht und würden mit so einer Tat kaum bei ihren Wählern punkten.«

»Aber bei den Moslems. Die Araber waren treue Verbündete Hitlers.«

»Nicht alle. Soweit ich weiß, nur der Großmufti von Jerusalem.«

»Der Großonkel von Jassir Arafat.«

John fühlte sich wie ein Ochse, den man am Nasenring zum Abdecker führt. »Für eine Touristin stellen Sie ziemlich untouristische Fragen.«

»Tu ich das?«, konstatierte Hanna nicht allzu verlegen. »Sie haben mich durchschaut. Ich bin Reporterin von *Haaretz* und stelle Nachforschungen über den Tod des Rabbiners an.«

John rieb sich die Augen. »Ich dachte schon, Sie finden mich unwiderstehlich.«

»Als Goj oder als Jekke?«

»Beschnitten wurde ich als Kind wegen Phimose. Zum Judentum übergetreten bin ich der Liebe wegen.«

»Also gojischer Jekke«, konstatierte Hanna. »Dann können wir zusammenarbeiten.«

»Was zahlt Ihre Zeitung?«

»Genug, um sich einen neuen Anzug zuzulegen.«

»Abgemacht. Unter einer Bedingung. Sie erwähnen meinen Namen nicht in Ihrem Artikel. Auch nicht gegenüber der Polizei, falls Sie mit denen reden. Ich bin dort alles andere als beliebt.«

»Dachte, Sie sind ein netter Typ mit Hund«, seufzte Hanna und fuhr sich durch ihr dichtes rotes Haar.

»Ich bin nett, aber nur privat. Und Sie wollen ein Geschäft.« John stieg vom Barhocker, gab der Journalistin seine Visitenkarte und ging.

Hanna Wolff bestellte noch einen Lagavulin. Sie war nicht zufrieden mit sich. Und sicher, dass es mit diesem Privatdetektiv noch Ärger geben würde. Auch wenn er nur ein angeheirateter Verlegenheitsjude war, hatte er mehr Humor und Charme als die meisten israelischen Männer, die sie kannte. Die waren beruflich korrekt und privat unausstehlich. Ob der Philip Marlowe vom Kollwitzplatz ein umgedrehter Jude war, der im Beruf nichts taugte, würde sich zeigen.

Schon jetzt stufte sie ihn ein als ein männliches Exemplar, das in ihrer Sammlung noch fehlte.

* * *

Weil er in *Myer's Hotel* einen Whisky zu viel und drei Bier zu wenig getrunken hatte, fand er keinen Schlaf. Außerdem schnarchte der Hund. Er versetzte dem Gefährten einen Fußtritt und sagte: »Ab in die Küche!« Gähnend trottete Seneca aus dem Zimmer. Sofort bereute John den Fußtritt. Denn wie sagt ein jüdisches Sprichwort: Man muss sich in Acht nehmen vor einem stillen Wasser, einem stillen Hund und einer schweigsamen Frau.

Er schaute auf die grünen Leuchtziffern des Weckers. Noch vier Stunden bis zum Morgen. Genug Zeit, sich dem nächtlichen Zerrbild des Lebens hinzugeben. Wer sich damit abfindet, dass die Welt krank ist, schläft ruhiger. Seit Seneca zu seinen Füßen schnarchte, kam er sich vor wie in einem Zeitkino, in dem am Ende des Films das Licht angeht, bevor die Wiederholung desselben Streifens folgt. Nach dem Frühstück würde er auf den Friedhof gehen und Lea bitten, nachts wieder bei ihm zu liegen. Noch ihr Geist verströmte eine vertraute Wärme und vertrieb die lächerliche Angst vor der Dunkelheit.

Als er das Fenster öffnete, schlug ihm ein eisiger Wind entgegen. Seneca sprang wieder ins Bett und streckte sich auf der noch warmen Decke aus. Darum beneidete John seinen Hund: Er tat nichts aus protestantischem Pflichtbewusstsein, er handelte allein nach dem Lustprinzip und diskutierte nicht.

9

Eine Scheibe Toast, zwei Tassen Espresso mit viel Zucker, eine Zigarette, die tägliche Dosis Citalopram retard, und John Klein war bereit für den neuen Tag. Ein Blick aus dem Fenster verhieß nichts Gutes. Dasselbe Scheißwetter wie jedes Jahr zu Weihnachten. Im Radio lief der Beatles-Song *Good Day Sunshine*. Etwa so passend wie Lennons *Working Class Hero* zur Beerdigung von Hanns-Martin Schleyer.

John brauchte keine fünf Minuten von seiner Küche bis zur Synagoge in der Rykestraße. Er grüßte den wachhabenden Polizisten und klingelte an der Pforte. Obwohl die beiden Überwachungskameras ihn längst im Visier hatten, dauerte es eine Ewigkeit, bis jemand zum Tor kam.

»Die Synagoge ist für Besucher geschlossen«, erklärte der junge Mann in Zivil. Er trug keine Kopfbedeckung und statt des Gebetsriemens ein Pistolenhalster unterm Jackett.

»Ich bin von der Presse und schreibe über den Tod von Jakob Schwarz.« John hielt dem Sicherheitsbeamten seinen Presseausweis hin und versuchte, so harmlos wie auf dem Foto auszuschauen.

»Für welche Zeitung?«, fragte der Israeli unbeeindruckt.

»Für alle, die das Existenzrecht Israels anerkennen. Bin freier Journalist.«

»Haben Sie eine Genehmigung der Jüdischen Gemeinde?«

»Wozu?«, wunderte sich Klein. »Ich möchte nur ein paar Informationen über Rabbiner Schwarz. Von seinen Schülern.«

Der Sicherheitsmann schob den Ausweis durchs Gitter

und sah John herablassend an. »Eine Jeschiwa ist kein Ort für Nichtjuden.«

John ließ sich nicht einschüchtern. »Und wie, bitte schön, sollen nicht koschere Journalisten recherchieren?«

»Es gibt ein Pressebüro in der Gemeinde. Alles klar?«

»Danke! Sie waren mir eine echte Hilfe«, sagte John und bedauerte insgeheim, dass er nicht auf Hebräisch fluchen konnte.

Nach dieser Abfuhr ging John bei Orhan einen Kaffee trinken. Nach einer Stunde gab er die Hoffnung auf, Hanna Wolff zufällig zu begegnen. Ihr erstes Rendezvous hatte er gründlich vermasselt. Doch er hoffte, dass er eine zweite Chance bekommen würde.

Er war sicher, dass die Israelin sich nicht zufällig in seinen Vorgarten verirrt hatte. Auch war er, was Frauen anging, kein allzu vorsichtiger Mann; schon längst dachte er nicht mehr, eine Frau, die sich für ihn interessierte, hätte nicht alle Tassen im Schrank oder führte Arges im Schilde. Erst Lea hatte ihn von mangelnder Eigenliebe geheilt, indem sie keinen Zweifel aufkommen ließ, dass er für sie die beste Wahl war. Auch deshalb konnte er sie nicht vergessen. Wenn es stimmte, dass Frauen nur hinterm Geld her waren, hatte Lea aus ihm einen Hermaphroditen – halb polnischer Versager, halb Florence Nightingale – gemacht. Andererseits, kein Berliner Privatdetektiv, den er kannte, wurde durch ehrliche Arbeit reich. Die einen machten nebenbei in Immobilien, andere verdingten sich als Behördeninformanten oder kassierten Kopfgeldprämien für entlaufene Häftlinge. Er tat nur das Nötigste, um über die Runden zu kommen, und gewährte seinen Klienten großzügige Ratenzahlungen, zum Leidwesen seines Partners.

Als er seine Gedanken wieder Hanna Wolff zuwandte und eine Antwort auf die Frage nach dem Warum ihrer nicht zufälligen Begegnung suchte, klingelte sein Mobiltelefon.

»Spreche ich mit Herrn Klein, John Klein?«

»Der bin ich«, antwortete John und kraulte Seneca hinter den Ohren.

»Mein Name ist Anna Schwarz. Ich bin die Mutter von Jakob Schwarz. Sie wissen ...« Ihre Stimme hallte, als riefe sie aus dem Berliner Dom an.

»Ja. Aber was kann ich für Sie tun?«

»Ich kannte Ihre Frau. Lea hat gesagt: Wenn du mal ein Problem hast, John kannst du vertrauen. Kann ich Ihnen vertrauen?«

John war es peinlich, darauf zu antworten. »Ich bin nicht mehr bei der Kripo und darf in dem Fall nicht ermitteln. Das ist Sache des Staatsschutzes.«

»Ich muss Sie trotzdem treffen, noch heute. Es ist wichtig.« In ihrer hellen Stimme schwang ein dunkles Echo aus Verzweiflung und Angst mit.

»Kommen Sie in mein Büro, Metzer 16.«

»Das ist unmöglich. Holen Sie mich im Stadtbad Oderberger Straße ab. Dort arbeite ich bis um neun.«

»Einverstanden.« John wollte noch fragen, ob er seinen Hund mitbringen könne, doch Anna Schwarz hatte schon aufgelegt.

* * *

Um halb neun genehmigte sich John Klein sein erstes Bier bei *Konnopke*, nachdem er eine Currywurst mit Ketchup verzehrt hatte. Er versuchte sich zu erinnern, ob und wann er Anna Schwarz schon einmal begegnet war. Sein Langzeitgedächtnis spuckte keine Angaben aus. Leas Freundinnen hatten ihn nie sonderlich interessiert, vor allem nicht die Malweiber, die mit femininer Urkraft und grellen Farben gegen die Otto-Nagel-Tristesse des Schmuddelkiezes aufbegehrten. Möglich, dass er auf einer Vernissage der

Künstlerin Anna Schwarz in der Pratergalerie gewesen war oder auf einem Atelierfest mit ihr getanzt hatte, während Lea mit jungen Dichtern den neuesten Gedichtband von Sascha Anderson diskutierte. Dass Anna Schwarz ihn anrief, sagte ihm, dass er auf dem richtigen Dampfer war. Die Polizei hatte die Mutter des Toten längst vernommen, ihr aber vermutlich nicht die richtigen Fragen gestellt. Er würde keine Fragen stellen. Nur zuhören und sich ein Bild machen von Jakob Schwarz.

Zehn Minuten vor neun betrat der Detektiv das Stadtbad. Wie alle verfallenden ungenutzten Gebäude verströmte die seit 1986 geschlossene und nur sporadisch für sogenannte Events zweckentfremdete Badeanstalt den Charme einer Totenhalle. Die vergitterte Tür zur Eingangshalle fiel quietschend ins Schloss. Dann war es still. Die Uhr über dem Schalterhäuschen hatte ihr Ticken vermutlich schon zu DDR-Zeiten eingestellt; der penetrante Geruch von Wofakutan-Desinfektionsmittel hatte in den Kacheln die Zeiten überdauert. John öffnete eine Tür mit der Aufschrift *Schwimmhalle* und rief: »Hallo!« Keine Antwort. Nur das Echo seiner Stimme, das von den hohen Wänden widerhallte.

Er ging auf den Beckenrand zu und strauchelte, kam aber nicht zu Fall. Unter seinem linken Schuh haftete etwas klebriges Rotes. Kein Blut, sondern Ölfarbe. An der Kante von Startblock 3 streifte der Detektiv die zähe Masse von seinen Schuhen, bis er feststellte, dass er nicht alleine war. Im tiefen Bereich des leeren Schwimmbeckens lag ein Mensch. John ließ sich am Beckenrand hinab und ging auf den leblosen Körper zu. Rechts und links von ihm standen Requisiten einer Theaterinszenierung, Krankenhausbetten, ein Rollstuhl, ein Tropf, Teile eines Röntgengeräts. Auf halbem Weg blieb John stehen und ging zurück zum Beckenrand. Wenn der Mensch, der dort lag, seltsam verdreht und mit dem Gesicht nach unten, als wäre er von einem Balkon herabgestürzt, Anna Schwarz war, wollte er keine Fußspuren am Tatort hinterlassen. Also versuchte er, sich aus der Grube zu hangeln, was ihm erst im dritten Anlauf gelang. Zum Glück, dachte er, sah niemand zu, wie er keuchend seine fünfundneunzig Kilo in die Vertikale brachte. Der Körper lag reglos in einem weißen Kittel im Becken. Anna Schwarz war Malerin, doch an dem Kittel fehlte Farbe. Und es gab keine Blutlache, wie sie nach einem Sturz aus großer Höhe zu vermuten wäre. Was blieb ihm anderes übrig, als die Sache genauer zu untersuchen und wieder ins Becken zu steigen. John zog die Schuhe aus und kletterte die Leiter hinab, ohne die Sprossen mit den Händen zu berühren, indem er sie von den Ärmeln seines Mantels bedeckt hielt. Er beugte sich zu dem am Boden liegenden Körper und drehte ihn vorsichtig um. Ein Gesicht aus Stoff grinste ihn an.

John ließ die Puppe los, die offenbar in dem Theaterstück mitspielte, und kletterte aus dem Schwimmbecken. Er hatte Stimmen gehört und wollte nicht, dass ihn jemand bei seinem idiotischen Irrtum ertappte. Er eilte die Treppe zu den Umkleidekabinen hinauf und wartete, bis die beiden Bühnentechniker ein Praktikabel am Beckenrand abgestellt hatten und wieder verschwanden. Um nicht gesehen zu werden, setzte er sich in eine der Kabinen und überlegte, was er tun sollte. Entweder war Anna Schwarz schon weg und würde sich bei ihm melden, oder sie arbeitete noch irgendwo im Haus. Er hatte ihre Telefonnummer im Handy gespeichert, also schaute er im Menü nach und aktivierte die Nummer. Es klingelte in einer der Kabinen. John ließ es klingeln und folgte dem Signal, öffnete eine Kabinentür, dann noch eine, bis er die richtige gefunden hatte. Niemand war hier, er hörte nur das Klingeln des unsichtbaren Handys. John ging in die Knie und entdeckte es im Papierkorb unter der Bank. Sonst fand er nichts, was auf die Anwesenheit von Anna Schwarz hinwies. Hatte sie ihr Telefon verloren oder es absichtlich versteckt, um es ihn finden zu lassen?

Nachdem er die restlichen Kabinen durchsucht und nichts gefunden hatte, ging er ins Büro im ersten Stock. Ein Mitarbeiter des Theaterprojektes erklärte ihm, dass Frau Schwarz, die als Ausstatterin engagiert war, vor etwa einer halben Stunde dringend weg musste, aber nicht gesagt hatte, wohin. Sie verließ das Haus in Begleitung eines Mannes und einer Frau. Ob die zwei von der Polizei waren, wusste der junge Mann nicht. Sie hatten sich nicht vorgestellt und kein Wort gesprochen.

Als John das Schwimmbad verließ, litt er unter Flüssigkeitsverlust wie nach dem Saunabesuch. In der Schankstube des *Metzer Ecks* löschte er seinen Bierdurst, während er durch die Namensliste des gefundenen Handys surfte. Der letzte Anrufer war ein Max. John hörte die Mailbox ab. Max hatte keine Nachricht hinterlassen, aber es gab andere von verschiedenen Leuten. John hielt Kugelschreiber und Bierdeckel bereit. Nach dem zehnten Piepser kam eine Nachricht vom 11. Dezember, dem letzten Tag in Jakob Schwarz' Leben. Als er die stenografierte Mitschrift las, brauchte John noch ein Bier: *Max hier! Warum gehst du nicht ran!? ... Ich rede mit ihm, aber nur dir zuliebe. Aber ich schwöre, wenn er sich wieder an einem Kind vergriffen hat, bringe ich ihn eigenhändig um.*

* * *

Nach dem dritten Bier spürte John das Verlangen, mit Hanna Wolff zu reden. Er wollte sie anrufen und herbitten oder nachsehen, ob sie im Hotel war. Der Gedanke, sie könnte nicht allein sein, hielt ihn davon ab. Außerdem, was sollte er ihr erzählen ... Dass die Mutter des Rabbiners Schwarz verschwunden war und der Vater gedroht hatte, den Sohn umzubringen? Hanna würde ihn auslachen.

Eine lallende Stimme riss ihn unsanft aus seinen Gedanken. Ein angetrunkener Schwätzer, der keinen Anschluss fand, stieß ihn in die Seite. »Weißt du, dass die Metzer Straße früher ein Kanal war?«

»Ist mir neu«, murmelte John, ohne den Klugscheißer anzusehen.

»Ihr Schwaben habt doch keene Ahnung. Hier fuhren Schiffe bis runter in Wedding. Als es noch Mühlen jab auf'm Prenzlauer Berg. Bevor sie hier allet zujebaut ham.«

»Muss lange her sein.«

»Wat heest lange! Die Ewigkeit is ooch nur ne relative Größe, hat Einstein geschrieben. Olle Max Schmeling, det war 'ne absolute Größe. Da kannste druff wetten.«

»Bevor Sie weiterreden, wollte ich nur sagen, dass ich die Schweinegrippe habe.« Um den Beweis nicht schuldig zu bleiben, nieste und röchelte John so fürchterlich, dass eine bayerische Reisegruppe am Nebentisch eilig die Rechnung verlangte. Den Berliner Quälgeist allerdings schien nichts abzuschrecken.

»Alles Blödsinn! Schweine sind unsere Verwandten. Een Schweineherz kann man dem Mensch einpflanzen. Und sterben die Viecher etwa an der Grippe? Nee. Is' doch alles nur Angstmache. Wir Deutschen scheißen uns wegen jedes bisgen in die Hose. Een Soldat, der in Afghanistan von Weitem ne Granate hochgehen hört, is traumatisiert und wird off Jahre psychaterisiert.«

John nahm hastig einen Schluck Bier und bekam einen Hustenanfall.

»Meen Vater hamse in Stalingrad det rechte Been weggeschossen. Det war sein Glück, sonst hätte der Russe ihn kaltjemacht. Psychater! Lachhaft.« Der Mann hob sein Glas und prostete John zu. »Du jefällst mir, obwohl du Schwabe bist«, sagte er und versetzte ihm einen Hieb ins Kreuz.

John zahlte und torkelte in Richtung Heimat. Kein Mensch außer ihm schien um Mitternacht auf der Straße zu sein. Nicht mal die Polizei, um Falschparkern Liebesgrüße an die Windschutzscheibe zu heften. Wie oft, wenn er nachts durch die Belforter ging, wurde ihm mulmig. Die Bäume im Park machten die seltsamsten Geräusche im Wind. Die schweren Schritte auf dem Kiesweg am Wasserspeicher verrieten, dass hier noch jemand unterwegs war. John mochte Versteckspiele, solange er die Mitspieler kannte und in der Rolle des Jägers auftrat. Als Gejagter machte ihm die Sache keinen Spaß, erst recht nicht nachts, denn erstens sah er schlecht im Dunkeln; zweitens litt er unter der Kinderkrankheit mit dem schönen Namen *Pavor nocturnus* – Nachtangst; drittens musste er dringend pinkeln. Um der Verrohung der Berliner Sitten zu trotzen, riskierte er lieber eine Blasenentzündung, als seine Biere im Gebüsch loszuwerden und einem Spanner auf die Schuhe zu pissen.

Bevor er den Schlüssel in die Haustür steckte, schaute der Detektiv sich um. Im fahlen Licht des zunehmenden Mondes konnte er nichts und niemanden ausmachen. Außer einer schwarzen Katze, die von rechts über die Straße lief. Weil er abergläubisch war, drehte er sich rasch um, so kam sie von links – Glück bringt's.

Weil das Glück ein trügerischer Geselle ist, schaltete John in seiner Wohnung das Licht nicht sofort ein und starrte hinunter auf den Park. Obwohl seine Pupillen eine leichte Verschiebung des Fokus durch Alkohol aufwiesen, glaubte er, die Umrisse einer Gestalt im Gebüsch zu erkennen. Sie maß gut zwei Meter, hatte Schultern wie ein Kleiderschrank und Hände wie Kuchenbleche. Ungewöhnlich für Typen, die sich nachts am Wasserturm herumtrieben und sich einen runterholten, wenn ein hübscher Knabe vorbeiradelte. John zog die Vorhänge zu und knipste das Licht an. Seneca sprang an ihm hoch und leckte seine Hand. John schob ihn weg. Der Hund roch, dass sein Herr noch etwas anderes als Ethanol ausdünstete. Durch die Eingeweide, Wirbel, Gelenke, in den Adern kroch ein kopfloser Bandwurm, den er oft besiegt und seit Jahren nicht gespürt hatte. Ein Vermoide mit exotischen Namen: *angustia, peur, paura, strach*, der Deutschen liebstes Haustier – die Angst. Obwohl John Dinge gesehen hatte, die einen Menschen traumatisieren konnten, war er nicht paranoid und nicht furchtsam geworden. Was Angst war, wusste er trotzdem. Ein Geruch von Schweiß und verbranntem Öl. Ein penetranter Geruch.

10

Er hatte durchgeschlafen und fühlte sich wie von Fieber befreit. An der Überdosis Bier konnte es kaum gelegen haben, auch nicht an dem Traum von Anna Schwarz, die mit durchschnittener Kehle in der Umkleidekabine im Bad in der Oderberger Straße lag. Er wusste, während er träumte, dass die Bilder nur ein Hologramm seiner Fantasie waren, und hielt den Anblick bis zum Morgen aus. Zu viele Leichen hatte er gesehen, um noch entsetzt aus dem Schlaf zu fahren. Die erste mit zehn Jahren, ein Bauarbeiter, von einem Bagger überfahren und platt wie ein Lebkuchenmann. Zwanzig Jahre später die erste Kinderleiche, ein Junge mit abgetrennten Gliedmaßen, weggeworfen wie eine kaputte Puppe in einen Müllcontainer in Prenzlauer Berg. John wollte nicht daran denken, dass auch Maren Graf ein solches Schicksal treffen konnte, und verließ mit dem Hund die Wohnung.

Als sie schon ein Stück die Straße hinuntergegangen waren, blieb er stehen und kehrte um. Seneca war schon fast an der Knaackstraße und merkte nicht, dass sein Herr sich in die Büsche schlug. Dort entdeckte John nach kurzer Suche ungewöhnlich große Fußspuren auf dem Beet rund um den Wasserspeicher, mindestens Schuhgröße 50. Die dazugehörige Person dürfte an die zwei Meter messen und nach Form des Schuhabdrucks männlich sein. Er hatte sich nicht getäuscht, als er letzte Nacht jemand sehr Großes im Gebüsch hatte stehen sehen. John machte sich nicht die Mühe, das Gestrüpp nach Spermaspuren abzusuchen. Absurd, dass sich ein Kerl wegen ihm einen runterholte in einer Stadt, die drei Schwulenmagazine hatte und einen

Bürgermeister, der Homosexualität als preußische Tugend propagierte. So sehr er die Sache ins Lächerliche zu ziehen versuchte, der Gedanke, dass ein Ereignis das andere nach sich zieht, ging ihm nicht aus dem Kopf.

Beim Kollwitz-Bäcker blätterte John die Zeitungen durch, doch nicht mal die *BZ* und der *Kurier* brachten etwas über Anna Schwarz. Was nicht verwunderlich war, denn selbst wenn jemand sie als vermisst gemeldet hatte, konnte das noch nicht aufgefallen sein. Über den Fall des toten Rabbiners hatte das BKA inzwischen Nachrichtensperre verhängt.

Nachrichtensperre ... Wozu brauchte er, John Klein, einen neuen Anzug? Er war ein Mann von gestern, und was gestern modern war, ist morgen *en vogue*. Sollte die Journalistin doch allein drauf kommen, dass der Rabbi auf Minderjährige stand, seine Eltern Bescheid wussten und der Vater gedroht hatte, den Sohn umzubringen. Womöglich hatte er die Drohung wahr gemacht und damit das Schicksal der kleinen Maren besiegelt, weil ihr Entführer sein Geheimnis mit ins Grab genommen hatte. Dass beide Verbrechen etwas miteinander zu tun hatten, war reine Spekulation – aber er musste in alle Richtungen ermitteln, allein auf sich gestellt, gegen Polizei, Presse und die unaufhaltsam verrinnende Zeit. Könnte er doch die Uhr zurückstellen auf den Tag, an dem Jakob Schwarz starb. Dann wäre die Chance größer, dass Maren Graf noch lebte. Aber dann könnte er gleich alles ungeschehen machen, auch den Tod von Lea. Weil es unmöglich war, durch die Zeit zu springen, kam der Detektiv immer zu spät und stand vor immer neuen Fragen.

Jetzt suchte er die Antwort darauf, wohin Anna Schwarz so plötzlich verschwunden war und warum sie ihr Handy zurückgelassen hatte. Da sie es offenbar nicht vermisste und sich nicht noch einmal bei ihm gemeldet hatte, brauchte er nicht an ihrer Wohnungstür in der Schliemanstraße zu klingeln. Er wollte Max Todt anrufen, fand dann aber, dass es unklug war, den Vater des Rabbis zur Rede zu stellen. Einfach nur dasitzen und abwarten konnte John auch nicht. Er musste tun, wozu er nicht die geringste Lust hatte: sich eine Kippa aufsetzen und zum Sabbat in die Synagoge gehen. Vielleicht würde er dort etwas über Jakob Schwarz und dessen Eltern in Erfahrung bringen, schließlich war der jüdische Gottesdienst in erster Linie zur seelischen Erbauung da, in zweiter aber zur Bereicherung der täglichen Geschäfte und des Tratsches. Lea hatte ihn manchmal in die Synagoge mitgenommen. Er fand es dort weniger öde als im protestantischen Gottesdienst, der ihm wie Staatsbürgerkundeunterricht in der Schule vorkam. Man musste nachbeten, was der Prediger vorlas, und durfte nicht mit seinem Banknachbarn quatschen.

»Na, noch'n Kaffee?«, riss ihn eine vertraute Stimme aus seinen Gedanken.

John nickte und fasste sich an den Kopf. Vielleicht hatte Chris Fromholdt gestern Bereitschaftsdienst gehabt? Wenn jemand mehr wusste, als in der Zeitung stand, dann er. Der Feuerwehrmann von der Wache Oderberger Straße redete nicht viel über seine Arbeit, aber John schüttete er, wenn niemand zuhörte, bisweilen sein Herz aus.

»Was passiert letzte Nacht?«, fragte der Detektiv, als Fromholdt Platz genommen hatte.

»Ein Typ, der sich die Ondulierzange in den Arsch gesteckt hat, um seine Hämorrhoiden wegzubrennen. Eine Entbindung auf der Straße. Als wir kamen, hatte die Afrikanerin die Nabelschnur mit den Zähnen durchgebissen. Det sah nich schön aus. Aber das Baby lebt.«

»Sonst nichts?«, hakte John nach.

Fromholdt kippte den halben Salzstreuer auf sein Hackepeterbrötchen und verschlang es gierig. »Ach ja. Ne tote

Frau in der Spree, Höhe Oberbaumbrücke. Vermutlich Selbstmord, ohne Papiere und Telefon. Die Lebensmüden machen es uns immer so richtig schwer.«

»Wie alt?«

»Mitte zwanzig. Sah noch ganz knusprig aus.«

Sie lachten. Was konnte man anderes tun, wenn jemand gestorben war, den man nicht kannte. Der Tod, so tragisch er ist, hat oft etwas Lächerliches. Fromholdt sah auf bizarrste Weise zu Tode Gekommene und wurde die Bilder in seinem Kopf nur los, indem er sie mit scheinbar gefühllosen Worten beschrieb. »Eine tote Frau Anfang fünfzig habt ihr nicht aus dem Wasser gefischt?«, fragte John.

»Nee, wieso? Hast du einer das Herz gebrochen?«

John legte beschwörend seine Hand auf die Brust. »Ich lasse nur brechen. Hab aber gottlob ein starkes Herz.«

* * *

Moshe Meirowitz las aus der Tora. Die zwei Dutzend Männer im Parterre des Betraumes sprachen hin und wieder die auf einen Zettel gedruckten Wort nach. Zwischendurch unterhielten sie sich mit ihrem Banknachbarn, führten Selbstgespräche oder kauten an den Fingernägeln. John Klein fühlte sich unwohl. Weder konnte er die hebräischen Worte korrekt aussprechen, noch ertrug er den zittrigen Gesang seiner Stimme. Also murmelte er inhaltlose Laute vor sich hin und hoffte, dass ihn niemand ansprach. Vergebens. Ein Mann Mitte fünfzig mit breitkrempigem Hut und Bart rückte zu ihm auf und sah ihn interessiert an.

»Verzeihung! Ich habe Sie hier noch nie gesehen. Sind Sie auf der Durchreise?«

»Nein. Ich wohne um die Ecke und wollte schon immer mal in die Synagoge.«

»Ah, sie möchten etwas übers Judentum erfahren«, freute

sich der Mann. »Mein Name ist Chaim Kupferberg. Ich bin Professor für orientalische Geschichte.«

»John Klein. Privatdetektiv.«

»Ich hoffe, Sie ermitteln nicht gegen mich?«

»Wieso? Haben Sie etwa Steuern hinterzogen?«

»*Masl-tów!* Wussten Sie nicht, dass Juden in Deutschland keine Steuern zahlen müssen? Weil man uns alles weggenommen hat. Die Arier konnten unsere Möbel und den Hausrat auf Bezugsschein für Bedürftige einheimsen. Die Kleidung und Bettwäsche wollte freilich niemand haben, weil wir von Natur aus verlaust und verwanzt sind.«

»Schätze, Sie sind nach dem Krieg geboren?«, erwiderte John mit Unschuldsmiene.

»Stimmt. Aber meine Eltern nicht. Meine Großeltern kamen nach Auschwitz und von dort nicht zurück. Sie waren vermögend. Ich bin es bis heute nicht.«

»Ich auch nicht. Meine Eltern haben sich nicht an Ihrem Volk bereichert, obwohl sie treue Nazis waren.«

»Natürlich nicht. Kein Deutscher wusste vom Holocaust. Alle dachten, ihre Nachbarn fahren mit dem Zug zur Kur.«

»Hören Sie! Ich brauche keine Nachhilfe in Geschichte!«

»Verstehe, Sie sind keiner von denen, die man mit Schuldgefühlen für Israel gewinnen kann«, bedauerte der Professor.

John nickte. »An Politik bin ich nicht interessiert.«

»Und wie steht es mit Religion?«, ließ der Mann nicht locker. »Sie sind doch gewiss getauft.«

»Ich leide noch heute an Unterkühlung. Das Taufwasser war saukalt.«

Chaim Kupferberg lachte herzlich und bescheinigte dem Goj jüdischen Humor. Als er wieder von ihm weggerückt war, sah sich John in der Synagoge um. Auf der anderen Seite, von den Männern getrennt, saßen die weiblichen Gemeindemitglieder. Beinahe hätte er Hanna Wolff nicht erkannt. Sie trug ein Kopftuch und vergrub ihr Gesicht in den Tora-Texten.

John schlich sich so unauffällig wie möglich aus den Männerreihen. Sich zu den Frauen zu setzen war streng verboten. Deshalb schnalzte er mit der Zunge, um sich bemerkbar zu machen. Er hatte diese Methode arabischen Frauen abgelauscht, die unter ihrem Schleier mit den vorbeigehenden Männern flirten. Es dauerte nicht lange, bis Hanna Wolff ihn entdeckte. Sie schaute ihn fragend an und zwängte sich aus ihrer Reihe, als er sie zu sich winkte.

»Was machen Sie denn hier?«, flüsterte Hanna, aber sie schien nicht sehr überrascht. »Sie laufen mir doch nicht hinterher?«

»In der Synagoge soll man keine unkeuschen Gedanken hegen. Trotzdem freue ich mich, Sie zu treffen.«

Sie verließen die Synagoge und durchquerten den Innenhof. John nahm seine Kippa vom Kopf und steckte sie wie ein zerknülltes Taschentuch in die Hosentasche.

»Es gibt Neuigkeiten. Vermutlich haben Sie schon davon gehört«, sagte er.

»Neuigkeiten sind mein Geschäft. Sie müssen schon etwas Besonderes auf Lager haben, um mich zu überraschen.«

John ging davon aus, dass sie es längst wusste. Vielleicht war sie gar die Frau, die Anna Schwarz aus dem Schwimmbad abgeholt hatte? Ihre Reaktion interessierte ihn.

»Die Mutter von Rabbiner Schwarz ist spurlos verschwunden.«

Hanna zögerte eine Sekunde zu lange, ehe sie stehen blieb und sagte: »Das ist in der Tat eine Neuigkeit. Woher wissen Sie das? Die Presseagenturen haben nichts davon verlauten lassen.«

John bereute, voreilig gewesen zu sein. Widerwillig antwortete er: »Sie wollte mir etwas unter vier Augen sagen. Als ich zum Treff erschien, fand ich nur ihr Mobiltelefon.«

Hannas Lachen hallte über den Hof. »Frauen verlieren nun mal alles. Nicht nur ihre Unschuld.«

Blöde Kuh, dachte John. Macht sich über mich lustig und begreift den Ernst der Lage nicht. »Ich denke eher, sie wollte signalisieren, dass man sie entführt hat.«

»Oder die Entführer haben das Handy dagelassen, um Sie anzurufen und ihre Forderungen zu nennen.«

»Forderungen? Ich kenne die Frau überhaupt nicht.«

Hanna sah ihn misstrauisch an. »Langsam! Anna Schwarz rief an, um sich mit Ihnen wo zu treffen?«

»Im Schwimmbad.«

»Um eine Runde mit Ihnen zu schwimmen ...«

»Im leeren Pool!«, fiel John ihr ins Wort. Er stutzte. »Sie kennen den Namen von Jakobs Mutter?«

»Das Erste, was eine jüdische Journalistin wissen muss, die über den Sohn schreibt, ist der Name der Mutter.«

»Der Vater drohte der Mutter an, Jakob umzubringen.«

Die Journalistin fuhr sich mit der Hand durchs Haar. »Wann und warum?

»Am selben Tag, als das Auto in Flammen aufging.« Er schwieg. Aber durfte er die Angst, seinen Namen in *Haaretz* zu lesen, gegen Maren Grafs Freiheit aufwiegen? »Der Vater drohte, er würde ihn ...«

Hanna zog die Augenbrauen hoch. »Väter reden viel und tun wenig. Und die Bibel hat nicht immer recht.«

»Die Frage ist: Hätte Abraham seinen Sohn Isaak getötet, wenn Gott ihn nicht angerufen hätte, um ihm zu sagen: Sorry, Kumpel! War nur eine Probe deines Gehorsams?«

»Eine ziemlich häretische Bibelauslegung. Glauben Sie, dass Max Todt es getan hat?«

John wunderte sich nicht, dass sie auch den Namen des Vaters kannte. »Ich glaube nur, was ich sehe. Todt und Tod. Jakob und Isaak, die Nachkommen des Stammvaters Abraham.«

Hanna lachte. »So also verdienen Sie Ihr Geld als Detektiv. Mit semantischen Kreuzworträtseln.«

»Und Kaffeesatzlesen. Was verdient man so als Rabbiner?«

»Ich fürchte, nicht genug, um sich einen besseren Anzug zu leisten.«

Sie passierten die elektronische Schleuse und traten auf die Rykestraße. Hanna nahm ihr Tuch ab, schüttelte den Kopf und entfaltete ihre feuerrote Lockenpracht. John holte tief Luft. Nicht nur wegen Hannas atemberaubendem Haar.

»Ich hab einen Mordshunger. Ich lade Sie zum Essen ein.«

»Und ich Sie zu einem Drink.«

Sie gingen zwischen den versenkbaren Pollern durch und überquerten die Straße. Gegenüber war ein teurer Italiener, den John bisweilen aufsuchte, weil eine Tschechin dort kellnerte, die ihm das Gefühl gab, ihr liebster Gast zu sein.

Sie setzten sich ans Fenster und bestellten Penne arrabiata, dazu einen roten Barolo. John begrüßte die Kellnerin mit »Nasdal!«, dem einzigen Wort, das er auf Tschechisch kannte.

»Reizend, die Kleine«, stichelte Hanna Wolff. »Könnte Ihre Tochter sein.«

»Sie ist zu allen Gästen nett, steht aber leider auf unreife Jungs«, bedauerte John und sah hinüber zur Synagoge. Im Dachgeschoss waren zwei Fenster. In einem brannte Licht.

»Ich wette, Sie waren schon als Kind ein ausgekochtes Schlitzohr.«

»Allerdings. Was ist eigentlich im Dach der Synagoge?«

»Wieso?«, fragte Hanna und sah ihn an, als hätte sie die Frage nicht verstanden.

»Weil dort manchmal Licht brennt ... Wer wohnt da ... der Rabbiner?«

»Normalerweise nicht. Auf dem Dachboden einer Synagoge lagern alte Bücher und Tora-Rollen. Und manchmal der Golem.« Sie lachte.

John sah sie an wie ein Schüler seine Lehrerin, die ihm in der Matheklausur die Lösung der Aufgabe zuflüstert. »Golem ... war das nicht dieser Lehmklumpen, der zum Leben erweckt wurde, um die Synagoge vor den bösen Christen zu schützen?«

»Wegen der toten Kinder, die man im Mittelalter in die Prager Altneuschul legte, um den Juden Ritualmorde anzuhängen und ihnen das Dach überm Kopf anzuzünden.«

»Stimmt«, sagte John und griff sich an den Kopf. »Wie hieß das Zauberwort, das der Rabbi dem Golem auf die Stirn schrieb?«

»*Anmanth*. Wahrheit. Als Rabbi Löw den Golem vernichtete, strich er die Silbe *An*, und nur *Manth* blieb stehen, was auf Hebräisch Tod heißt.«

»Warum hat er das getan, der Rabbi?«, fragte John.

Hanna zögerte. »Weil der dumme Lehmkloß ein kleines Mädchen süß fand und ihr Spielgefährte wurde. Aber das ist ein Märchen, wie Rumpelstilzchen und Rotkäppchen. Das darf man nicht wörtlich nehmen.«

»Schliemann hat Homer wörtlich genommen und Troja entdeckt. Heißt der militärische Zentralcomputer Ihres Landes nicht Golem II?«

»Sie sind ein echter Schlawiner. Oder wie sagt man auf Deutsch – Schlaumüller?«

»Meier. Hatte der Golem auch einen Vornamen?«

Hanna überlegte. »Ich glaube, Joseph.«

»Aber nicht Wissarionowitsch?«, lachte John. Er probierte den Wein. Er hatte keine Ahnung, ob der Barolo seinen gepfefferten Preis wert war; er war eingeladen, und darum nickte er zufrieden. »Auf eure Verwandten, die Palästinenser!«

»Auf Israel! Das viele Verwandte hat, aber nur wenige Freunde.«

Sie schlugen die Gläser aneinander und sahen sich beim

Trinken in die Augen, obwohl sie beide nicht abergläubisch waren.

John rieb sich die Hände, als seine Pasta kam. Während des Essens sprachen sie wenig und danach über Belanglosigkeiten wie Politik, Klimawandel und die Schädlichkeit des Rauchens.

Vor *Myer's Hotel* verabschiedeten sie sich kurz und förmlich. Doch dann blieb Hanna Wolff im Eingang stehen und sah John nachdenklich an. Er fürchtete, dass sie ihn zu einem Schlaftrunk aufs Zimmer einladen und er nicht ablehnen würde.

»Passen Sie auf sich auf«, riet ihm Hanna. »Die Sache mit Jakob Schwarz ist komplizierter, als es scheint.«

»Oft sind die schwierigen Fälle die enttäuschendsten.«

»Weil das Motiv für das Verbrechen so banal ist?«

John nickte. »Sie denken wie eine Kriminalistin.«

Hanna wusste nicht, ob es als Kompliment gemeint war oder als Vorwurf. Sie ging ins Hotel, ohne sich umzudrehen.

* * *

Noch in derselben Nacht las John ein Buch, das er als Kind verschlungen hatte, ohne es zu verstehen. Sein Großvater, Buchdrucker in Leipzig, hatte es ihm zur Jugendweihe geschenkt, als Antwort auf *Weltall, Erde, Mensch*, dem Geschenk des Staates an FDJ-Mitglieder. Seither lag es vergessen zwischen Schulheften, Spartakiade-Urkunden, Medaillen, Aktivistenabzeichen, Ehrenspangen und anderen nutzlosen Erinnerungen in einem Koffer. Weil absehbar war, dass er nie Großvater sein würde, hatte er den Kram zum Trödler schaffen wollen. Dann aber sagte er sich, die einst so stolzen Dinge wären vielleicht das Einzige, was von ihm blieb. Nun war er froh, Gustav Meyrinks *Der Golem* zur Hand zu haben, sogar in der Erstausgabe von 1915. Weil allein im Erscheinungsjahr 100 000 Exemplare des Bestsellers gedruckt wurden, hatte das Buch keinen antiquarischen, sondern detektivischen Wert.

Bis zum Morgen las John in dem expressionistischen Schauerroman, musste sich aber eingestehen, auch nach vierundvierzig Jahren nicht viel mehr verstanden zu haben, als dass das Buch einen fieberhaften Albtraum erzählt. Und der Ich-Erzähler, wenn er aus ihm erwacht, den Verdacht hegt, dass sein Leben der Traum eines anderen ist, der ihm zum Verwechseln ähnlich sieht. Über die Legende vom Prager Golem und seinen Meister Rabbi Löw erfuhr er aus dem Buch so wenig wie über die Jugendjahre von Jesus aus der Bibel. Also musste er den Begriff Golem im Internet googeln. Vorher wollte er versuchen, wenigstens ein, zwei Stunden zu schlafen. Das letzte Wort, das in seinem Kopf herumirrte, bevor sein Gehirn auf Energiesparmodus umschaltete, war Weihnachten. Es wehte aus dem Schauerroman wie ein fernes Echo herüber. Vielleicht träumte er aber nur, dass er in einem Zimmer auf der Prager Kleinseite lag und nicht in seiner Wohnung in Prenzlauer Berg kurz vor Heiligabend. Er stellte sich tot und wartete. Das Echo verklang nicht, es vervielfachte eine Stimme, die ihn fast betäubte: *»Wenn er gekrönt sein wird, dann reißt der Strick entzwei, mit dem er durch die äußeren Sinne und den Schornstein des Verstandes an die Welt gebunden ist.«*

* * *

Als er das Büro betrat, fand er in der Postablage ein Kuvert ohne Absender. Sein Partner war da, führte aber ein Gespräch mit einem Klienten, dessen Stimme so unangenehm klang, dass John eilig die Tür hinter sich schloss. Während er den Computer hochfuhr, öffnete er das Kuvert mit einem Opinel-Klappmesser. Ein Geschenk von Lea zu seinem vierzigsten Geburtstag, den sie in Paris gefeiert hatten. Mit einer Hand klickte sich John zum Internetzugang und tippte das Wort Golem in die Suchmaschine, mit der anderen fischte er den Inhalt aus dem Kuvert. Mehr als fünftausend Einträge gab es allein bei Google. Der Inhalt des Kuverts war weniger umfangreich, eine CD-ROM ohne Aufschrift und mehrere kopierte Artikel aus Brüsseler Zeitungen. Trotz belgischer Vorfahren konnte John weder flämisch, was dem Holländischen verwandt war, noch wallonisch, das nuschelnde Französisch von Jacques Brel. Brels Chansons hörte er nur, wenn er zu Tode betrübt oder betrunken war. Ziemlich oft also. Jetzt war er weder das eine noch das andere, entzifferte darum mühelos den Namen Jakob Samuel Schwarz und verstand den Sinn der Worte *abus, enfant, accusation*. Als Fahnder der Vermisstenstelle hatte er sie aus der Interpol-Zentrale in Lyon nur zu oft gehört. Soweit er es sich zusammenreimen konnte, war Rabbiner Schwarz nicht vor Gericht gekommen, weil er während der Ermittlungen Belgien in Richtung Israel verlassen hatte. John war gespannt, welche Überraschungen ihn auf der CD erwarteten. Er traute seinen Augen nicht, als er die Datei mit dem Namen »Les crimes d'un Juif« öffnete. Zuerst erschien der deutsche Text eines »Vereins zur Untersuchung zionistischer Verbrechen in Europa«. John ersparte sich die Auflistung ungesühnter Vergehen jüdischer Bürger, die von Amtsmissbrauch bis Zuhälterei reichte. Er öffnete die zweite Datei mit dem Vermerk »Schwarzbilder«. Darin befand sich ein privates Foto-Archiv mit mehreren hundert Fotos von minderjährigen Mädchen in aufreizenden bis pornografischen Posen. Die meisten stammten aus dem Internet, doch es gab auch leicht verwackelte Nacktbilder, die der Besitzer offenbar selbst gemacht hatte. Das Mädchen, das vor der Kamera posierte, war nicht Maren Graf.

Unfähig, länger hinzuschauen, schloss der Detektiv die

Datei, nahm die CD aus dem Fach und zog das Ethernetkabel. Wie konnte er so unvorsichtig sein, den fremden Datenträger zu öffnen! Falls das BKA seinen Computer ausspähte, könnte man ihn wegen illegalen Besitzes von Kinderpornografie drankriegen. Kein Mensch wusste von seiner Privatermittlung gegen einen toten Rabbiner – außer Hanna Wolff, und genau da lag das Problem. Just in dem Moment, als er herausgefunden hatte, dass Jakob Schwarz mit Maren Graf herumspaziert war, erschien die Journalistin *deus ex machina* auf der Bildfläche. Ein Zufall, der auf verteufelt schönen Beinen daherkam, und er war so überraschend wie ein mit Süßigkeiten gefüllter Stiefel am Nikolaustag. Doch Hanna wohnte gegenüber seinem Büro und würde ihm derart brisante Dinge kaum per Post schicken. Wer dann? John hatte keinen Schimmer. Was er hatte, war das Handy von Anna Schwarz, dessen Akku längst leer war, und Max Todts Telefonnummer. Aber irgendetwas in ihm sträubte sich, ihn anzurufen.

Stattdessen lungerte er den halben Tag mit Seneca am Kolle-Spielplatz herum und beobachtete Todts Haus in der Kollwitzstraße, bis besorgte Eltern ihm drohten, die Polizei zu rufen, und ihm freundlich, aber bestimmt erklärten, dass der Platz für Hunde verboten war. »Sorry, but I cannot read your Verboten-Schilder«, erwiderte er und gönnte sich zur Abwechslung einen Pastis im *Kollberger*. Dabei wurde ihm klar, dass er die Sache falsch anging. Erstens wusste er nicht, wie Todt aussah, zweitens würde der, falls das Mädchen in seiner Gewalt war, es nicht in der Wohnung verstecken, in der er polizeilich gemeldet war.

In Gedanken versunken, ging er zurück in sein Büro. Ein neuer Verdächtiger hatte Jakobs Vater in die zweite Reihe gerückt, ein Verdächtiger, von dem John fürchtete, ihm nachts zu begegnen, seit er Meyrinks *Golem* gelesen hatte. Ein Buch, das Ängste schürt, die so real waren wie … das

Handy von Anna Schwarz auf seinem Schreibtisch. Joseph Golem oder Max Todt? John versuchte gar nicht erst, das Handy einzuschalten, weil er die PIN-Nummer nicht kannte. »Verdammte Technik!«, fluchte er, weil er vergessen hatte, nach der Nummer von Annas Sohn zu suchen, die hundertpro in dem Gerät gespeichert war. Wenn das Handy des Rabbiners nicht mit im Auto verbrannt war, besaß es vielleicht ... Doch hätte der Mörder nicht wenigstens die Karte entsorgt, damit ihn die Polizei nicht ortete? Sinnlos, darüber nachzugrübeln. Da er auch Anna Schwarz' Passwort nicht wusste, würde die Telefongesellschaft die PIN nicht herausrücken. Trotzdem notierte John auf einem Zettel: Mobilnummer von Jakob Schwarz herausbekommen und sehen, ob wer ran geht.

Nachdem sein Partner Kurz mit einem Klienten das Büro verlassen hatte, betrat John dessen Zimmer und schaute aus dem Fenster. Gegenüber lag das Gelände der alten Bötzow-Brauerei. Dort gab es einen Bunker mit einem Techno-Club, wo man die abgedrehtesten Leute traf – Musiker ohne Gehör, selbsternannte Künstler, schmalbrüstige Galeristen und ein Verein zur Förderung von interkulturellem Austausch oder, besser gesagt, zur Erzeugung von heißer Luft mittels Europageldern. Zum Glück trennten ihn eine Mauer und vergitterte Fenster von der Fabrik, in der nichts hergestellt wurde, was er hätte brauchen können. Selbst wenn dort ein Hacker säße und ihn mittels digitaler Funkelektronik ausspionierte, müsste er schon telepathische Fähigkeiten besitzen, um die nur in seinem Kopf existierende Verbindung zwischen dem verschwundenen Mädchen und dem toten Rabbi herzustellen. Das Kuvert mit dem brisanten Inhalt war indes so real wie das Stechen in seiner Brust infolge exzessiven Zigarettenkonsums. Um Maren Graf zu finden, musste er 1. weniger rauchen, 2. den Absender des Kuverts ermitteln und herausfinden, wo Anna

Schwarz steckte, 3. Hanna Wolff auf den Zahn fühlen und herausfinden, was an ihr faul war. Und 4. auf der Hut sein vor Leuten mit Schuhgröße 50. Seinen Partner einzuweihen, war überflüssig. Sie teilten ein Büro, behelligten einander aber nicht mit Problemen. Außer wenn die Steuererklärung fällig war.

John steckte CD und Zeitungsartikel in seine Manteltasche und verließ das Büro.

Auf der Metzer Straße vergewisserte er sich, ob jemand grundlos herumstand oder im parkenden Auto saß. Nichts Verdächtiges. Dann überquerte er die Straße und ging geradewegs auf *Myer's Hotel* zu. Er fragte an der Rezeption nach Hanna Wolff. Ihr Schlüssel lag im Fach, sie hatte nicht hinterlassen, wann sie zurück wäre. John wählte ihre Mobilnummer, doch sie nahm nicht ab, auch die Mailbox sprang nicht an. John hasste solche Tage, wo jeder Versuch fehlschlug, Signale in den Orbit zu senden, um jemanden in derselben Stadt zu kontaktieren. Eines Tages würden die Menschen wieder lernen, was die Hopi-Indianer mühelos beherrschten – mittels Gedankenübertragung zu kommunizieren. Aber so lange konnte er nicht warten.

Er musste mit Hanna Wolff sprechen, ohne sie kam er nicht weiter. Ein Mann mit Hund konnte das Glück auf einer einsamen Insel finden, aber kein verschwundenes Kind in Prenzlauer Berg. Seit zwei Wochen versuchte er jetzt auf sich gestellt, Maren Graf aufzuspüren. Mit jedem Tag sank die Hoffnung, dass sie noch lebte. Doch etwas hielt ihn davon ab, aufzugeben.

11

Er hatte einen Strauß weißer Rosen bei Gerda und Inge in der Husemannstraße gekauft. Die unzertrennlichen Schwestern meinten, dass weiß weniger aufdringlich sei als rot. Auch er fand es besser, nicht daran erinnert zu werden, wie ihm das Blut in den Kopf gestiegen war, als er die Nachricht per SMS empfing.

John betrat die Rettungsstelle in der Fröbelstraße und fragte den Pförtner nach Hanna Wolff. Der Mann schaute in der Patientenliste nach, fand den Namen nicht und griff zum Telefon.

»Sie ist Israelin und wurde gestern eingeliefert«, unterbrach John das Gespräch. Doch der Mann ließ sich nicht stören. In einem Tonfall getragen von Unterwürfigkeit und Wichtigtuerei erklärte der Pförtner, dass die Patientin nicht in seiner Liste eingetragen sei. »Sind Sie verwandt oder von der Presse?«, knurrte er.

»Ein guter Freund«, bemühte sich John, nicht in Kampfstellung zu gehen. Früher hatte er sich gern mit Pförtnern angelegt, weil er es nicht ertragen konnte, von unterbelichteten Typen wie ein dummer Junge behandelt zu werden. Heute nahm er's gelassen, wenn auch nur äußerlich.

»Zweiter Stock, Zimmer drei. Aber Sie melden sich vorher bei der Stationsschwester!«

»Zu Befehl! Bei der Stationsschwester melden«, wiederholte John und ging grinsend an dem Pförtner vorbei.

Im Fahrstuhl verging ihm das Lachen, denn er wusste nicht, was ihn erwartete. Die Stationsschwester traf er nicht an. Dafür hielt ein athletischer Mann Wache vor Zimmer drei.

Es war klar, dass er kein Verwandter und nicht von der Presse war.

»Ich möchte Hanna Wolff besuchen.«

»Aus welchem Grund?«, fragte der Aufpasser.

»Weil ich wissen will, wie's ihr geht.«

»Das kann ich Ihnen sagen. Sie hat starke Prellungen, zwei angebrochene Rippen und eine Gehirnerschütterung.« Der Mann griff nach den Rosen und riss sie John aus der Hand. »Ich übergebe die Blumen.«

»Sagen Sie ihr, dass sie von John Klein sind«, rief John, als die Zimmertür vor seiner Nase zufiel.

Als er eintreten durfte, tastete ihn der Aufpasser nicht ab und verließ sogar das Zimmer. Ziemlich dilettantisch.

Hanna sah aus wie eine Edelfrau auf einem mittelalterlichen Tafelbild. Ihr Kopfverband bedeckte die Ohren bis unters Kinn und machte ihr schmales Gesicht noch ansehnlicher. Die violette Färbung der Augenhöhlen verlieh ihr etwas Byzantinisches, was wiederum zu den weißen Rosen in ihren Händen passte.

»Sie riechen nach Äpfeln aus dem Golan«, sagte sie mit piepsiger Stimme.

»Sind aber aus einem hiesigem Gewächshaus.«

»Von wegen. Gestern wuchsen sie noch im Kibbuz Gadot. Dort hab ich als Freiwillige gearbeitet, bevor ...«

»Bevor Sie zur Armee gingen und dann zum Mossad.«

Hanna versuchte zu lächeln, doch der Versuch geriet zur Grimasse. »Ihr Deutschen vermutet in jedem Israeli einen Geheimdienstler. Ich habe ein journalistisches Studium in Tel Aviv absolviert und arbeite seit zehn Jahren bei *Haaretz*.«

»Nicht so viel sprechen!«, unterbrach sie John. »Im Übrigen ist es mir egal, für was und wen du arbeitest. Hauptsache, du ... ich meine, Sie kommen wieder auf die Beine.«

»Halb so schlimm. Setz dich zu mir. Ich beiße nicht.«

John hockte sich auf die Bettkante. »Wer hat dich so zugerichtet?«

»Stell doch bitte die Blumen in die Vase.« Hanna richtete sich auf und stöhnte. Die angebrochenen Rippen drückten aufs Herz.

»Du meinst, *was* mich so zugerichtet hat. Soweit ich mich erinnere, irgendetwas zwischen Dampframme und Arnold Schwarzenegger. Jedenfalls nichts Menschliches.«

»Ein Golem«, entfuhr es John.

»Ich glaube nicht an Ammenmärchen«, krächzte Hanna.

»Ich auch nicht. Nur, wieso hat der oder das dich angegriffen? Hast du auf eigene Faust ermittelt?«

Hanna sah ihn nachdenklich an. »Das Letzte, woran ich mich erinnere ... dass ich noch mal in der Synagoge war und mit dem Rabbiner sprach. Wie hieß er bloß?«

»Kann ja nicht so viele geben.«

»Dann bin ich zum Hotel zurück ... Hab noch bemerkt, dass mir jemand folgt ... Dann wurde es stockdunkel.«

»Hast du seine Schuhe gesehen?«

»Wieso?«

»Die Größe.« John hielt die Hände fünfzig Zentimeter auseinander. »Etwa so. Wie Äppelkähne, sagt der Berliner.«

Hanna konnte sich nicht erinnern, sie war erst im Krankenhaus wieder aufgewacht. Sie ärgerte sich, einen totalen Filmriss zu haben – etwas, das ihr bisher nur einmal passiert war, im Libanonkrieg, als sie unter Beschuss geriet und samt ihrem Jeep von der Straße flog. Äußerlich hatte sie damals kaum einen Kratzer abbekommen, doch die Gedanken verhedderten sich im Kopf wie die Schaufäden eines Chassiden im dichten Gedränge des Ben-Jehuda-Marktes, und bis heute wusste sie nicht, wie sie aus dem brennenden Jeep herausgekommen war, in dem drei Soldaten starben.

»Da hattest du echt Massel«, staunte John und griff nach

der angebrochenen Tafel Schokolade auf dem Nachttisch. Er reichte Hanna ein Stück und nahm sich auch eins.

»Wenn ich nur sein Gesicht gesehen hätte.«

»Dann wärst du jetzt tot.« John fuhr sich mit dem Handrücken über den Mund. »Ich glaube, er wollte dir nur Angst machen. Oder hat er dich …?«

Hanna schüttelte den Kopf. »Vielleicht wollte er. Konnte aber nicht, weil jemand ihn störte.«

John erhob sich vom Bett und trat ans offene Fenster. Auf dem Baum vor der Klinik saßen die Krähen auf den Bäumen und starrten zu ihm herüber.

»Sieben.«

Hanna sah ihn verständnislos an.

»Draußen sitzen sieben Raben wie in dem Märchen. Hab vergessen, was es bedeutet.«

»Bei euch Deutschen bestimmt Unglück«, war sich Hanna sicher. »Im Orient ist der Rabe Sinnbild göttlicher Weisheit.«

»Was soll ich mit siebenfacher Weisheit. Eine Zigarette wär mir lieber. Dann würd ich vielleicht doch noch drauf kommen, was dieses Märchen vom Golem soll.«

»Meine Mutter sagt, in jedem Märchen steckt mindestens eine Wahrheit.«

»Ich halte mich lieber an Fakten. Warum warst du noch mal in der Synagoge?«

Hanna versuchte, ihre Gedanken zu sortieren. »Warum! Ich wollte mich umsehen, wurde aber vom Rabbi zurechtgewiesen, dass Frauen sich nicht allein in der Synagoge aufhalten sollen. Also musste ich wieder gehen.«

»Ist dir irgendwas aufgefallen?«, fragte John und schloss das Fenster. Die Krähen hatten angefangen zu krächzen.

»Es roch nach Bohnerwachs. Als ich in der Vorhalle war, habe ich im Treppenhaus Schritte gehört. Schritte mit Schluckauf«, sagte Hanna.

»Wie bitte?«

»So nannten wir als Kinder Leute, die hinken. Der Mann, eine Frau kann es ja nicht gewesen sein, zog ein Bein nach. Hab ihn leider nicht gesehen.«

»Schluckauf. Das bringt uns vielleicht weiter.«

»Kannst du mir ein Buch besorgen?«, bat Hanna. »*Der Golem in Prag* von Chajim Bloch. Erschienen 1920, Verlag Benjamin Harz Berlin.«

John notierte den Titel auf einem Zettel. Vermutlich war es einfacher, einen Golem zu erschaffen, als das Buch aufzustöbern.

»Und das nächste Mal bring bitte Humus, Pitabrot und Weintrauben mit. Das Essen hier ist zum Abgewöhnen.«

John nickte apathisch. »Falls du vorher entlassen wirst, lass es mich wissen.« Er beugte sich zu Hanna hinab und küsste sie auf die Stirn. Es schien ihr nicht zu gefallen.

»Bei uns küsst man seine Angebetete auf den Mund. Aber bitte rasier dich, bevor du es tust.«

In seinem Büro druckte John alles über den Golem aus, was ihm im Internet interessant erschien. Das meiste erwies sich nach kurzer Ansicht als popularisiertes Wissen und flog in den Papierkorb. Bei *Amazon* bestellte er Chajim Blochs *Der Prager Golem – von seiner Geburt bis zu seinem Tod* als Erstausgabe für schlappe 25 Euro. Dann bei *buecher-billig* weitere Schriften über den Koloss aus Lehm: Egon Erwin Kischs Reportagen *Nichts ist erregender als die Wahrheit* mit dem Kapitel *Dem Golem auf der Spur*, Friedrich Torbergs *Golems Wiederkehr*, das *Handbuch der Religionen* von Mircea Eliade und die DVD des Films *Der Golem und wie er in die Welt kam* von Paul Wegener. Obwohl er nicht über jüdische Mystik promovieren, sondern ein verschwundenes Mädchen finden wollte.

* * *

Im Laufe der Nacht fiel die Temperatur auf null und es schneite. Am Morgen war Berlin eine weiße Braut, die zum Traualtar geführt werden wollte. Als er mit Seneca durch den Schnee tappte, fiel John ein, dass er das Grab seiner Frau noch nicht mit Tannenzweigen abgedeckt hatte. Er ging zurück in die Wohnung, zog die schwedischen Wintergummistiefel mit Profilsohle an, setzte eine Fellmütze auf und suchte den zweiten Fäustling. Er steckte in Senecas Maul und wurde hin- und hergeschüttelt wie ein noch lebendes Tier.

»Gib her! Das Karnickel ist doch längst tot.«

Der Hund dachte gar nicht daran, seine Jagdbeute aufzugeben, und verschwand im Wohnzimmer. John war es zu blöd, hinter dem Fäustling herzulaufen und Seneca zu erklären, warum er auch den zweiten Handschuh brauchte. So was kommt von so was, wenn man mit Hunden alles teilt, dachte der Detektiv und verließ mit nur einem Handschuh die Wohnung.

So was hat Folgen, die schmerzhaft sind, wenn man bei Minusgraden mit nur einem Handschuh ein Bündel Tannenzweige über den Friedhof trägt und auf verschneiten Wegen eine Blutspur zeichnet. Was für ein sanfter Tod, am Grab von Lea langsam auszubluten. Man schläft einfach ein, fühlt keinen Schmerz und hinterlässt der Feuerwehr eine schöne, tiefgekühlte Leiche. Weil er noch nicht so pleite war, dass er Blut spenden musste, umwickelte er die zerstochenen Finger mit einem Taschentuch, deckte das Grab mit den Zweigen ab und rauchte nach getaner Arbeit eine Zigarette.

So sehr er sich auch bemühte, er konnte keinen Kontakt zu Lea herstellen. Er wollte von seiner vergeblichen Suche nach Maren Graf erzählen, sich mit Golem-Geschichten die Zeit vertreiben, aber es schien ihm absurd, einer Toten

Angst zu machen mit dem bösen Mann aus Lehm. Außerdem war der Golem in der jüdischen Mythologie der Gute, die Christen die Bösen. Von Hanna Wolff sprach er erst gar nicht. Wer weiß schon, wie tote Ehefrauen reagieren, wenn der Mann von einer anderen schwärmt. Er hoffte, dass Lea Verständnis hätte, wusste aber, dass Jüdinnen genauso giftig gegeneinander sein konnten wie Kriemhild und Brunhilde. Hanna gefiel ihm trotz ihrer Rechthaberei. Aber dieses stille Eingeständnis war seine Privatangelegenheit.

Bevor John bemerkt hatte, dass er nicht allein war, stand ein Mann hinter ihm. Er war mindestens eins neunzig groß und trug Schuhe riesig wie Äppelkähne. Doch seine Augen leuchteten nicht wie glühende Kohlen, sie waren kalt und trüb. Aus Lehm war der Mann auch nicht, sondern aus weißem Russenpelz.

»Kalt heute, was?«

John überspielte seine Verwirrung mit einem Scherz. »Nicht so kalt wie '42 vor Stalingrad.«

»Sie sind zu jung für derartige Vergleiche, Klein.«

»Kennen wir uns? Ich glaube nicht.«

»Mein Name ist Max Todt. Ich bin der Vater von Jakob Schwarz.«

John starrte den Mann an. Begegnungen auf Friedhöfen verheißen selten Gutes.

»Woher wussten Sie, dass ich hier bin?«

»Ihr Kollege sagte, ich finde Sie entweder in einer Kneipe oder auf dem Friedhof.«

John lächelte nachsichtig. »Mein Partner mag alles Wienerische. Daher verzeihe ich ihm den morbiden Humor.«

»Wir sollten uns unterhalten. Aber nicht hier. Ich lade Sie zum Bier ein«, entgegnete Todt und bewegte sich in Richtung Friedhofsausgang. Aus Neugier und wegen des versprochenen Bieres folgte John ihm willig wie ein Kind dem Rattenfänger von Hameln.

Schweigend überquerten die beiden Männer die Heinrich-Roller-Straße und kehrten in der *Sportlerklause* ein. Hier verkehrte die Sorte Leute, die niemand zum Candle-Light-Dinner einladen würde – Kreuzberger Altlinke und Weißenseer Anarchos, Starjournalisten des *Straßenfeger*, Cannabis-Verkäufer, Pizzalieferanten und Kassiererinnen vom Sonnenstudio um die Ecke. Max Todt begrüßte den Wirt, dessen Gesicht tätowiert war wie das eines Samoa-Kriegers.

»Spielen Sie Billard?«, fragte er John und bestellte zwei große Bier.

»Nicht um diese Zeit. Außerdem habe ich mir die Hand verletzt.«

Todt warf einen Blick auf den provisorischen Verband. »Kommen Sie! Es redet sich besser unter vier Augen.«

Sie gingen in den Billardraum. John nahm einen Stock von der Wand, prüfte, ob er verzogen war, und nahm einen anderen. Er rieb die Spitze mit Kreide ein und trank einen Schluck Bier, während Todt die Kugeln in Position brachte.

»Sie dürfen anfangen.«

John legte die Spitze des Queues auf den Rücken des dritten Gliedes seines linken Zeigefingers und visierte die äußere rechte Kugel des Dreiecks an. Die Position hatte er von einem New Yorker Kollegen gelernt, mit dem er in der Wache des 77. Reviers in der Bronx, *Fort Apache* genannt, Billard gespielt hatte, wenn gerade nichts los war. Der Detective hatte immer mindestens zwei Kugeln mit dem ersten Stoß versenkt. John schaffte nur eine. Die vollfarbene rote rollte ins Loch.

Ohne zu überlegen, ging Todt in Position und schickte zwei Kugeln nacheinander ins Depot. Bei der dritten verfehlte er das Loch nur knapp.

»Übrigens, ich bin nicht verwandt mit Fritz Todt, der die

Reichsautobahn und den Atlantikwall gebaut hat. Wäre doch ein Treppenwitz der Geschichte, wenn ein Rabbiner Hitlers besten Mann zum Großvater hätte, nicht wahr?«

John grinste. Seine grüne Kugel krachte ins Loch.

»Wussten Sie, dass Dr. Todt einem Attentat zum Opfer fiel? Der Führer wollte ihn loswerden, weil er ihn wegen des Russlandfeldzugs angebrüllt hatte, und weil Speer auf den Posten des Rüstungsministers scharf war.«

»Sind Sie hier, um mir das mitzuteilen?«, fragte John, in der Absicht, das Gespräch abzukürzen. Dabei vermasselte er einen Durchmarsch, und sein Gegner war dran. Nach einem perfekten Stoß über drei Banden reduzierte Todt seine Kugeln auf sechs.

»Wenn der Prophet nicht zum Berg geht, kommt der Berg zum Propheten.« Noch zwei halbfarbene Kugeln rollten ins Loch. »Ich habe vergebens auf Ihren Besuch gewartet. Es kam Ihnen nicht in den Sinn, dass Jakob einen Vater hat.«

»Wieso sollte ich mich an Sie wenden? An dem Fall ist der Staatsschutz dran.«

Todt sah Klein argwöhnisch von der Seite an und versenkte versehentlich die weiße Kugel. »Weil niemand den Kollwitz-Kiez besser kennt als Sie.«

»Stimmt«, sagte Klein, nahm die weiße Kugel aus der Ablage und platzierte sie rechts von der Mitte auf dem Spielfeld. »Wer hier rumschnüffelt, steckt seine Nase in meine Hosentasche. Aber Tötungsdelikte darf ich nicht aufklären.«

Die weiße Kugel traf die volle blaue, dass sie sich wie ein Brummkreisel drehte und, mit Effet, wie der Berliner sagt, ins Loch tänzelte. Weil es so schön war, schickte John noch die gelbe hinterher.

»Nicht schlecht«, bemerkte Todt. »Aber mich bluffen Sie nicht. Ich weiß, dass Anna sich mit Ihnen treffen wollte.«

»Hat sie das gesagt?«

»Ich war dabei, als sie Sie angerufen hat. Wir hatten uns wegen Jakobs Tod getroffen. Obwohl wir sonst kaum miteinander reden.«

Jetzt war John doch froh, von Max Todt belästigt zu werden. «Warum wollte Ihre Exfrau mich treffen? Und wohin ist sie plötzlich verschwunden?«

»Das frage ich Sie! Anna würde nicht einfach so aus einem Theaterprojekt aussteigen. Sie liebt ihre Arbeit.«

»Und wie sehr liebte sie ihren Sohn?«, fragte John.

»Wie eine Äffin ihr einziges Äffchen. Trotz seiner jüdischen Macke. Sein Tod war für sie ein Schock.«

»War? Denken Sie, dass sie sich …?«

»Umgebracht hat?« Todt kippte sein Bier in einem Zug hinunter und wiegte den kahl geschorenen Kopf. »Trau ich ihr zu, bei ihrer maßlosen Affenliebe. Aber sie wollte auch wissen, wer Jakob auf dem Gewissen hat und warum.«

John rieb die Spitze seines Queues noch einmal mit Kreide ein. »Und wie steht es mit Ihnen?«

»Ob ich neugierig bin, wer Jakob umgebracht hat?«

»Sie sind der Vater, oder etwa nicht?«, sagte John und entfernte das verrutschte Taschentuch von seiner Hand.

Todt sah ihn mit zusammengekniffenen Augen an. »Das habe ich mich oft gefragt. Wir waren nicht nur äußerlich grundverschieden … hatten kein gutes Verhältnis … seit er Gott den Allmächtigen zu seinem Vaterersatz erklärte.«

»An welchen Gott glauben Sie? Oder an welche Macht?«

Todt überlegte. »Ich glaube an die Macht des freien Geistes und den Widerspruch. Als überzeugter Atheist halte ich jeden für geistig beschränkt, der Kruzifixe oder Papierrollen anbetet. Für mich sind Pfaffen Politoffiziere einer Ideologie, die dafür sorgt, dass Reiche noch reicher werden und die Armen stillhalten.«

»Sie sind dran«, sagte John und zog eine Zigarette aus der Schachtel. »Darf man hier rauchen?«

Todt nickte. John schob sich eine Zigarette in den Mund. Noch immer wusste er nicht, was Jakobs Vater von ihm wollte.

Sein Gegenspieler war unkonzentriert, und sein Stoß ging daneben. John parierte mit einem Dreier in Folge, schaffte aber keinen Durchmarsch. Die letzte vollfarbene Kugel blieb im Spiel.

»Die Presse schreibt, Jakob sei das Opfer rechter oder linker Gewalttäter. Die Frage ist: War es Absicht oder ein Versehen?«

»Was spielt das für eine Rolle! Die Jüdische Gemeinde bestimmt den Täter. Obwohl sie wissen, dass ihnen rechterhand keine Gefahr mehr droht, weil die Nationalen andere Feindbilder haben und ins Parlament gewählt werden wollen. Außerdem ist die Mehrzahl unserer jüdischen Mitbürger selber ultrarechts, wenn's um Israels Interessen geht.«

»Sie glauben also nicht, was die Zeitungen schreiben.«

»Halten Sie mich für einen Idioten? Ich habe einen Doktorhut in Soziologie.« Todt klappte die Hälfte seiner beachtlichen Körperlänge über die Tischkante und knallte die rot-weiße Kugel mit voller Wucht ins Loch. »Damit wir uns nicht falsch verstehen. Ich bin weder rechts noch links. Politik interessiert mich nicht mehr.«

»Verstehe. Aber was hat das alles mit mir zu tun?«, fragte John ungehalten. Er hatte die Partie so gut wie verloren. Sein Gegner hatte nur noch die schwarze Kugel im Spiel. Er zeigte mit dem Queue auf das Loch, das er anvisierte, und stieß die Kugel über zwei Banden in die Versenkung.

»Die nächste Runde geht an Sie.«

»Ich muss ins Büro. Dort wartet ein betrogener Ehemann, dem ich unschöne Fotos zu zeigen habe.«

»Haben Sie sich nicht gewundert, wer Ihnen das anonyme Paket geschickt hat?«

John fiel es schwer zuzugeben, dass er bis eben nicht die

leiseste Idee gehabt hatte. »Sie sind der Absender! Woher stammt die CD-ROM mit den ... nicht kindgerechten Fotos?«

»Von Jakobs Mutter. Sie wusste schon lange von der abartigen Neigung ihres Äffchens und hat ihn gedeckt.«

»Sie auch?«

»Ich wusste gar nichts!«, reagierte Todt heftig. »Sonst hätte ich meinen missratenen Sohn angezeigt.«

»Auch umgebracht?«, wagte sich John vor.

»Ich bin für uneingeschränkte Meinungsfreiheit, nicht für Straffreiheit von Päderasten. Und auch nicht für Selbstjustiz.«

John hatte genug. »Hören Sie, ich bin der falsche Adressat, was Ihre Anschauungen betrifft. Und ich interessiere mich nicht für Jakobs Sexleben.«

»Das sehe ich nicht so«, konterte Todt. »Und hat ein Vater kein Recht zu erfahren, wer seinen Sohn getötet hat? Ich bezahle Sie dafür, es herauszufinden.«

John ließ sich Zeit mit einer Antwort. Lehnte er das Angebot ab, könnte der Eindruck entstehen, er sei einer jener Detektive, denen man die Eier abgeschnitten hat, ein Schnüffler, der sich vor der Polizei fürchtet. Nahm er den Auftrag an, verdiente er ein paar Mäuse für einen Job, den er sowieso erledigen musste. Die Eltern von Maren Graf waren zu arm, um ihn zu bezahlen. Sein Bankberater wäre froh, wenn der Überziehungskredit wenigstens teilweise ausgeglichen würde.

»Kommen Sie morgen in mein Büro, dann besprechen wir die Formalitäten.«

»Abgemacht. Aber die Sache bleibt unter uns. Hatte schon genug Ärger mit Staatsanwälten und Behörden.«

»Wegen der Meinungsfreiheit«, vermutete John und hängte seinen Billardstock an die Wand.

Todt verbog die Spitze seines Queues und brach sie ab.

»Ich saß dafür im Gefängnis.«

John nickte. »Wegen Volksverhetzung. Stand ja in allen Zeitungen.«

»Ich hoffe, Sie haben kein Problem damit.«

»Nicht, wenn Sie mich mit Ihrer Ansicht über Israel verschonen. Meine Frau war nämlich Jüdin.«

»Meine auch. Aber konvertiert bin ich nicht.«

Der Sieger hielt dem Verlierer die Tür auf. Im Schankraum reichte Todt dem Detektiv die Hand. Sie war hart wie Leder und voller Schwielen, untypisch für einen Doktor der Soziologie. »Das Bier geht auf meine Rechnung. War nett, mit Ihnen zu plaudern.«

»Eine Frage noch. Weshalb hat Ihre Frau Ihnen die Kinderpornos Ihres Sohnes gegeben? Musste sie nicht fürchten, dass Sie sie für Ihre antireligiösen Zwecke benutzen?«

»Unsinn! Jemand hat ihre Wohnung durchwühlt. Sie hatte Angst, dass die Bilder gefunden werden. Und sie hatte Angst, dass jemand hinter ihr her war. Darum ist sie vermutlich untergetaucht.«

»Oder sie wurde entführt«, sagte John. »Sie sollten sie als vermisst melden.«

Todt winkte ab. »Ich denke, sie wird wieder auftauchen, sobald man einen Schuldigen für Jakobs Tod gefunden hat. Die Frage ist, ob sie den Richtigen verurteilen.«

John wollte nicht auch noch Verschwörungstheorien diskutieren. Er verabschiedete sich eilig und verließ das Lokal.

Als er auf die Straße trat und Richtung Prenzlauer Allee ging, sah er sich unauffällig um. Er hatte sich die Farben der Fahrzeuge in der Nähe der *Sportlerklause* eingeprägt, als er herkam. Zwei Autos hatten zuvor nicht dagestanden. In einem bemerkte er einen Mann und eine Frau, die sich stritten. Das andere Fahrzeug war ein Lieferwagen. Er musste noch vorsichtiger sein; die Kollegen vom Staatsschutz verstanden keinen Spaß. Plötzlich befand er sich in einem Spiel mit vier Gegnern – Hanna Wolff, Max Todt, dem Staatsschutz und dem Mossad. Nein, drei, denn Hanna war ja der Mossad, auch wenn sie es nicht zugab. Eine Partie mit 33 Prozent Gewinnchancen also. Doch was hatte er zu gewinnen? Weder Geld noch Ehre, falls er den Mörder von Jakob Schwarz überführte. Im Gegenteil, seine Lizenz als Privatdetektiv wäre futsch, wenn er den gekränkten Staatsförstern das Wild vor die Füße legte. Sie hatten, da war er sich sicher, keine Ahnung, worum es wirklich ging.

* * *

Im Büro trennte er seinen Computer vom Ethernet und löschte alle Dateien mit Angaben über Maren Graf sowie jeden Hinweis auf sein Interesse an der Golem-Legende von der Festplatte, nachdem er die Texte auf einen USB-Stick überspielt hatte. Zuletzt verstaute er die Mappe mit den Zeitungsausschnitten über brennende Autos im Prenzlauer Berg, den toten Rabbiner, dessen sexuelle Verfehlungen in Belgien und die CD mit den Kinderpornos in seiner Aktentasche. Dann rief er seinen Partner Peter Kurz an und teilte ihm mit, dass er über Weihnachten nach Usedom fahren würde, um den Winter zu genießen, und nicht vorm zweiten Neujahrstag wieder im Büro wäre. Auf keinen Fall sollte Peter ihn anrufen, falls er Feiertagsfrust oder Beziehungsprobleme hätte, und eventuelle Neujahrswünsche bis zu seiner Rückkehr verschieben. Niemand brauchte zu wissen, wo er sich in den nächsten Tagen aufhielt. Leicht verschnupft gelobte Kurz, Klein für den Rest des Jahres zu vergessen. Er begriff sehr wohl, dass sein Partner weder gedachte, ans Meer noch sonst wohin zu fahren, sondern auf Tauchstation ging. Also steckte er wieder mal in Schwierigkeiten. Seine Sache, dachte Kurz, solange die gemeinsame

Bürokasse stimmt. Doch das war seit Längerem nicht der Fall und bedrohte den Fortbestand ihrer harmonischen Erwerbsbeziehung.

John hatte andere Sorgen. Wie sollte er sich in seinem Kiez unsichtbar machen, wo ihn jeder kannte und er seinen Hund wenigstens zweimal am Tag ausführen musste? Seine Fenster konnte er verdunkeln, nur bei Kerzenlicht lesen und essen, um den Stromzähler im Keller so gut wie zum Stillstand zu bringen. Die Post würde er ins Büro umdirigieren, und für alle Fälle hatte er ein Kartentelefon eines spanischen Billiganbieters, das auf den Namen José Sanchez zugelassen war. Doch was, wenn sie seine Wohnung verwanzt und sich als Touristen bei seiner arbeitsscheuen Nachbarin einquartiert hatten? Er könnte sich unter fremdem Namen ein Zimmer in *Myer's Hotel* nehmen – aber das war zu teuer. Außerdem würde es Hanna sofort nach ihrer Entlassung wissen und somit alle Geheimdienste der Stadt.

Hanna Wolff ging ihm nicht aus dem Sinn. Woran er auch dachte, alle Neuronen seines Gehirns strebten auf dem kürzesten Weg zu ihrem Gefühlshologramm und luden sich mit elektrischen Reflexen auf. Doch je zugewandter sie ihm war, desto weniger konnte er ihr vertrauen. Wenn es, wovon er überzeugt war, zwischen Marens Verschwinden, Jakobs Tod, dem Untertauchen von dessen Mutter und dem Erscheinen des Golem eine Verbindung gab, hatte er nur die Wahl, mit oder gegen Hanna sein Versprechen zu erfüllen. Es ärgerte ihn, in diese Frau verliebt zu sein, es machte ihn willenlos wie einen läufigen Köter, zum Eskapisten auf zwei Beinen, den man an der Leine im Kreis um die Bäume am Wasserturm führen konnte. Vor dem nächsten Rendezvous musste er sich eine Doppelstrategie zimmern. Sie in dem Glauben wiegen, er sei ein leichtes Spiel für sie, gerade in der Weihnachtszeit, wo jeder seine Gefühle wie einen Präsentkorb vor sich herträgt.

Auf dem Weg nach Hause entsorgte John Klein eine Plastiktüte mit Zeitungen und Werbebroschüren in einem Müllcontainer auf der Straßburger Straße. In dem Altpapier befanden sich gut versteckt die Presseausschnitte über den Tod von Jakob Schwarz, seine Verfehlungen in Belgien und die zerbrochene CD-ROM mit den Kinderpornos. Niemand sollte sich daran ergötzen können.

12

Sie lag mit geschlossen Augen wach. Ihre Gedanken flogen umher wie verirrte Kassam-Raketen und verpufften im Fluss der Erinnerung. Warum hatte sie diesen verdammten Auftrag angenommen? Abenteuerlust war es nicht, die hatte sie vor Jahren im Libanonkrieg verloren. Noch in diesem Berliner Krankenzimmer hallte der Knall der Tellermine nach, auf den ihr Jeep gefahren war und der ihr das Trommelfell zerfetzt hatte. Pflichtgefühl war mit im Spiel, doch sie hätte auch ablehnen können. Sentimentalität für die Stadt, aus der ihre Familie vertrieben worden war, hatte sie sich stets verboten. Blieb nur noch Wut – ein schlechter Ratgeber in allen Lebenslagen, besonders für einen Agenten, wie ihr Instrukteur nicht müde wurde zu betonen. Es hatte sie empört, dass deutsche Neonazis einen Rabbi ermordeten. Zumindest stand es so in der Presse, obschon das Dossier ihres Auftrags keine näheren Angaben über den oder die Täter machte. Vor Jitzchak Rabins Ermordung hätte sie als Tatmotiv nur eine Möglichkeit in Betracht gezogen – Feindschaft gegenüber Juden. Dass auch Juden imstande sind, Juden zu töten, war ein Dilemma alttestamentarischen Ausmaßes. Der Schlag auf den Hinterkopf durch einen »Golem« verwirrte die Sache eher, als sie aufzuklären. Vielleicht stand dieser hirnlose jüdische Automat in den Diensten feindlicher Mächte? Solche Dinge konnten geschehen, selbst unter gebildeten Juden, wie im Fall des Atomforschers Vanunu, der den Arabern die Existenz israelischer Nuklearwaffen verraten hatte. Oder dieses Verlegenheitsjuden John Klein. War er ein Freund Israels, nur weil er mit einer Jüdin verheiratet gewesen war?

Hanna blinzelte, als sich die Tür ihres Zimmers öffnete. Sie bereute es sogleich und hätte sich lieber schlafend gestellt, als sie Ron Cohn eintreten sah.

»Schalom Hanna«, sagte der Sicherheitsbeamte der Botschaft und wickelte eine Schachtel *Mon Cherie* aus.

»Willst du mich damit rumkriegen?«, spottete Hanna.

»Hob i a Chance bei dir?«

»So viel wie a Goj«, antwortete sie und öffnete die Schachtel.

Ron Cohn schob den Stuhl ans Bett und setzte sich, ohne seinen Mantel auszuziehen. Eine Weile sah er schweigend zu, wie die Schokolade Hanna glücklich machte.

»Der Doktor sagt, dass du morgen entlassen wirst.«

Hanna legte die Schachtel auf den Nachttisch. »Ich fühle mich aber hundsmiserabel. Außerdem hasse ich Schnee.«

»Sollen wir bis Ostern warten? Wer weiß, was der Privatschnüffler inzwischen anstellt.« Der Israeli nahm seinen Kaugummi aus dem Mund und klebte ihn unter die Bettkante. »Wir kontrollieren ihn rund um die Uhr und müssen ihn notfalls ausschalten. Der Kerl ist so oder so erledigt.«

Hannas rechte Hand flog auf Ron Cohn zu und verpasste ihm eine Ohrfeige. »Sag so was nie wieder! Dieser Mann hat mehr Verstand als eure ganze Abteilung. Und mehr Charme. Etwas, das du nicht mal buchstabieren kannst.«

»Du bist doch nicht in ihn verknallt?«, sagte Cohn kleinlaut und hielt sich die linke Wange.

»Lass gefälligst meine Gefühle aus dem Spiel. Ich bin länger dabei als du und brauche keinen Seelsorger.«

»Umso besser. Dann muss ich dir nicht erklären, was du zu tun hast.«

»Erklär's mir trotzdem«, erwiderte Hanna.

»Erstens: Du musst seinen Computer checken und die Daten für uns sichern. Zweitens brauchen wir die Anrufliste seines Mobiltelefons. Drittens wäre es gut, wenn du bald mit ihm schläfst. Wir wollen wissen, was er denkt und was er über Jakob Schwarz weiß.«

»Sonst noch was?«

»Ja. Klein hat einen Partner. Finde raus, wie viel er von der Sache weiß und ob er verdeckt ermittelt.«

»Sie arbeiten nicht zusammen, sie teilen nur ein Büro. Falls ich auch mit ihm ins Bett soll … er ist, soweit ich weiß, schwul.«

»Vergewissere dich trotzdem. Dieser Klein ist bei der deutschen Polizei als gewieft und unberechenbar bekannt. Ein Troublemaker reinsten Wassers.«

Hanna gähnte demonstrativ, doch Cohn machte keine Anstalten zu gehen. Also quälte sie sich aus dem Bett und trippelte barfuß zur Toilette. Cohn nutzte die Gelegenheit, das Fenster zu öffnen und sich eine Zigarette zu genehmigen. Der Himmel über Berlin war dabei, von Bleigrau in Schwarzblau überzugehen, und der Israeli fragte sich, wie Menschen unter solch trostlosen Umständen die Geburt Jesu feiern konnten. In der Judäischen Wüste und in Galiläa war selbst der ungläubige Thomas seinem Gott stets nah, weil ihm bei Tag die himmelblaue Hoffnung treu blieb und nachts die Sterne seine Wünsche empfingen. Während er seine Gedanken am Fenster in Rauch aufgehen ließ, vernahm er Hannas Stimme aus dem Bad.

»Was soll der Quatsch? Mach sofort das Licht wieder an!«

Cohn schnipste die Kippe in den Schnee. Es war stockdunkel im Zimmer. Er eilte zur Tür, um an den Lichtschalter zu kommen. Die Neonbeleuchtung reagierte nicht. Er riss die Tür auf und sah auf den Flur, alles dunkel und totenstill. Hanna kam aus dem Bad. »Israelische Männer werden nie erwachsen. Weil sie ihrer jüdischen Mame ewig am Rockzipfel hängen.«

Ehe sie sich versah, hielt der Sicherheitsbeamte ihr den

Mund zu und schob sie von der Tür weg. Hinter sich hörte sie ein metallenes Klacken. Ein vertrautes Geräusch, wie das Entsichern ihrer Jericho 941. Hanna gab keinen Laut von sich, als Cohn ihr die Hand vom Mund nahm. Sie lauschte in das Dunkel des Zimmers, hörte aber nur ein gleichmäßiges, dumpfes Pochen in ihrer Brust. Sie hasste solche Situationen, wo die Anspannung das Herz zum Klopfen bringt wie Luft in einer Zentralheizung. Nicht wegen der Angst vor Gefahr, die hatte sie in zwei Kampfeinsätzen im Libanon zu kontrollieren gelernt, vielmehr weil ihr in der Stille vor der Gefahr jedes Mal bewusst wurde, dass das Blut in ihren Adern deutsches Blut war. Im täglichen Straßenlärm von Tel Aviv oder seinen schwülen Nächten, wenn sie israelisch träumte, dachte sie nie daran.

»Geh ins Bett und rühr dich nicht«, flüsterte Ron Cohn. Er selbst blieb hinter der Tür in Position und wartete. Ein totaler Stromausfall in einem Krankenhaus war möglich, besonders in der dunklen Jahreszeit, wenn die Netze überlastet sind. Doch Kliniken haben ein Notstromaggregat, das bei Netzausfall anspringt, um die Elektronik in den Operationssälen und auf den Intensivstationen nicht zu gefährden. Dieser Blackout dauerte nun schon vier Minuten, und nichts rührte sich. Wo, zum Teufel, war die deutsche Gründlichkeit geblieben? In Israel würde niemand in Panik geraten, wenn das Licht ausging. Man würde sagen, die Palästinenser wären schuld, und in Ruhe den Schutzraum aufsuchen. Oder der Direktion vorwerfen, dass sie die Stromrechnung nicht bezahlt hätte. Ginge in der israelischen Botschaft in Wilmersdorf das Licht aus, gäbe es diplomatische Verwicklungen. Hier, in einem Krankenhaus im Osten Berlins, fühlte sich Ron Cohn wie in Gaza und hatte die Hand am Abzug, um sich gegen Kameltreiber oder Neonazis zur Wehr zu setzen.

Nichts geschah. Nach weiteren vier Minuten ging das

Licht im Zimmer wieder an. Hanna blinzelte, bis ihre Pupillen sich so weit verengt hatten, dass die Neonlampen sie nicht mehr blendete. Cohn entsicherte seine Waffe und steckte sie ins Schulterhalster. Als er sich gerade wieder an Hannas Bett setzen wollte, klopfte es an der Tür. Er griff unter die Achsel seines Jacketts und rief: »Herein!« Ins Zimmer trat die Stationsschwester und fragte, ob alles in Ordnung sei. Sie entschuldigte sich für den Stromausfall. Es habe einen Kurzschluss im Verteiler gegeben, und die Notstromanlage sei nur für die OP- und die Intensivstation zuständig. Das Abendbrot würde zehn Minuten später als sonst serviert. Und weil die Patientin am nächsten Tag, dem 24. Dezember, entlassen wurde, wünschte die Schwester schon vorab fröhliche Weihnachten.

»Good Shabbes«, erwiderte Hanna und hoffte, dass auch ihr Beschützer bald die Tür hinter sich zumachte. Sie wollte allein sein und weiter in Chajim Blochs *Prager Golem* lesen. Ron Cohn erklärte, sie könne ruhig lesen, während er auf sie aufpasste. Doch Hanna mochte es nicht, dass der Grünschnabel sie anstarrte. Also schickte sie ihn weg mit den Worten: »Sieh zu, dass du Land gewinnst! Ich bin nicht Golda Meir, die aus Angst vor ihrer Hässlichkeit auch nachts einen Bodyguard brauchte.«

Beleidigt verließ Cohn das Zimmer, nicht ohne sie daran zu erinnern, dass sie dem Privatschnüffler die Hosen ausziehen solle, um ihn endlich abzuschöpfen. Hanna versicherte, sie werde auch ohne solche Mittel ihren Auftrag erfüllen. Der Agent postierte sich vor der Tür und träumte wachen Auges davon, dass Hanna Wolff ihn ins Zimmer rief und ihm zeigte, welche weiblichen Waffen sie unter ihrem Nachthemd verbarg. Gegen Mitternacht fielen ihm die Augen zu, und so sah er nicht, dass sich unter der Türschwelle noch immer das Neonlicht hindurchzwängte. In seinem Widerschein ging der Schatten des Golem umher.

* * *

Am Mittag des 24. Dezember kamen endlich die restlichen Bücher per Kurier. John zog sich in sein Schlafzimmer zurück, verließ das Bett nur, um seinen Hund auszuführen, und versuchte, nicht an Hanna zu denken.

Die Geschichte des »rasenden Reporters« war, wie alles von Kisch, spannend erzählt, aber ohne Sinn fürs Wesentliche. Torbergs Erzählung über den Golem, der während der deutschen Besatzung in Prag erscheint, um die Altneu-Synagoge vorm Niederbrennen zu bewahren, war pure Fiktion, weckte aber Johns Neugier, sich dem Studium der jüdischen Kabbala zu widmen. Dort galt das Böse als Rückstand unreiner Gedanken. Das Böse war im Fall von Jakob Schwarz dessen unsittliche Neigung zu kleinen Mädchen. Daraus zu folgern, der Tod des Rabbiners sei die Strafe des Allmächtigen, schien John abwegig angesichts der Gleichgültigkeit dieses Herrn gegenüber den Tausenden Kindern, die täglich Hungers sterben. Auch konnte er sich nur schwer vorstellen, dass ein Jude einen Juden umbringt, der gesündigt hat. Andererseits war Israels Premierminister von einem Juden ermordet worden, den orthodoxe Rabbiner dazu angestiftet hatten. Soweit ihm bekannt war, gab es in der Rykestraße keine besonders orthodoxen Juden. Andererseits ... John kam sich vor wie Tewje, der Milchmann, der mit der Tradition hadert, und gab es auf, durch Golem-Studien klüger werden zu wollen. Er sah sich den expressionistischen Film von Paul Wegener an, und ihm blieb eine Szene in Erinnerung: Ein kleines Mädchen, das am Fluss spielt, reicht dem Golem einen Strauß Blumen. Der Lehmkloß ist gerührt, dass das Kind keine Angst vor ihm hat, nimmt sie an der Hand und begleitet sie ein Stück.

* * *

»Kann ich reinkommen, Onkel Franz? Ich mache auch die Augen zu«, bettelte das Mädchen und pochte an die Tür.

»Nein! Du schummelst!«

»Nein, gar nicht! Ich verspreche es!«

»Doch, du schummelst. Und dann fliegen alle schönen Sachen, die ich dir schenken will, davon.«

Das Mädchen ließ nicht locker. »Wo fliegen die denn hin?«

»In den Himmel. Und du kommst in die Hölle, weil du nicht warten kannst.«

»Aber mir ist langweilig.« Sie heulte los. »Ich will nach Hause!«

Er entriegelte die Tür und machte sie wieder hinter sich zu. »Das ist dein Zuhause, Marielchen! Ich hab dir doch gesagt, dass der liebe Gott deine Eltern zu sich genommen hat.«

»Warum denn!«, schluchzte das Kind.

Er hockte sich hin und nahm sie in die Arme. »Das hab ich dir auch schon hundertmal gesagt ... Weil sie schlecht waren und dich gehauen haben.«

»Aber hinterher tat es ihnen leid. Mein Gorilla kriegt auch Haue, wenn er böse war. Trotzdem hab ich ihn lieb.«

»Ein Gorilla ist viel stärker als du. Du kannst noch ein Stofftier haben.«

Das Mädchen hörte auf zu jammern. »Ich will kein Stofftier. Ich will ... ich will eine Puppe, die sprechen und pullern kann!«

Er fuhr sich mit der Hand durch sein wirres Haar. »Du willst, du willst! Setz dich hin und mal ein Bild. Wenn ich dich rufe, darfst du reinkommen. Aber nicht vorher.«

Er verschwand wieder im Nebenraum, um den Christbaum anzuzünden. Das Mädchen nahm seine Filzstifte und malte seinen Gorilla. Wie Onkel Franz, mit wirrem Haar, großen Händen und Füßen und Augen wie glühende Kohlen. Aber nicht böse.

Nachdem sie gegessen hatten, war das Kind am Tisch eingeschlafen. Er trug sie vorsichtig zu Bett. Doch beim Entkleiden erwachte sie und verlangte nach einem Schlaflied. Ihm fiel nur das polnische Wiegenlied ein, das die Mutter Oberin immer gesungen hatte:

Gdy się Chrystus rodzi i na świat przychodzi,
Ciemna noc w jasnościach promienistych brodzi.
Aniołowie się radują, Pod niebiosa wyśpiewują:
Gloria, Gloria, Gloria in excelsis Deo!

Mówią do pasterzy, którzy trzód swych strzegli,
Aby do Betlejem czym prędzej pobiegli,
Bo się narodził Zbawiciel, Wszego świata Odkupiciel.
Gloria, Gloria, Gloria in excelsis Deo!

Als sie fest schlief, die neue Puppe im Arm, löschte er das Licht und schlich in Socken nach nebenan. Trotzdem knarrten die Dielen unter seinen großen Füßen.

Nach dem dritten Glas Pflaumenschnaps war der Riss in seinem Glück ein Abgrund. Er hatte gesehen, was der Rabbiner dem Kind angetan hatte. Ihr Porzellankörper war mit blauen Flecken übersät, ihre kleinen Brustwarzen mit Bisswunden verunstaltet. Wie konnte ein frommer Mann so etwas tun?

Er bekreuzigte sich und dankte Gott, dass er den Rabbiner bestraft und das Kind in seine Obhut gegeben hatte. Er würde es hüten wie seinen Augapfel, wenn nötig bis zum Jüngsten Gericht … Aber warum hatte Gott so lange zugesehen und nicht eher ein Machtwort gesprochen? Nun gab es einen Rabbiner weniger, doch die Welt wurde dadurch nicht besser.

In dieser Nacht kam er sich noch verlorener vor. Der Riss in seiner Seele ließ sich nicht zunähen wie die mit Putzwolle gefüllte Puppe eines Golem.

* * *

Das Gehen in der Heiligen Nacht fiel schwer, weil der Schnee unter seinen Schuhen klebte. Zumindest herrschte kein Verkehr, und das *Metzer Eck* war geschlossen. So konnte er sicher sein, nicht vom Golem oder sonstwem verfolgt zu werden. Im Hof von *Myer's Hotel* stand ein prächtig geschmückter, urdeutscher Weihnachtsbaum. Bevor John hineinging, erinnerte er sich der Verse eines portugiesischen Dichters: *Der Poet verstellt sich, täuscht so vollkommen, so gewagt, dass er selbst den Schmerz vortäuscht, der ihn wirklich plagt.* Obwohl er kein Poet war, wollte John sich den Sinn der Worte einprägen. Wenigstens für diesen Abend.

Sie war nicht in der Bar. Dort hockten drei Gesandte aus dem Morgenland, tranken Königspils und grinsten zum Dreivierteltakt von Phil Spectors *I saw Mommy kissing Santa Claus.* Auf dem Tresen blinkten als Ersatz für den Stern von Bethlehem die bunten Lichter eines Plastikbäumchens, und der Barkeeper starrte Schwarze Löcher in den Raum. Sicherlich pudert sie sich auf der Toilette die Nase, dachte John und fragte an der Rezeption nach Hanna Wolff. »Miss Wolff hat das Dinner auf ihr Zimmer bestellt und bittet Sie hinauf. Nummer dreiundzwanzig im zweiten Stock.«

Klein wünschte frohe Weihnachten und nahm den Fahrstuhl. Er sah in den Spiegel, öffnete den obersten Knopf seines etwas zu engen Hemdes und zog das hübsch verpackte Geschenk aus der Tasche. Es war eine Schachtel, nicht zu groß, nicht zu klein. Es hatte ihn einige Mühe gekostet, das passende Präsent zu finden; es fiel ihm immer schwer, Frauen zu beschenken. Fragte man sie vorab nach ihren Wünschen, konnten sie sich nicht entscheiden; schenkte man ihnen, was sie sich schon immer gewünscht hatten, war es garantiert das Falsche. Hannas Wünsche zu erraten versuchte John erst gar nicht, ebenso gut könnte eine Eintagsfliege die Fressgewohnheiten der Venusfalle erforschen wollen. Viel mehr interessierte ihn, welcher Art das Special Christmas Dinner für zwei Personen zum Preis von 78 Euro war, das in der Hotelhalle angepriesen wurde – Ente, Gans oder Truthahn? Letzteres würde er nur mit hochprozentiger Flüssigkeit hinunterbekommen, was seine emotionale Täuschungsfähigkeit herabminderte. Er würde darauf bedacht sein müssen, dass auch Hanna betrunken wurde, um eine Chance zu haben, seine Haut zu retten.

Die Fahrstuhltür schlug zu, und John hörte auf, das Kommende durchzudeklinieren. Es gab kein Zurück, er befand sich im *present continous*, der unvollendeten Gegenwart.

»Schalom! Bist du wieder richtig im Kopf?«, sagte er beim Eintreten, und sein Blick schweifte durchs Zimmer. In dieser gemütlichen Besenkammer war es nicht schwer, sich näherzukommen, unvermeidlich nahezu. Hanna saß am gedeckten Tisch und hielt ein volles Weinglas in der Hand. Hinter ihr flackerten die Kerzen des Chanukkaleuchters und gaben ihrem Gesicht etwas ikonenhaft Leuchtendes. Das zottelige Haar hatte sie zusammengebunden, als wollte sie so ihre orientalische Unbeherrschtheit im Zaum halten. Sie trug ein schwarzes Kostüm und schwarze Wollstrümpfe. »Setz dich, mein Lieber. Ich wurde auf eigenen Wunsch entlassen. Deshalb garantiere ich nicht für eventuelle Rückfälle.«

John warf seinen Mantel aufs Bett und reichte Hanna das Weihnachtsgeschenk.

»Für mich?«, fragte sie geziert. John nickte leicht verschämt und pflanzte seinen breiten Hintern auf den falschen Chippendale-Stuhl. »Aber ich habe kein Geschenk für dich.«

Sie wickelte die Schachtel vorsichtig aus dem Papier. John hob den Deckel der silbernen Kasserole, und seine Augen glänzten.

»Ente mit Rotkohl und Klößen. Ein besseres Geschenk als Aftershave oder eine Seidenkrawatte.«

Hanna öffnete mit zusammengepressten Lippen den Deckel der Schachtel. Darin befand sich die gut erhaltene Erstausgabe des *Golem* von Gustav Meyrink, Kurt Wolff Verlag Leipzig 1915, mit gelbgrünem Titelbild auf schwarzem Einband. »Wunderschön! ... Onkel Kurt war ein verlegerisches Genie«, freute sich Hanna aufrichtig.

»Wäre ich nie drauf gekommen«, seufzte John, »dass alle Wolffs der Welt von einem Rudel stammen.«

»Höre ich da einen antisemitischen Unterton?«, erwiderte Hanna mit hochgezogenen Augenbrauen. Sie nahm einen zweiten Gegenstand aus der Schachtel, eine rote Plastikdose mit Druckmechanismus. »Wie hübsch!« Sie hielt die Sprühdose in Richtung des Überbringers und legte ihren Zeigefinger auf den Druckknopf.

»Nein, nicht! Da ist Reizgas drin.«

»Du hast gefragt, ob ich richtig im Kopf bin«, lachte Hanna und hielt John die Dose mit dem CS-Gas unter die Nase. »Hände hoch und Hosen runter!«

»Darf ich vorher noch von der Ente kosten?«

Hanna legte die Dose zurück in die Schachtel. »Danke, dass du dich so um mich sorgst.«

»Ist doch eine tolle Idee für Leser unheimlicher Geschichten. *Der Golem* zum Fürchten, das Reizgas gegen die Angst. Wir sollten die Geschäfte deines Onkels fortführen und reich werden.«

»Das haben die Nazis schon getan. Allein mit dem *Golem*

verdienten sie ein Vermögen. Onkel Kurt musste in Amerika bei null anfangen, kam aber wieder auf die Beine ... Er war es, der Boris Pasternak im Westen bekannt gemacht hat.«

»Für die Enteignung durch die Nazis hat man ihn sicher entschädigt?«

Hanna lachte. »Und wie! Als Kurt 1963 aus Amerika heimkehrte, um für sein Lebenswerk geehrt zu werden, überfuhr ihn ein betrunkener Lastwagenfahrer.«

»Die Wolffs leben scheinbar gefährlich in Deutschland.«

»Wie alle, die Schwarz, Weiss, Roth oder Grün heißen.«

»Klein ist auch ein jüdischer Name. Oder nicht?«

»Wenn sie dich umbringen, dann bestimmt nicht wegen des Namens«, sagte Hanna und blätterte in dem Buch.

»Sondern?«

»Wegen deines jüdischen Sarkasmus. Und nun lass mich damit in Ruhe!«

»Wer hat jetzt die Rechte am *Golem*?«, wollte John wissen. Er öffnete die Kasserolle und legte erst Hanna, dann sich ein Stück Ente auf den Teller.

Hanna zuckte die Achseln. Sie spürte einen stechenden Schmerz im Hinterkopf.

John biss in die Entenkeule. »Vielleicht will sich jemand mit dem Buch eine goldene Nase verdienen und lässt einen arbeitslosen Schauspieler als Golem von der Leine.«

Hanna legte ihre Hand auf Johns Stirn. »Auf so geniale Geschäftsideen kommt niemand außer dir. So ein Promotion-Golem würde tagsüber mit ›Kauft mich‹-Handzetteln umherwandeln und nicht nachts Frauen attakieren.«

»Stimmt«, murmelte John mit vollem Mund. Er hatte originell sein wollen, aber die Sache war zu ernst, um sie ins Lächerliche zu ziehen.

Eine Weile schwiegen sie, weil sie damit zu tun hatten, die ziemlich zähe polnische Ente zu zerlegten. Ab und zu prosteten sie sich mit dem vorzüglichen Saale-Unstrut zu, der im Preis nicht inbegriffen war. Hanna beobachtete John wie eine lauernde Katze einen Vogel. John vermied es, ihrem Blick zu begegnen, und verzehrte sein Weihnachtsmenü wie eine Henkersmahlzeit. Schließlich putzte er sich den Mund mit einer tannenbaumgrünen Serviette ab. Er hatte Appetit auf eine Zigarette. Doch an der Rezeption hatte man ihn darauf hingewiesen, dass Rauchen im Zimmer nicht gestattet war. Weder vor noch nach dem Beischlaf.

»Wie fühlst du dich«, fragte Hanna, als er satt, aber unglücklich dreinschaute.

»Like an ass in a lion's skin.«

Hanna verstand den Sinn des englischen Idioms, war sich aber nicht sicher, ob er einen Dummkopf, der sich klug stellt, meinte oder einen Feigling, der den Helden spielt. Der Typ macht mir Kopfweh, aber auch mütterliche Gefühle, sagte sie sich. Lässt er den Hilflosen raushängen, ist er unschlagbar; geht er in Kampfstellung, fühlt er sich verwundbar. Männer sind so leicht zu durchschauen. John zählte immerhin zur interessanteren Sorte, die innen hart und außen weich sind. Feministinnen und Frauen ohne Verstand fallen auf sie rein. Hanna war weder das eine noch das andere. Aber auch sie hatte zu Weihnachten oder Chanukka ihre sentimentalen Momente. Außerdem war es ihr Job, ihn zum Reden zu bringen. Mit einer weiteren Flasche Weißwein würde sie ihm schon die Zunge lösen, ohne handgreiflich werden zu müssen auf dem harten Doppelbett. Sie rief den Zimmerkellner an und bestellte noch eine Flasche.

»Wenn der Kellner weg ist, kannst du ruhig am offenen Fenster rauchen.«

»Muss ich nicht. Ich bin Lust-, nicht Frustraucher.«

»Danke. Ich bekomme Kopfweh vom Nikotin.«

Nachdem der Zimmerkellner die Flasche geöffnet hatte und sich empfahl, schaltete Hanna das Radio an. Sie suchte einen Sender, der keine Weihnachtsschnulzen und keine Kirchenmusik brachte, und fand tatsächlich ein Programm, das unchristliche Songs wie *Enola Gay* von Joy Division spielte. Ihr war nach Tanzen. Sie schob den Tisch beiseite und sagte: »Darf ich bitten, oder wollen wir erst tanzen?«

John ließ sich gern bitten und umfasste Hannas Hüften, um langsamen Schrittes gegen die unromantisch hämmernde Musik anzutanzen. Sie bewegten sich Wange an Wange durchs Zimmer, ohne dabei dem Bett zu nahe zu kommen. Doch Hanna wurde seine Umarmung plötzlich zu viel. Nicht weil er ein Goj war und nach italienischem Körperpuder duftete statt, wie israelische Männer, nach Testosteron und Rosenöl, vielmehr weil sie leicht beschwippst war und lange keinen Kerl im Arm gehalten hatte. Auch John war froh, sich wieder setzen zu können, bevor er alle Vorsätze und seine gute Hallenser Kinderstube vergaß.

»Wir können nicht dasitzen und warten«, erklärte Hanna plötzlich. »Wir müssen etwas tun.«

John hielt die Aufforderung für zweideutig, entschied sich darum für das Unmissverständliche. »Du hast recht. Wir können nicht warten, bis der Golem einem von uns beiden das Genick bricht.«

Hanna nahm die Zigarette vom Tisch, die John nicht zu rauchen wagte, zündete sie an und steckte sie ihm in den Mund. »Okay! Wir beide glauben nicht an jüdische Ammenmärchen, sind uns aber einig, dass der Überfall auf mich kein Zufall war ...«

»Sondern eine Drohung«, ergänzte John. »Aber vor was?«

Hanna fragte sich, ob er nur schwergewichtig war oder auch schwer von Begriff. »Du meinst *wovor*!«

»Meinetwegen. Also wovor wollte er drohen?«

»Kannst du es dir nicht denken?«, reagierte sie grantig. Das wiederum fand er beleidigend und schwieg. »Jemand möchte nicht, dass ich im Umfeld von Jakob Schwarz Antworten suche … oder Fragen nach dem vermissten Kind stelle.«

Fast glitt ihm die Zigarette aus den Fingern. Nicht, weil Hanna von der Vermissten wusste, das stand in der Zeitung; das Kind in einem Atemzug mit dem toten Rabbiner zu erwähnen, erschien John fern wie der Stern von Bethlehem. Wollte sie ihn nur zum Reden bringen, oder konnte er ihr vertrauen? Er wartete ab, schaltete auf Durchzug und blies Rauchringe in die Luft.

»In der Synagoge hatte ich ein komisches Gefühl«, sagte sie. »Rabbi Moskowitz oder Meirowitz wollte mir um keinen Preis den Dachboden zeigen, angeblich, weil es dort wie Kraut und Rüben aussieht … Eine faustdicke Lüge! Das Gebäude wurde gerade von Grund auf saniert. Außerdem brennt da oben manchmal nachts Licht.«

»Dann sollten wir nachsehen, ob der Golem dort wohnt«, sagte John mit hektischer Geste. »Bloß wie kommen wir hinein in das bestbewachte Haus im Viertel?«

»Übers Dach des Nebenhauses. Ist ein Kinderspiel. Oder bist du nicht schwindelfrei?«

»N-nein. Bin ich nicht.«

»Also ja! Du traust dich nicht da rauf«, sagte Hanna verstimmt.

»Wenn du mich hältst, wird's schon gehen … Und wenn der Golem oder was auch immer zu Hause ist?«

»Stell dich nicht blöd! Wir steigen ein, wenn oben kein Licht brennt.«

John gefiel die Sache nicht. Auf den Dächern lag Schnee, die Kaminleitern waren bestimmt vereist. Außerdem war Hanna noch angeschlagen und würde womöglich straucheln und das Gleichgewicht verlieren. »Warum durchkämmst du die Synagoge nicht mit deinen Leuten? Ist doch viel einfacher.«

Hanna schien die Frage überhört zu haben und goss den Rest der zweiten Weinflasche in ihre Gläser. Dann sagte sie: »Es gäbe einen Skandal, wenn wir da hineinstürmen und nur alte Tora-Rollen auf dem Dach finden würden. Der Ort ist dann entweiht und kann nicht mehr genutzt werden.«

John nahm einen Schluck Saale-Unstrut. »Der perfekte Ort, um etwas zu verstecken, das man nicht mehr los wird.«

»Ein Kind?«, fragte Hanna.

John drückte die Zigarette auf seinem Teller aus. Dieses Frage- und Antwortspiel ging ihm auf die Nerven.

»Hanna Wolff oder wie auch immer dein richtiger Name ist! Eure Probleme mit dem toten Rabbi interessieren mich nicht die Bohne. Ich bin nicht mehr bei der Mordkommission. Ich beschaffe verloren gegangene Dinge wieder: Hunde, Katzen, Kanarienvögel, Vertrauen zwischen Ehepaaren. Oder Gründe für eine Scheidung. Dummerweise habe ich einem Vater, der Ausländer und Juden hasst, versprochen, seine Tochter wiederzufinden. Versprechen muss man halten, finde ich. Auch wenn es aus der Mode gekommen ist.«

»Bist eben ein altmodischer Narr«, konterte Hanna. »So einer fehlt mir gerade noch. Darum bitte ich dich, mit mir das Golem-Rätsel zu lösen. Allein schaff ich es nicht.«

John wusste nicht, was er sagen sollte. Er wollte das Mädchen finden, sie den Tod von Jakob Schwarz aufklären. Dass beides miteinander zu tun hatte, lag auf der Hand, dass die Verbindung von beidem Sprengstoff ungeheuren Ausmaßes barg, ebenso. Falls sie Maren Graf in der Synagoge fänden, wäre er das erste Opfer des Skandals, Hanna das zweite. Sie würde einen Orden bekommen und den Dienst quittieren müssen. Aber es gab keinen Ausweg aus der Bredouille, wie der Berliner eine Sache nennt, die auf jeden Fall schlecht ausgeht. Doch noch war nicht sicher, dass sie finden würden, was sie suchten. Dass sie das Kind lebend fänden. Eine andere Möglichkeit mochte er nicht in Betracht ziehen.

»Ich bin müde«, sagte Hanna, nahm Johns Mantel vom Bett und hängte ihn in den Kleiderschrank. Sie schlug die Bettdecke auf und klopfte die beiden Kopfkissen weich. John goss sich die Hälfte ihres Weins in sein Glas und kippte ihn hinunter. »Gehst du zuerst ins Bad oder ich?«, wollte sie wissen. Er ließ ihr den Vortritt. So hatte er Zeit, sich mit der Situation, die keinen Widerspruch duldete, vertraut zu machen. Er dachte an Seneca, der kein Auge zutun würde, weil sein Herr nachts nicht nach Hause kam. John wusste nicht, wie lange das nicht mehr der Fall gewesen war, unterließ es aber, nachzurechnen. Aus Furcht vor einer Erektionsstörung, falls Hanna den Kopf verlor.

Im Schein der Kerzen, die auf dem Chanukkaleuchter brannten, glänzte ihr Haar tiefrot. Ihre Haut war blaßrosa wie die Korallen von Rash Mohammed, die sich im Roten Meer spiegeln. Er zählte die Sommersprossen auf ihrem Rücken, fand aber auch nach der Zahl hundert keinen Schlaf, weil sie in unregelmäßigen Abständen schnarch-te. Er überlegte, ob er sich klammheimlich davonmachen sollte. Doch auch in seinem Bett würde er nicht schlafen können. Also blieb er, blies die tropfenden Kerzen aus und dachte das Wort Feuer, um eine sich anbahnende Erektion zu verhindern.

* * *

Obwohl er nackt war und sie ihm ihren bleichen Po entgegenstreckte, wusste er nicht, ob sie es getan hatten. Ob die schlafende Hexe auf seinem Besen über den Brocken geritten war. Der Klebstoff mit dem XX-Chromosom, der in seinem Schamhaar klumpte, war kein Beweis. So sehr er sich auch bemühte, die losen Enden seines Kurzzeitgedächtnisses zusammenzuknüpfen, es wurde keine echte Liebesszene daraus. Nur eine unfreiwillige Nummer, bei der sie die Initiative ergriffen hatte, weil er wie eine auf dem Rücken liegende Schildkröte unfähig war, sich zu bewegen. Sie hatte ihn im wahrsten Sinne des Wortes genommen und den Feigling in der Löwenhaut beim Schwanz gepackt, um ihn zu dressieren. Falls er etwas ausgeplaudert hatte, war da nichts, was er ihr nicht auch so gesagt hätte. Hannas Plan, gemeinsam aufs Dach der Synagoge zu steigen, war die Rochade, mit dem sie seine Verteidigung umging. Darauf war er nicht vorbereitet gewesen. Dass sie jetzt wie Judith und Holofernes nebeneinander lagen, erschien ihm wie ein böser Traum, den der Golem erdacht hatte, um ihn zu vernichten. Morgen früh würde er ohne Kopf aufwachen und sie vom Mossad einen Orden an die Brust geheftet bekommen.

Hanna drehte sich auf den Rücken und wandte ihm das Gesicht zu. Er spürte ihren gleichmäßigen Atem an seinem Ohr. Vorsichtig berührte er ihre Brustwarzen, um eine Erinnerung an diese Heilige Nacht zu haben. Sie murmelte etwas auf Hebräisch und begann wieder zu schnarchen. Er musste an eine Nacht in Schottland denken, die er mit australischen Bergsteigern verbracht hatte. Nach einer wilden Zecherei in einer Glasgower Bar war er im Zug Richtung Highlands aufgewacht und wollte das Monster von Loch Ness sehen. Natürlich sah er es nicht, war dafür im Ort Drumnadrochnit auf den Geschmack von zwölf Jahre altem Malt-Whisky gekommen und hatte sofort bei der schottischen Polizei anheuern wollen. Wieso, fragte er sich, krochen seine Gedanken rückwärts wie die Krebse durch die Zeit? Um nicht verrückt zu werden vor Glück, dass er im Bett lag mit der schärfsten Rothaarigen seit Deborah Kerr in dem Film *Verdammt in alle Ewigkeit*.

13

Am Morgen erwachte er in seiner Wohnung. Ohne Hanna zu wecken, hatte er das Hotel verlassen, um es sich nicht mit seinem Hund zu verscherzen. In Wahrheit wollte er sich und Hanna die Peinlichkeit ersparen, nebeneinander aufzuwachen. Außerdem war es besser, wenn man sie nicht zusammen sah, seit sie als *Mr. & Mrs. Undercover* frisch vermählt waren. Ein Gefühl wie Weihnachten und Weltuntergang, fand John, und kam sich vor wie der letzte Überlebende. Kein Mensch weit und breit, nur seine Fußspuren auf der verschneiten Metzer Straße. Im Park vor seinem Haus Diedenhofer Straße Nr. 11 stand eine kräftige Gestalt mit kohleschwarzen Augen und großen Schuhen – der Golem als Schneemann verkleidet? Um sicherzugehen, warf der Detektiv einen Schneeball nach dem Mann und traf dessen Nase, die eine Mohrrübe war.

Seneca sprang an ihm hoch und jaulte selig, als er ihm die feuchte Nase küsste. Doch sofort stieß er den Köter wieder weg mit den Worten: »Gewöhn dich dran, dass auch ich ein Sexleben habe!« Aber Seneca schaute ihn nur verständnislos an.

Gerade wollte John, ohne sich zu waschen, um den Geruch von Hannas Haar an sich zu behalten, ins Bett gehen, als ihn ein komisches Gefühl befiehl. Irgendetwas stimmte nicht. Er sah im Wohnzimmer nach, ob alles an seinem Platz war. Auf den ersten Blick schien nichts durchwühlt, nichts schien zu fehlen. Für Einbrecher war es unmöglich, jede noch so kleine Veränderung seiner pedantischen Ordnung zu verschleiern, weil er über ein fotografisches Gedächtnis verfügte, wie sonst nur Savons, autistische Menschen mit besonderen Fähigkeiten. Dass sein Hund noch lebte, der sofort losbellte, sobald er Menschen mit unguten Absichten roch, schloss auch einen Einbruch staatlicher Profis aus. Es war etwas anders, etwas Unsichtbares. John lauschte in die Stille seiner Junggesellenwohnung. Da war dieses brummende Geräusch, nicht laut, aber gleichförmig, wie eine Stubenfliege an der Fensterscheibe. Die lästigen Quälgeister hielt er sich durch Flibol-Kugeln vom Hals, ein Überbleibsel aus DDR-Zeiten. Sie baumelten nicht so aufdringlich im Raum wie klebriges Fliegenpapier, und ihr Lockduft reizte die Atemwege weniger.

Fast hätte John die Suche aufgegeben, als sein Blick auf das schwarze Bakelit-Telefon aus der Ulbricht-Ära fiel. Der Hörer lag nicht auf der Gabel, er hing an der Schnur vom Schreibtisch herab. Er horchte in die Muschel und vernahm ein unartikuliertes Keuchen. »Hallo! Wer ist da?« John legte den Hörer auf. Sekunden später schrillte das Telefon.

»Hallo! ... Ich bin nicht scharf auf Telefonsex.« Wütend knallte er den Hörer auf die Gabel, hob ihn aber gleich wieder ab und legte ihn auf den Tisch. Ihm war klar, dass man ihn mit einer Anrufschleife narrte, vermutlich schon die ganze Nacht. Irgendwann war es Seneca zu viel geworden, und er hatte den Hörer mit der Nase von der Gabel geschubst. »Kluges Kerlchen«, sagte John und machte eine Kopfbewegung Richtung Schlafzimmer. Der Hund sprang mit einem Satz aufs Bett und faltete sich wie eine Lakritzrolle zusammen. Auch John legte sich noch einmal hin. Als er einschlief, stieg aus der Erinnerung der Kinderreim »Dreht euch nicht um, der Plumpsack geht rum« in ihm auf. Und eine tiefe Stimme antwortete: *»Deine Augen sahen mich, da ich noch unvorbereitet war, ein noch ungestaltetes Klümpchen.«*

* * *

»Verzeihen Sie die Unordnung«, entschuldigte sich Moshe Meirowitz. »Ich hatte noch nicht die Zeit, nachzuschauen, seit die Wohnung von den Behörden durchsucht wurde.«

»Weiß die Polizei, dass Sie einen Schlüssel besitzen?«, fragte Max Todt und betrat nach dem Rabbiner die Wohnung in einem Seitenflügel in der Rykestraße.

»Man hat mich nicht danach gefragt. Die Wohnung gehört der Gemeinde.« Meirowitz knipste den Lichtschalter im Flur an und ging in die Küche. Ein Geruch von Verwesung quoll aus dem offenen Kühlschrank. »Wenigstens das Verderbliche hätten's mitnehmen können«, stöhnte der Rabbi und zog das über einer gespannten Schnur herabhängende Laken beiseite, um das Fenster aufzumachen.

Max Todt inspizierte den Inhalt des Kühlschranks: zwei mehr grüne als braune Wiener Würstchen in offener Verpackung mit der Aufschrift »Kosher«; eine aufgetaute Pizza Neapolitana; ein Glas Senfgurken in schimmeliger Lache, eine Dose Coca Cola. Todt nahm die Lebensmittel aus dem Fach und stopfte sie in eine Plastiktüte. »Kein Wunder, dass man mit Jakob kein vernüftiges Wort reden konnte. Rubbisch in, rubbish out.«

Meirowitz sah Jakobs Vater betrübt an. »Rabbi Schwarz sagte, Sie missbilligten seine Berufung und haben sich von ihm losgesagt.«

»Stimmt«, sagte der Soziologe. »Aber bevor er nach Israel ging, war er ein ganz normaler Junge.«

»Wer noch nicht meschugge ist, der wird es im Gelobten Land«, lächelte der Rabbiner verständnisvoll und nahm einen Lappen von der Spüle, um damit den Kühlschrank auszuwischen. »Ihr Sohn schien mir weniger meschugge. Ein Rebbe mit klugen Ideen und mancherlei Begabung.«

»Ach je! Er wusste immer alles besser. Aber nicht, was er

werden sollte. Nachdem die DDR zusammengekracht war, hat er mit Drogen gehandelt, bis er die Droge Religion entdeckte und süchtig wurde.«

Die Stimme des Rabbiners aus dem Kühlschrank klang wie das Wort zum Sonntag. »Der Weg zu Gott ist selten ein gerader. Wie können Sie Ihren Sohn beurteilen, wenn Sie keinen Kontakt mit ihm suchten?«

»Ich stand mit seiner Mutter in Kontakt. Das Gejammere über ihr Jaköbchen war mir Anschauung genug.«

»Dauert es Sie nicht, dass er tot ist?«

Max Todt zündete sich ein Zigarillo an. Das gab ihm Zeit, über die Frage nachzudenken. »Haben Sie Kinder?«, fragte er, statt zu antworten.

Meirowitz kroch aus dem Kühlschrank und wrang den Lappen aus. »Der Unergründliche hat mein geliebtes Weib Rivka mit Unfruchtbarkeit gestraft. Aber für einen Rebbe sind seine Kinder die Gemeinde. Und Erez Israel ist sein Kindergarten.«

»Das haben Sie schön gesagt. Was ist mit den palästinensischen Kindern, die einen israelischen Pass besitzen?«

»Kümmern Sie sich um türkische Einwandererkinder, die in Deutschland geboren sind und *Allahu akbar* beten?«

»Eins zu null für Sie! Aber wir sind nicht hier, um über Politik und Religion zu streiten.« Todt, der den Rabbiner um eineinhalb Köpfe überragte, ging nach nebenan. Das Wohnzimmer war aufgeräumt und von ärmlicher Übersichtlichkeit. Ein Futonbett mit weiß-blauer Betwäsche; ein Stehpult mit einer billigen IKEA-Lampe; ein Bambusregal, in dem außer einem English-Dictionary, diversen Stadtplänen, Sachbüchern über Psychologie, einigen DDR-Reclam-Ausgaben nur religiöse Bücher auf Hebräisch standen. Todt zog ein dünnes Bändchen der Zeitschrift *Das neue Lot* mit einem Essay von Maurice Blanchot über den Marquis de Sade aus dem Regal und blätterte darin.

»Was Sie auch behalten wollen, nehmen Sie es als Erinnerung an Ihren Sohn mit«, sagte Moshe Meirowitz. »Aber es wäre nur recht und billig, wenn Sie die hebräischen Bücher an unsere Bibliothek geben würden.«

»Sie können gern den ganzen Kram haben. Die Wohnung gehört doch sowieso der Gemeinde. Mich interessiert nur, ob Jakob irgendwelche persönlichen Aufzeichnungen hinterlassen hat. Würde gern wissen, was er über mich dachte.« Er hob die Klappe des Stehpults. Dort war nichts weiter verborgen als ein altmodisches Tintenfass und ein Federhalter aus Holz. »Besaß er keinen Computer, um den hebräischen Bibelcode zu entschlüsseln?«

Meirowitz überhöre den verächtlichen Unterton der Frage. »Rebbe Schwarz war, soweit mir bekannt, kein Experte für Kryptologie. Er widmete sich ganz und gar der Vorbereitung der Kinder auf die Bar und Bat Mizwa, der rituellen Aufnahme in die jüdische Gemeinde.«

»In der DDR hieß es altgermanisch Jugendweihe. Aber ich wurde nicht für den Weltkommunismus geweiht, sondern im Französischen Dom konfirmiert.«

»Dann sind Sie Hugenotte«, bemerkte der Rabbiner überrascht. Moshe Meirowitz fühlte sich unwohl in der Wohnung eines Toten, doch die Höflichkeit verbot es ihm, den Gast zum Gehen zu drängen. Außerdem hätte er gern gewusst, was Jakob Schwarz' Vater tatsächlich suchte. Wenn er so intelligent war, wie er vorgab, musste ihm doch klar sein, dass die Kripo alle persönlichen Aufzeichnungen mitgenommen hatte. Wahrscheinlich dachte dieser Hugenotte, sein jüdischer Sohn habe irgendwo Dollar versteckt. »Wegen des Girokontos Ihres Sohnes müssen Sie den Rat der Jüdischen Gemeinde kontaktieren.«

Max Todt lachte herzhaft. »Das Gehalt eines Rabbiners ist wohl kaum das Papier wert, auf dem es mitgeteilt wird, oder? Andererseits starb mein Sohn in einem nagelneuen

Touran. Was kostet so eine Kutsche ... vierzigtausend? Fünfzig?«

Meirowitz hatte keine Ahnung. »Der Wagen gehörte der Gemeinde.«

»Sie meinen, dem deutschen Steuerzahler«, grinste Todt.

»Eine Schenkung aus Wolfsburg, als Entschädigung für die Verbrechen an jüdischen Zwangsarbeitern.«

»Vielleicht sollte ich mir von Renault oder Citroen ein Auto schenken lassen dafür, dass die katholischen Franzosen in der Bartholomäusnacht 1572 meine hugenottischen Ahnen totschlugen oder ins Exil trieben.«

Moshe Meirowitz fühlte sich regelrecht gemartert von der Anwesenheit seines Gegenübers und wollte ihn höflich zum Gehen bewegen. Doch ein unerwarteter Tumult schnitt ihm das Wort ab. Max Todt zuckte unwillkürlich zusammen, als das Telefon neben dem Bett schrillte. Weil der Apparat keinen Anrufbeantworter besaß, hob der Rabbi den Hörer ab. »Sie wünschen?«, sagte er mit leiser Stimme. »Nein, verwandt bin ich nicht ... Von welcher Presse? ... So, so ... Nein, Zeit hab ich gerade nicht. Und was weiß ich, wer Sie sind, solange ich Ihr Gesicht nicht sehen kann ... Ach ja, ich kann schon manches erzählen über Jakob Schwarz. Viel Gutes und noch viel Besseres ... Sie erreichen mich in der Synagoge Rykestraße. Fragen Sie einfach nach Rabbiner Meirowitz. Wie Golda Meir mit O und Witz.«

Er legte auf und sah, dass er allein im Zimmer war. Auch im Flur und in der Küche fand er seinen Begleiter nicht. Was suchte er in der Wohnung seines Sohnes, wenn er sich wie ein Dieb am Sabbat davonstahl, ohne etwas mitgehen zu lassen, fragte sich Moshe Meirowitz. Doch Todt hatte etwas mitgehen lassen, während der Rabbi ihm beim Telefonieren den Rücken zudrehte. In den persönlichen Dingen seines Sohnes zu wühlen, war dem Soziologen unangenehm. Eigentlich war er nur hergekomen, um sein Vorurteil bestätigt zu finden, dass orthodoxe Juden in teuren Wohnungen wie Sozialhilfeempfänger hausen. Aber wie jedes Vorurteil, das sich bestätigt, hatte diese Gewissheit etwas Deprimierendes, und so studierte er, als der Rabbiner telefonierte, weiter das Bücherregal. Dabei entdeckte er ein verschnürtes Bündel Briefe, das zwischen Carrolls *Alice im Wunderland* und Alice Millers *Das Drama des begabten Kindes* steckte.

Meirowitz fand Jakob Schwarz' Vater im Treppenhaus. Er zog die Tür hinter sich zu und steckte den Schlüssel ins Schloss.

»Was ich Sie noch fragen wollte«, sagte Max Todt. »Glauben Sie, dass mein Sohn Opfer eines rechtsradikalen Anschlags wurde?«

Beim Abschließen brach der fahrige Rabbi fast den Bart des Schlüssels ab. »Mein Glaube ist eine Sache zwischen mir und dem Allerhöchsten. Was die Zeitungen heute schreiben, kann sich morgen als Irrtum erweisen.«

Meirowitz eilte mit kleinen Schritten die Treppe hinab. Bei jeder Stufe schoss ihm der Schmerz seines Gelenkrheumas in die Glieder. Wie beneidete er den Deutschen, der leichten Schrittes vorausging. Auf der Straße flog dem Rabbiner beinahe der Hut vom Kopf. Was für ein Schlamassel, wenn der teure Borsalino von Zuckerman & Co. am Broadway im Berliner Dreck landete.

Max Todt bedankte sich für die Besichtigung und ging zu seinem roten VW-Käfer, der vorm *Gagarin* parkte. »Ach, eine Frage noch. Wieso gibt es eigentlich keine Juden in China?«

Meirowitz wusste, warum, aber die Antwort schien ihm nicht geeignet für einen Antisemiten. »Weil wir kein Chinesisch sprechen«, erwiderte er höflich.

In der *Hausbar* vis-à-vis der Wohnung seines Sohnes las Max Todt die Briefe. Einer war aus dem Jahr 2005. Darin schrieb die Mutter:

Lieber Jakob!

Ich verstehe und teile die Gründe, Deinen Vater zu hassen. Ich hoffte, Du hättest es vergessen. Wie damit umgehen, dass Du mich anklagst, Dich nicht beschützt zu haben? Ich habe Deinen Vater geliebt, dafür auch manche Schläge eingesteckt. Wir alle haben unsere Narben, aber der Hass auf die Eltern ist ein schlechter Ratgeber. Man muss vergeben können, auch wenn es schwerfällt. Sonst werden Opfer schnell zu Tätern. Wie jene, die ihr Leid als Freibrief für eigene Schandtaten begreifen. Jakob, lass andere nicht büßen, dass Dein Vater Dich misshandelt hat. Bitte, versprich es mir! Tu weder Deinen noch anderen Kindern etwas an. Der Glaube an Gott, wenn er denn einen Sinn hat, muss dazu dienen, ein besserer Mensch zu werden. Sei kein engherziger, fanatischer Hassender von Menschen, die anderen Religionen angehören. Hüte die Kinder, wie der Hirte die Schafe, und nicht anders.

Deine Dich liebende Mutter.

Max Todt hielt den Brief über die Kerze auf dem Tisch und verdeckte sie mit seinem Körper, damit der Barkeeper nicht in Panik geriet, als das Papier in Flammen aufging.

* * *

John sah auf die Uhr. Kurz nach elf, und es war hell wie auf dem Kudamm bei Nacht. Der Erdtrabant strahlte in voller Größe, als stünde eine neue Mondlandung bevor. Als Kind war John Schlafwandler gewesen und einmal sogar von der Polizei barfuß im Winter auf der Straße aufgegriffen worden. Von da an schlossen die Eltern ihn ein, wenn sie ausgingen. Erinnern konnte er sich kaum daran, doch aus Mangel an wichtigeren Themen wurde der Vorfall zu Hause oft und gern erzählt. Eine bestimmte Zeit im Monat schlief er unruhig, ging nachts spazieren und bellte den Mond an …

Er hatte Hanna aufgetragen, nicht anzurufen, auch nicht auf dem Handy, weil er fürchtete, abgehört zu werden. Seine spanische Mobilfunknummer hatte er nicht preisgegeben, trotz der Ereignisse der letzten Nacht oder gerade deswegen. Gern würde er ihr vertrauen, tat es auch, aber nur zwanzig Minuten jede Stunde, also zu 33,3 Prozent. Bei Weitem nicht genug, um unvorsichtig zu sein – die Todsünde des Privatdetektivs und seine Achillesverse. Auf hoher See und unter Tage bringen Frauen Unglück. Nach Leas Tod hatte er sich trotz mancher Versuchung an diese Erkenntnis gehalten und war damit gut gefahren. Hanna war die schönste Versuchung seit seiner Verteibung aus dem Paradies. Ein Sündenfall, dem er, wie er fürchtete, nicht heil entkommen würde. Deshalb verdrängte er seine Gedanken, um nicht schon vor der Ersteigung der Synagoge das Gleichgewicht zu verlieren. Er war bereit, wie Judex, der Held aus dem Groschenroman, mit einer Frau in schwarzer Tarnkleidung über die Dächer der Stadt zu spazieren. Allein wäre ihm das nicht einmal sturtzbetrunken in den Sinn gekommen.

Das Thermometer an seinem Fenster zeigte vier Grad unter null. John sah erneut auf die Uhr. Noch könnte er Hanna im Hotel anrufen und die Sache abblasen. Selbst wenn sie die vereiste Schornsteinleiter des Wohnhauses überwanden, blieben noch drei Meter schräge Ziegel bis zum Dachfenster der Synagoge. John goss sich einen Whisky mit Soda ein und rauchte ein Zigarillo, um sich zu entspannen. Das nächtliche Rendezvous mit Hanna über den Dächern von Berlin war eine Schnapsidee. Seneca betrachtete ihn vom Sofa aus mit gesenktem Kopf, als wittere er drohendes Unheil. Alles Wissen der Menschen ist in den Hunden, schrieb Kafka, auch jenes, das Menschen nicht haben, weil es noch vor ihnen liegt.

Dreißig Minuten vor Mitternacht machte er sich auf den

Weg. Um nicht auf der Straße zu erfrieren, setzte er sich ins *Gagarin* und bestellte eine Tasse Kaffee mit viel Zucker. Trank er noch einen Whisky, würde er nicht mal gerade über die Rykestraße kommen, geschweige denn über den Dachfirst der Synagoge. Er fürchtete, die Kellner könnten misstrauisch werden, dass er zu später Stunde Kaffee trank, und sich fragen, weshalb er, der stets betonte, dass er Sport hasste, in schwarzem Jogginganzug mit Turnschuhen und Rucksack unterwegs war.

Also bestellte er noch einen Wodka und zündete sich eine neue Zigarette an der alten an. Vielleicht würde sie ja nicht kommen, weil sie eingesehen hatte, dass die Dächer des Prenzlauer Bergs nicht flach wie in der Jerusalemer Altstadt sind, sondern spitz, und die Straßenlaternen vor der Synagoge so hell leuchteten wie Zirkusscheinwerfer bei der Trapeznummer.

Wo, zum Teufel, blieb Hanna?

Kurz vor Mitternacht stand sie vorm *Gagarin*. John zahlte und ging hinaus.

»Wo ist deine Ausrüstung?«, wollte Hanna wissen.

John schlug sich mit der Hand vor die Stirn, lief ins Lokal und kehrte mit seinem Rucksack zurück. Hanna betrachtete den Mond, der in voller Größe überm Wasserturm hing.

»Sieht aus, als könnten wir die Sache vergessen«, sagte John mit vorgehaltener Hand, um seine Alkoholfahne zu verbergen. Sie würde ausflippen, wenn sie merkte, dass er sich Mut angetrunken hatte. Und die Aktion allein durchziehen und ihn dafür verachten.

»Die Wolken sind schon im Anmarsch.« Tatsächlich schob sich eine dicke Wand vor die helle Scheibe und knipste das Licht über den Dächern der Rykestraße aus. Hanna steckte einen Finger in den Mund und hielt ihn hoch. Trotz Minusgraden war der Windchillfaktor moderat. Sie sah ihm tief in die Augen. Sie waren weder glasig noch fahrig, nur müde. »Bist du bereit?«

»Immer bereit!«, antwortete John und schlug die Hacken zusammen.

Sie betraten den Hauseingang zwischen dem *Pasternak* und dem *Gagarin*. Wie zu DDR-Zeiten, als sich im ersten Stock die Meldestelle der Volkspolizei befunden hatte, stand die Tür immer offen, jetzt wegen des russischen Restaurantbetriebs. Niemand begegnete ihnen auf der Treppe. Was um Mitternacht nicht verwunderte, da die kinderreichen Familien, die hier wohnten, mit den Hühnern zu Bett gingen, und die Singles Weihnachten bei den Eltern in Süddeutschland verbrachten.

Das Dachgeschoss war wie alle in der Rykestraße ausgebaut, doch eine Wohnung stand leer wegen Taubenzeckenbefalls. Hanna hatte sich beim Makler um die Ecke den Schlüssel besorgt. John fragte nicht, wie, wahrscheinlich mit ihrem Mossad-Ausweis. Ohne das Licht anzuschalten, öffnete sie das Balkonfenster zum Hof und sah zum Himmel. Frau Holle hatte das Mondgesicht bis über die Ohren zugedeckt und sang ihm ein Schlaflied. Tanzte selbst der Himmel über Berlin nach der Pfeife Israels, fragte sich John und sagte: »Ladies first.«

Hanna erklomm die Balkonbrüstung, stemmte einen Fuß gegen das Fangblech der Dachrinne und balancierte bis zu einem vorstehenden Fensterkasten. An ihm zog sie sich geschmeidig wie eine Katze hoch und setzte die Füße auf das flache Dach, auf dem man gefahrlos herumspazieren konnte. Nun war John an der Reihe. Die Balkonbrüstung hielt ihn, doch die dünnen Fangbleche würden sein Übergewicht niemals tragen. Deshalb hielt er sich an der oberen Dachkante fest und rutschte bäuchlings bis zum Fensterkasten. Hanna streckte ihm die Hand entgegen und flüsterte: »Schau nicht nach unten. Schau mich an.« Er sah nur eine schwarze

Katze vor schwarzem Himmel und winkte mit einer Hand, bis Hanna sie packte. Seit letzter Nacht wusste er, dass diese Hand nichts losließ, was sie einmal im Griff hatte. Doch gestern hatte er entspannt auf dem Rücken gelegen, jetzt hing er über der Rykestraße wie ein luftgetrockneter Schinken. Ich muss zwanzig Kilo abnehmen, sagte er sich und schwor, Hanna einen Heiratsantrag zu machen, falls er diese Nacht überlebte. Sie schafften es. Halb zog sie ihn, halb sank er hin.

Auf dem Dach verschnauften sie. Beide trugen nicht nur pechschwarze Kleidung, sondern auch dunkle Handschuhe und Gesichtsmasken mit Augenschlitzen. Von der gegenüberliegenden Straßenseite aus könnte man sie trotzdem sehen, weil die Wolke des Mondes überdrüssig wurde und weiterzog. Deshalb, und wegen Johns Höhenangst, krochen sie auf allen vieren zur Brandmauer der Synagoge. Die Kälte, die aus dem Dachblech in ihre Glieder stieg, ließ sie die letzten Meter eilig krabbeln. John holte ein Seil aus dem Rucksack, reichte es Hanna. Sie machte eine Schlaufe und band sie um den Kranz aus Eisenstangen, der ein Erklimmen der Brandmauer der Synagoge verhindern sollte. Der Gemeinde aufs Dach zu steigen war jedoch nicht ihr Plan. Sie wollten einsteigen und nachsehen, ob dort ein polizeilich nicht gemeldeter Golem wohnte.

Hanna seilte sich als Erste zur Dachrinne ab. Vorsichtig hangelte sie sich zu einem Fenster hin, hielt sich am Rahmen fest und warf John das Seil zu. Er fing es auf und duckte sich, als er Schritte im Hof hörte. Jemand warf leere Flaschen in einen Müllcontainer und verschwand wieder. Mittels eines Diamantschneiders ritzte Hanna die Glasscheibe auf und drückte die Ecke am Fensterkreuz nach innen, ohne dass man ein Geräusch vernahm. Johns Hände waren trotz Handschuhen steif wie Eiszapfen. Beim Abseilen glitt ihm das Seil durch die Finger; er rutschte über die Ziegel abwärts und krachte mit den Füßen in die Dachrinne. Aber Hanna hielt eisern das Seil, zog ihn wieder zu sich und hielt ihn fest, bis er seine fünfundneunzig Kilo kopfüber durchs offene Fenster gezwängt hatte. Mit lautem Poltern landete er auf dem Boden des Dachraumes, rappelte sich aber schnell hoch und half Hanna einzusteigen. Als er sie im Arm hielt, vergrub er sein Gesicht in ihrer Wollmaske. Sie roch wie der Golan zur Äpfelblüte. Diese Erinnerung wollte er festhalten.

»Erst die Arbeit, dann das Vergnügen«, zischte Hanna und schob ihn weg. Sie zog die LED-Lampe aus ihrer Gesäßtasche und knipste sie an. Sie befanden sich in einem Raum, der eine Abstellkammer für alte Schulbänke zu sein schien. Auf einer solchen Folterbank, bei der Sitz und Schreibpult miteinander verbunden waren, hatte John acht Schuljahre abgesessen und davon nicht viel mehr im Kopf behalten als die Erinnerung an die strohblonden Zöpfe von Nora, der Schülerin eine Bankreihe vor ihm. Wenn sie ein Diktat schrieben, tanzten ihre Zöpfe wie die Strohpuppen, die die Bauern im Fluß ertränken, um den Winter zu vertreiben. Das Wort für *die* Strohpuppen lag ihm auf den Lippen ... *Marzannas*. Sie waren ein slawisches Symbol des Todes und machten ihm Gänsehaut wie das Wort Golem.

In der Kammer roch es nach Schimmel und Taubenkot. Kein Mensch konnte hier lange eingesperrt sein, ohne verrückt zu werden. Oder zu sterben. Den Gedanken, sie könnten eine Kinderleiche finden, hatte er bisher verdrängt. Jetzt stand er unsichtbar im Raum.

»Was ist?«, fragte Hanna, weil John wie angewurzelt zwischen den aufgetürmten Pulten verharrte.

»Nichts. Hier ist nichts«, flüsterte er. In diesem Moment jaulte die Sirene einer Polizeistreife durch die Nacht, kam näher und entfernte sich wieder. Sogar in der stillen heiligen Nacht fuhren die Streifenwagen mit Geheul durch die

Gegend. Idiotisch, solchen Lärm zu machen, fand John. Die braven Bürger waren genervt und die bösen Buben gewarnt.

Eine Stahltür an der gegenüberliegenden Wand führte in einen anderen Raum. Hanna drückte die Klinke und öffnete vorsichtig die verrostete Tür. Sie knarrte wie in einem Horrorfilm. John folgte ihr in den Nachbarraum, der so groß war, dass die LED-Strahler der Taschenlampe seine Ausmaße nur erahnen ließen. Was sich abzeichnete, war eine durch vertikale Holzbalken gestützte gähnende Leere. Hanna tastete sich an der Dachschräge entlang. In der hintersten Ecke des Raumes lag ein unförmiger Haufen von der Größe eines schlafenden Menschen. Sie hielt die Lampe wie einen Totschläger und stieß mit dem Fuß dagegen. In den alten Stoffballen und Teppichen war nichts Lebendiges außer Staubmilben, gegen die sie allergisch war. Unter der Wollmaske schwoll ihre Nase an, und das Kribbeln explodierte in einem ohrenbetäubenden Niesen, obwohl sie die Hand vors Gesicht hielt. John erstarrte. Gleich würde der Wachschutz sie erneut krankenhausreif prügeln und ihn gleich mit. Doch alles blieb ruhig. Hanna bekam den Niesreiz unter Kontrolle.

»Lass uns verschwinden«, flüsterte John. »Hier ist nichts, war nichts und wird nichts sein.«

»Sei still!«, zischte Hanna. »Wir sind noch nicht fertig.« Sie wollte wissen, was sich hinter der nächsten Stahltür am Ende der Dachkammer verbarg, und drückte die Klinke. Die Tür war verschlossen. Sie hielt die Hand vor das Schlüsselloch und spürte einen kalten Luftzug. Der Ausgang zum Treppenhaus. Hanna wollte nicht aufgeben. »Aber er war hier. Ich habe nachts Licht gesehen.«

»Du hättest den Rabbiner nicht fragen dürfen, was unterm Dach ist«, seufzte John.

»Hab ich nicht! Für wie blöd hältst du mich?«

»Alles meine Schuld. Ich habe dir die Idee vom Golem eingeflüstert.«

»Die Idee ist plausibel. Aber du gehst mir auf den Geist.«

Hanna leuchtete die andere Ecke des Raumes ab. Dort lagen zusammengeschnürt mehrere Stapel alter Gebetsbücher. »Dein Fehler ist, dass du die Golem-Idee wörtlich nimmst. Der Sinn von alten Legenden ist nicht, sie zu kennen. Man muss die in ihnen verborgenen ewigen Konflikte verstehen, die in der Gegenwart zu verworren erscheinen, um sie zu entschlüsseln.«

»Wie euer König Salomon sagte: Es gibt nichts Neues unter der Sonne.«

»Wieder falsch. Salomo der Prediger hat das gesagt.«

»Komm jetzt! Ich muss ins Bett.«

Hanna richtete den Strahl ihrer Taschenlampe auf Johns Gesicht oder das, was unter der Wollmaske davon sichtbar war. »Du bist mir ein Detektiv. Sachbearbeiter wäre die bessere Berufsbezeichnung für dich.«

Sie nahmen den Weg zurück, den sie gekommen waren, nur dass es erheblich mehr Kraft kostete, sich am Seil aufs Nebendach hinaufzuhangeln. Beim Überqueren des Daches duckte sich Hanna wie zuvor, während John aufrecht ging wie ein Schornsteinfeger. Falls ihn jemand sah, wäre er längst in seinem Bett, bevor die Polizei anrückte.

Als sie das Haus an der Knaackstraße verließen, fing es erneut an zu schneien.

»Merry Christmas!«, wünschte Hanna. »Wenn du willst, können wir zusammen frühstücken.«

»Gern. Aber ich kann doch nicht im Tarnanzug ins Hotel.«

»Bis dahin wirst du dich wohl umgezogen haben«, sagte Hanna und bog in die Kolmarer Straße ab.

Wie der einsame Schneemann stand John am Wasserturm

und wartete, bis Hanna von der Nacht verschluckt wurde. Mit einer Liebesnacht als Belohnung dafür, dass er bei Vollmond mit ihr über die Dächer von Prenzlauer Berg spazierte, hatte er nicht gerechnet. Doch den Sachbearbeiter nahm er ihr übel.

* * *

Das Sirenengeheul war Musik in seinen Ohren. Er hatte nie begreifen können, warum sich Menschen an den Jammertönen teurer Instrumente und am Gesang unverständlicher Worte ergötzen. Der kleinste Vogel im Baum trällerte schönere Liedchen. Im Winter allerdings waren nur die ewig heiseren Krähen zu hören. Von ihnen ging nichts Gutes aus, da sie schlau wie Menschen waren und auf Friedhöfen wohnten. Das Krächzen der Krähen war ihm unangenehm wie die Stille, wenn er sein Blut in den Adern pochen hörte. Oder das Jammern des Kindes. Im Schlaf weinte sie manchmal, schrie sogar und schlug um sich. Als wäre ihr in ihren Träumen klar, dass sie eine Verlorene war.

Er betrachtete das Kind, das gleichmäßig atmete. Wie das Jesulein in der Krippe lag sie da, und er beschützte sie, Josef und Maria in einer Person. Je länger er das Kind beaufsichtigte, umso mehr hatte es ihn gern. Weil er ihr nichts Böses antat wie dieser Bruder Jakob, der jetzt in der Hölle schmorte. Bei ihm war sie sicher, aber wie lange? Früher oder später würden sie kommen und ihm die Kleine wegnehmen. Er konnte sie nicht Tag und Nacht bewachen.

Falls das Kindlein aufwachte, würde er es in den Schlaf singen: *Lulajze, Jezuniu, moja perelko lulaj, ulubione me piescidelko. Lulajze, Jezuniu, lulajze lulaj, a ty Go matulu w placzu utulaj.*

Er war kurz eingenickt, als er von nebenan ein Geräusch vernahm. Als er nachschaute, lag das Kind schlafend auf dem Boden mit der Puppe im Arm. Besorgt hob er sie wieder ins Bett und deckte sie bis zum Hals zu. Das Thermometer am Fenster zeigte minus fünf Grad. Da er unmöglich den Kachelofen heizen konnte, ohne Gefahr zu laufen, entdeckt zu werden, sorgte eine Heizsonne für etwas Wärme. Er drehte sie in Richtung Bett und legte noch eine Steppdecke auf das Bettzeug.

Ihm selbst war nicht kalt. Er sah hinunter auf die Straße. Wie in Sandomiersz im Winter, dachte er, nur nicht so viel Schnee. Er liebte Schnee. Wegen der Kinder, die seine großen Schneebälle und seine Fußspuren bewunderten. Jetzt hätte er lieber kleinere Füße gehabt, um nicht so deutliche Spuren zu hinterlassen. Aber er musste hinaus und diesen Schnüffler im Auge behalten.

14

Um neun stand er auf und wankte ins Bad, benommen von einem bizarren Traum, in dem er mit Alfred Hitchcock im Zug nach Leipzig gefahren war, um Locations für den Agentenfilm *Der zerrissene Vorhang* zu suchen. Er versuchte nie, seine Träume zu analysieren, um geheime Botschaften des Unterbewusstseins ans Licht zu zerren und sich damit beim Psychiater interessant zu machen. Nachtvorstellungen des Kopfkinos waren mal gute, mal grässliche Unterhaltung, mehr nicht. Warum er mit Hitchcock, dessen Filme ihn zu sehr aufregten, im Schlafwagenabteil unterwegs war, wussten die Götter. Vermutlich, weil Sir Alfred noch mehr unter seiner Fettleibigkeit litt als er. Ein Blick in den Spiegel auf das aufgeblähte helle Fleisch zwischen Bauchnabel und Penis verdarb ihm fast die Freude auf das Frühstück mit Hanna Wolff. Um eine bessere Figur zu machen, zog er ein schwarzes Seidenhemd an und ließ es über die weite Bundfaltenhose fallen. Obwohl er fand, dass sein graumelierter Siebentagebart ihn männlicher aussehen ließ, rasierte er ihn ab. Hanna hatte sich beim Küssen beklagt; sie fand, sie sah danach aus wie eine israelische Soldatin mit Gesichtsakne.

Um zehn Uhr machte er sich erneut auf in *Myer's Hotel*. Seneca war glücklich, keinen Stubenarrest zu haben, und sprang wie blödsinnig durch den Schnee. John dagegen verfluchte die Berliner Straßenreinigung, die vom Wintereinbruch offenbar mal wieder völlig überrascht worden war, weil sie an die Klimaerwärmung glaubte wie Kinder an den Weihnachtsmann. Er schlitterte über vereiste Stellen und wäre fast lang hingeschlagen. Wenigstens vorm Hotel war gestreut, sodass er beim Ankommen Haltung bewahrte. Die

Emfangsdame begrüßte ihn mit einem zuckersüßen »Frohe Weihnachten!«, er bedankte sich mit festlichem Gesichtsausdruck. »Ich bin im Frühstücksraum verabredet. Mit der Dame von Zimmer einundzwanzig.«

»Hunde sind im Restaurant nicht erlaubt.«

»Kein Problem. Er bleibt im Hof.«

»Frau Wolff hat das Hotel sehr früh verlassen«, bedauerte die Rezeptionistin.

Die Festbeleuchtung auf Johns Gesicht erlitt einen Stromausfall. »Hat sie eine Nachricht hinterlassen?«

Dem Blick der Empfangsdame ins Schlüsselfach folgte ein falsches Lächeln. »Bedaure.«

John fummelte eine Zigarette aus der Packung und steckte sie in den Mund. »Das kann nicht sein! Sie wusste doch, dass ich ...« Er nahm eine Schachtel Streichhölzer mit der Aufschrift *Feel like home with Myer's* vom Tresen und zündete eins davon an.

»Verzeihung, aber wir sind ein Nichtraucherhotel.«

Er hielt das Streichholz hoch und ließ es brennen. »Und sie ist einfach so gegangen ... Allein?«

»In Begleitung eines Herren.«

Als es weh tat, blies John die Flamme aus. »Wie sah er aus? Sprachen sie hebräisch?«

Die Empfangsdame konnte darüber aus Diskretionsgründen keine Auskunft geben. Was für John so viel hieß wie: aus Gründen, die israelische Sicherheitsinteressen betreffend. Dass Hanna noch andere Berliner Männer kannte, war ihm nicht in den Sinn gekommen. Dass Frauen vergessliche Wesen sind, schon mehrfach. Aber nicht nach einer solchen Nacht unterm Dach der Synagoge.

Wie er unbeschadet über zwei rutschige Straßen vom Hotel ins Büro kam, wusste er nicht. Erst am Schreibtisch nahm er seine Umgebung wieder wahr. Was war schiefgelaufen, dass sie Hanna abgeholt hatten? Er konnte sich keinen Reim darauf machen und drückte gewohnheitsmäßig auf die Taste seines Anrufbeantworters. Nach der dritten Meldung erkannte er Hannas Stimme. »John! Tut mir leid, dass aus dem Frühstück nichts wird. Ich habe uns soeben auf Video gesehen, sie haben eine Wärmebildkamera im Hof der Synagoge istalliert … Keine Sorge, man weiß nicht, wer die Einbrecher sind, obwohl sie einen Verdacht haben. Du hättest die Gesichtsmaske nicht lüften sollen …« »Weil sie so kratzte«, antwortete John. »Ich nehme alles auf meine Kappe, wenn's hart auf hart kommt«, sprach Hanna weiter. »Im Hotel können wir uns nicht mehr treffen. Sie sind ziemlich nervös wegen der Sache … Na, du weißt schon. Sei vorsichtig und geh nachts nicht aus dem Haus … Schalom! Oder wie der Berliner sagt: Lass mir in Frieden!«

John löschte die Nachricht und verließ das Büro. Im Hof fiel ihm plötzlich etwas ein, und er kehrte eilig um. Im Schreibtisch lag das Handy von Anna Schwarz. Er hatte es ausgeschaltet und kannte die PIN-Nummer nicht. Drei Versuche blieben ihm, es zu aktivieren. Zuerst tippte er die Zahl 3005 ein, den numerischen Code für Anna. Falsch! Dann ihren Geburtstag und -monat, 1507, auch falsch. Der Sohn war ihr wichtiger als sie selbst, aber die Buchstabenfolge J-a-k-o-b war zu lang. John versuchte sein Glück mit dessen Geburtstag. Das Gerät nahm die Nummer 1506 an und hatte noch genug Saft, dass er im Verzeichnis die Nummer von Jakob finden und anwählen konnte.

Es klingelte dreimal, dann hörte er eine keuchende Stimme: »Slucham!« John kannte das Keuchen, wusste, dass es von Joseph Golem kam, und drückte das Gespräch weg. Mehr als den Beweis, dass er auf der richtigen Spur war, wollte er nicht. Worte hätten ihm nicht geholfen, weil er keine Möglichkeit hatte, das Handy zu orten. Doch so war der Angerufene hoffentlich verunsichert und würde einen Fehler machen.

John hatte gehofft, die Stimme von Maren Graf zu hören. Daran zu zweifeln, dass sie dort war, wo er angerufen hatte, käme einer Kapitulation gleich. Zweifel ist ein schlechter Ratgeber für den, der handeln muss. Eilig schaltete er das Handy aus, legte es zurück in den Schreibtisch und verließ zum zweiten Mal innerhalb einer Viertelstunde das Büro.

Als er die Metzer Straße überquerte, bemerkte er zwei Männer in einem parkenden Auto der S-Klasse. Sie sahen aus wie schlecht gelaunte Hyänen im Käfig, denen die Beute gemütlich davonspaziert. Ihre miese Tarnung sollte dem Zielobjekt klarmachen, dass man es offen observierte. Zum Zwecke der Einschüchterung. Eine Methode, die schon Mielkes Milchmänner praktiziert hatten, um unzufriedene Bürger zu bewussten Staatsfeinden zu machen und so ihre hochbezahlten Planstellen beim MfS zu legitimieren. John glaubte nicht, dass der Verfassungsschutz ihn aus Gründen der Arbeitsbeschaffung beobachtete. Vermutlich wollte man ihn nur warnen, nicht weiter nach der verschwundenen Maren Graf zu suchen, um die deutsch-israelischen Beziehungen nicht zu belasten. Die fatale Neigung eines Rabbiners zu kleinen Mädchen war ein gefundenes Fressen für Antisemiten. Doch was konnte Maren Graf dafür, dass die Deutschen Auschwitz errichtet hatten?

Trotz Hannas Warnung drehte John mit Seneca eine Runde um den Wasserturm. In den Fenstern rundum blinkten Lichterketten, flackerten die elektrischen Kerzen der Schwippbögen. Zu allem Überfluss läuteten jetzt auch noch die Glocken der Immanuelkirche. Am liebsten hätte er die Zeit zurückgedreht und noch einmal Heiligabend gefeiert. Dann könnte er jetzt in Hannas Armen liegen, deren Haar nach Golan-Äpfeln roch, deren Küsse wie der heiße Chamsin auf der Haut brannten, in deren Augen er das Türkisblau des Toten Meeres sah.

* * *

Als es dunkel wurde, zündete John die Kerzen des Chanukkaleuchters an, den Lea für viel Geld in der Jerusalemer Altstadt gekauft hatte, und genehmigte sich ein Glas Chateau de Teste aus Cadillac, den er in einem Anflug der Verzweiflung für schlappe achtzig Euro aus dem Weinladen am Kollwitzplatz mitgebracht hatte. Halb so teuer wie der Kerzenständer, der ihm weder Trost noch Seligkeit spendete. Eigentlich hatte er vorgehabt, den edlen Tropfen als letzten Schluck vor seinem Selbstmord zu trinken. Jetzt aber schlug er Meyrinks *Golem* auf und las in dem Kapitel »Trieb«. Darin erwischt der Ich-Erzähler Athanasius Pernath einen Lauscher an seiner Tür und stellt ihn zur Rede. Der Name dieses Lauschers war Aaron Wassertrum. John fand ihn nicht ungewöhnlicher als all die seltsamen jüdischen Begriffe im Roman, doch bei dem Satz »Alle Juden sind Bürgen füreinander« stutzte er, schlug das Buch zu und trat ans Fenster.

In der Dämmerung sah die Silhouette des Wasserturms aus wie eine riesige in die Erde gerammte *Mesusa*, die Kapsel für kleine Tora-Schriftrollen an Türpfosten. Im Turm wohnten Leute, aber fast alle Fenster waren dunkel. Nur die Kuppel oberhalb des Umlaufs, wo sich einst der Druckkessel befunden hatte, war unbewohnt, die Fenster von innen mit Brettern verrammelt. Könnte Maren dort versteckt sein? So nah bei Jakob Schwarz' Wohnung, einen Steinwurf entfernt von der Synagoge? Zu DDR-Zeiten wohnten in den winzigen, spitzeckigen Durchgangszimmern des Wasserturms arme Leute mit reichlich Kindern, heute Besserverdienende, die das Besondere suchten und ihr Leben wie ein Familienunternehmen planten, weshalb die Zahl der Zwillinge im Kiez sich durch In-Vitro-Fertilisation verdoppelt hatte. Hatte Jakob Schwarz mit Maren hier ein- und ausgehen können, ohne von den Mietern bemerkt zu werden? Andererseits – wer würde es wagen, einen Rabbiner bei der Jugendfürsorge anzuschwärzen? Fragen, die sich John nur beantworten konnte, wenn er sich vor Ort ein Bild machte.

Nach dem zweiten Glas Chateau de Teste überlegte er, ob er den Rest des Abends damit verbringen sollte, sich volllaufen zu lassen und all der verschwundenen Kinder dieser Welt zu gedenken. Nach dem dritten Glas fand er, dass es besser wäre, wenigstens eins von ihnen zu finden. »Wer eine gute Tat tut, rettet die Welt«, sprach John zu Seneca, der faul auf dem Sofa lag, erhob sich und rückte seinen Heiligenschein zurecht, um wie Jesus ein Wunder zu vollbringen.

* * *

Max Todt saß allein in einer Ecke des *Gagarin* und betrachtete das Wandbild neben sich. Im Stil sowjetischer Propagandamalerei zeigte es Juri Gagarin, den ersten Menschen im Weltall, der in einer Rakete mit rotem Stern um die Erde kreiste. Todt fand das Fresko typisch russsisch, naiv und selbstbeweihräuchernd – Ausdruck tiefer Minderwertigkeitsgefühle. Er öffnete den E-Mail-Account seines Laptops und las die Nachricht seiner Exfrau: *Ich bin in Straßburg. Man hat mir ein Ticket gegeben und mich aufgefordert, Berlin sofort zu verlassen. Ich wohne bei Karla, meiner alten Freundin. Sie fragen mich immer wieder, ob ich weiß, wo das Kind ist. Deshalb haben sie mich hergebracht und halten mich hier fest. Wende dich an John Klein, ich glaube, du kannst ihm vertrauen. Antworte nicht, ich bin in einem Internetcafé und muss gleich zu Karla zurück. Anna.*

Todt löschte die Nachricht zuerst aus dem E-Mail-Ordner, dann im Papierkorb. Er überlegte, was er tun sollte.

Zur Polizei gehen? Auf keinen Fall. John Klein traute er ebenso wenig. Ob das Kind lebte?

Sollten die für die Tat bezahlen, die sich für auserwählt hielten.

Todt zahlte seinen Kaffee und verließ das *Gagarin.* Wie hatte der erste Mensch im Orbit gesagt? »Das Weltall, Genossen, ist dunkel und kalt.« Als genauso ungemütlich empfand Todt den Prenzlauer Berg, seit mit der dummen, geldstrotzenden Bundesrepublik die soziale Kälte hier eingezogen war.

* * *

Auf der Diedenhofer Straße verließ John der Mut, und er wünschte, er hätte sich ein Glas mehr des köstlichen Weins genehmigt. Nicht wegen der Kälte, sondern wegen der Stimme in seinem Kopf, die deutlich sprach: »Was du heute kannst besorgen, das verschiebe doch auf morgen.« Sorgfältige Planung aber hätte ihn noch nervöser gemacht. Unternehmungen, die er nicht im Voraus bedacht hatte, waren meist besser verlaufen als jene, die er bis ins Detail plante. Die anderen hatte er vergessen. Doch sein Hang zur Statistik nützte ihm jetzt wenig.

Als er vorm Eingang des Wasserturms stand, erschien ihm die Idee, die er mit Aaron Wassertrum verband, als Koinzidenz gepaart mit blühender Fantasie. Wie sollte er dort hineingelangen? Die Fenster im Parterre waren vergittert und dunkel, nur im dritten und fünften Stock brannte Licht. Auf dem Klingelbrett standen sechs Namen, einer für jede Etage. Das Schild fürs Dachgeschoss war unbeschriftet. Er drückte die dritte Klingel von unten und wartete. Nach einer Weile ertönte eine weibliche Stimme: »Ja, bitte?«

John atmete tief durch. »Ein frohes Weihnachtsfest. Ich bin von der Obdachlosenhilfe und bitte um eine Spende.«

»Muss das jetzt sein? Wir essen gerade.«

»Verzeihung. Kann ich später noch mal klingeln?«

»Warten Sie!« Die Tür summte, und er drückte sie auf. Das Treppenhaus war ein schmuckloser quadratischer Schacht bis zum Dachgeschoss, in dem sich eine steile Treppe links an der Wand hinaufhangelte. John japste, als er im dritten Stock ankam. Eine Frau Mitte dreißig stand in der Tür und suchte in ihrem Portemonnaie nach Kleingeld. John kannte die Schauspielerin aus dem Fernsehen, doch der Name auf dem Klingelbrett war ihm schon wieder entfallen. Er griff in die Innentasche seines Mantels. »Moment. Ich zeige Ihnen meinen Ausweis von der Treberhilfe.«

»Müssen Sie nicht. Ich glaube Ihnen auch so.« Die Frau zog einen Zehneuroschein aus der Börse.

John hielt das für zu viel. »Haben Sie's nicht kleiner?«

»Ist schon in Ordnung so.« Die Schauspielerin strich ihre Haare nach hinten und zog ihre spitzen Brüste ein, als probe sie für die Rolle der Mutter Theresa. »Warten Sie, ich gebe Ihnen noch etwas vom Gänsebraten mit.«

»Nicht nötig. Unsere Obdachlosen haben genug zu essen.«

»Dann sorgen Sie dafür, dass sie sich zum Fest mal richtig betrinken können«, lachte die Frau.

»Das tun sie jeden Tag. Wie soll man sonst das Leben auf der Straße aushalten.« Er nahm den Geldschein, machte einen Schritt zurück und stieß ans Geländer. Beim Blick in den Treppenschacht wurde ihm schwindlig.

»Schön aufpassen! Die Treppe ist steil und kantig«, rief die Schauspielerin ihm nach, als er abwärts taumelte. Auf halbem Weg wollte er umkehren, entschied aber, bis ins Erdgeschoss hinunterzugehen. Bei Schauspielern konnte man nie wissen, ob sie wirklich naiv waren oder es nur spielten. Er ließ die Haustür ins Schloss fallen, zog seine Stiefel aus und schlich auf Socken wieder hinauf. Im dritten

Stock hielt er die Luft an. Alles ruhig. Er ging weiter bis zum Dachgeschoss. Dort befanden sich zwei Türen, eine führte zum Kesselraum, die andere zu der Wohnung ohne Namensschild. Obwohl sein Puls wie rasend schlug, verlor er keine Zeit und schob den Dietrich ins Buntbartschloss. Nach mehreren Versuchen – er war etwas aus der Übung, seit er den Polizeidienst quittiert hatte – gab das Schloss nach, und er betrat den stockdunklen Kesselraum. Links neben der Tür ertastete er den Lichtschalter. Zwei Neonröhren warfen ein grelles Licht in den labyrinthischen Raum, der durch vier hohe Betonsockel geteilt war. Den Druckkessel hatte man längst ausgebaut, sodass der Blick bis zur Kuppel auf gut sieben Meter frei war.

John schritt die Gänge zwischen den Sockeln ab und fühlte sich verfolgt wie in der Kindheit, wenn er Kohlen aus dem Keller holen musste. Eine Schnapsidee, allein und unbewaffnet hierher zu kommen. Außer seinem pochenden Herzen vernahm er jedoch kein Geräusch. Er lief weiter, um einen der Sockel herum, und stolperte über eine Matratze ohne Bettzeug. Minderjährige aus dem Haus mochten hier Vater, Mutter, Kind spielen. Oder Erwachsene das Märchen von Rapunzel. Als Versteck für ein entführtes Mädchen war der Ort zu kalt und zu unsicher.

Als er alles abgesucht und keinerlei Beweis für Marens Aufenthalt gefunden hatte, brauchte er frische Luft. An der Wand des Kesselraums führte eine Leiter zur Außenempore. Er kletterte die Sprossen hinauf und stieß mit dem Kopf die Dachlucke auf. Die kalte Nachtluft brannte in seiner Lunge, doch der Blick über die Stadt entschädigte für die Mühe des Aufstiegs. Wie lange er dort oben stand, mit dem Rücken zur Wand, weil das Geländer ihm kaum bis zu den Hüften reichte und die Empore leicht abschüssig war, konnte er später nicht mehr sagen. Nur dass er sich gerade eine Zigarette angezündet hatte und beim Betrachten des

Mondes dessen Anziehungskraft zu spüren glaubte, als zwei Hände ihn packten und zum Geländer zerrten. Für einen Moment sah er in die Augen des Golem. Entgegen der Legende waren es keine glühenden Kohlen, nur schwarze Löcher im Gesicht eines Mannes, der nach Schweiß und Zigarren roch. Der Golem raucht Stumpen der Marke Sprachlos, schoss es ihm durch den Kopf, da flog er trotz verzweifelter Gegenwehr über die Brüstung. Ein Mauervorsprung bremste seinen Fall, doch seine Wollsocken rutschten von der Kante ab. Im Fallen bekamen Johns Finger zwei der Streben des Geländers zu fassen. Baumelnd hing er überm Abgrund; ein Blick in die Tiefe nahm ihm die Hoffnung, den Sturz aus zwanzig Metern Höhe zu überleben. Bestenfalls könnte er den Rest seines Lebens im Rollstuhl ermitteln. »Wenn ich ein Vöglein wär ...« Das war er aber nicht, sondern ein Mensch mit Flugangst. Jemand mit übergroßen Schuhen trat ihm auf die Finger der rechten Hand. John ließ das Geländer los und griff nach einer anderen Strebe. Das Spiel wiederholte sich, er musste ... Ein unterdrückter Schrei. Schritte, die sich taumelnd entfernten, Schritte, die aufs Geländer zukamen. Zwei Hände packten seine Arme, zogen ihn hoch, sodass er mit den Füßen Halt auf dem Mauervorsprung fand, und halfen ihm übers Geländer. Wie ein nasser Sack klatschte John auf die Empore, blieb liegen, rührte sich nicht. Nicht mal Fahrstühle haben sie im Jenseits, dachte er matt. Als er eine Stimme vernahm, die sagte: »Das war verdammt knapp«, fürchtete der Detektiv, statt im Himmel in der Hölle gelandet zu sein. Er kannte die Stimme.

»Sie! Was haben Sie hier zu suchen?«

Max Todt half ihm auf die Beine. »Jetzt ist keine Zeit für Erklärungen. Kommen Sie!« Er hob ein Butterflymesser vom Boden auf, klappte es zu und sagte: »Falls der Kerl abkratzt, müssen Sie bestätigen, dass es Notwehr war. Ich geh nicht noch mal in den Knast.«

John stand da wie eine Statue und verstand nichts. »Wie konnten Sie wissen, dass ich hier oben bin?«

Todt packte ihn am Arm und zog ihn zur Dachlucke. »Später. Wir müssen ihn kriegen. Er ist verletzt.«

John hatte Angst, von der Leiter zu stürzen, seine Finger waren so gefühllos wie die eines Henkers. Auf halber Strecke versagten ihm die Beine, und er schlang verzweifelt seine Arme um die Sprossen. Zweimal an einem Abend über einem Abgrund zu hängen war entschieden zu viel für einen Detektiv wenige Jahre vor der Pensionierung. Todt kam ihm erneut zu Hilfe, nahm ihn huckepack und stieg mit fünfundneunzig Kilo auf dem Buckel abwärts. Als sie im Treppenhaus an-kamen, fiel sechs Stockwerke tiefer die Haustür ins Schloss. Auf dem Treppenabsatz war Blut.

»Das war kein Golem. Nur ein gewalttätiger Mensch«, sagte John fast erleichtert.

Todt sah den Detektiv besorgt an. »Sind Sie okay, Klein?«

»Wie nach meiner Hinrichtung. Von mir aus können wir ihm nachspurten.«

»Zwecklos. Der ist längst über alle Berge. Kennen Sie den Kerl, der Ihnen ans Leder wollte?«

John ließ sich auf der obersten Stufe der Treppe nieder, weil ihm die Knie zitterten. »Dachte, ich kenn ihn. Hab mich geirrt. Aber wieso sind Sie hier *deus ex machina* erschienen?«

Todt setzte sich neben John und reichte ihm eine Zigarette. »Na ja ... Ich beobachte Sie schon eine Weile. Erst war ich mir nicht sicher, auf welcher Seite Sie stehen.«

»Auf keiner. Mein Interesse am Tod Ihres Sohnes ist rein persönlich. Ich muss ein vermisstes Mädchen finden.«

»Sie glauben, Jakob hat es entführt?«

John nickte. »Vermutlich musste er deshalb sterben.«

»Glauben Sie, dass Neonazis dahinterstecken?«

John vermied es, seinen Lebensretter anzusehen. »Es kann auch eine Familienaffäre sein.«

»Sie wagen es, das Undenkbare zu denken«, staunte der Soziologe. »Jakobs Familie waren die Lubawitscher. Sie haben meinen Sohn umgebracht, um einen Skandal zu verhindern.«

»Da wissen Sie mehr als ich«, erwiderte John kühl und zog an seiner Zigarette.

»Sie haben vorhin vom Golem gesprochen. Wieso?«

John fing an zu zittern, als wäre er aus eisiger See gerettet worden. »Ich weiß nicht mehr, was ich gesagt habe.«

Todt zog einen Flachmann aus der Tasche und reichte ihn dem Detektiv. »Das ist der Afterschock. Sie waren so gut wie tot und sind enttäuscht, dass Sie noch leben.«

»Als bekennender Antisemit haben Sie einen ausgesprochen jüdischen Humor.«

»Anna und ich waren nie verheiratet. Darum bin ich auch nicht konvertiert und nicht anti ... Man kann nur Gegner einer Religion sein, der man auch angehört.«

»So habe ich das noch nie gesehen«, sagte John. »Aber Sie haben meine Frage nicht beantwortet. Wieso sind Sie hier?«

»Ich sah Sie zufällig auf der Straße und bin Ihnen gefolgt. Hatte nichts Besseres zu tun.«

John war kurz davor, wütend zu werden. »Und wie sind Sie in diesen verdammten Turm gelangt?«

»Zuerst dachte ich, Sie besuchen jemanden, und wollte wegfahren. Dann sah ich diesen Typen ums Haus schleichen ... Golem, oder wie er heißt ... Nachdem er im Haus verschwunden war, habe ich gewartet, ob irgendwo das Licht angeht. Passierte aber nicht. Also habe ich bei Kati im dritten Stock geklingelt, einer alten Freundin, und erfuhr von dem Märchen, das Sie ihr aufgetischt haben. Kati glaubte, Sie hätten das Haus längst verlassen. Da war mir klar, dass Sie in Schwierigkeiten stecken, und bin dem ... dem Golem hinterher.«

»Sie hätten Detektiv werden sollen«, sagte John. Etwas Intelligenteres fiel ihm nicht ein.

Todt trat seine Kippe mit dem Stiefel aus und erhob sich. »Wollen wir hier Wurzeln schlagen oder lieber ein Glas in der *Hausbar* trinken?«

John entschied sich für die *Hausbar*. Er spürte seine Beine wieder, doch irgendetwas hinderte ihn am Gehen. »Hatte er einen Schlüssel für den Turm, oder hat er die Tür eingetreten?«

Todt blieb auf halber Treppe stehen, ballte die Faust und bewegte sie wie beim Umdrehen eines Schlüssels.

»Sie ist hier«, zischte John. »Das Mädchen muss hier sein.«

»Wir können nicht das ganze Haus auf den Kopf stellen«, erwiderte der Soziologe. »Schon gar nicht um diese Zeit.«

John wusste, dass Todt recht hatte. Ohne Polizei und Durchsuchungsbefehl konnten sie nichts ausrichten. In der Vermisstenabteilung anrufen, war zwecklos. Auf bloßen Verdacht hin würden die Kollegen nicht kommen, sondern ihn höchstens mit Freuden wegen Irreführung der Behörden zur Kasse bitten. Und wenn er den Golem als Beweis dafür anführte, dass das Mädchen hier versteckt sein musste, würden sie ihm Delirium tremens attestieren und ihn in die Heilanstalt stecken.

»Kommen Sie. In der *Hausbar* ist es gemütlicher.«

Erst jetzt bemerkte John, dass sich neben der Eisentür zum Dachboden eine Wohnungstür befand. »Wer wohnt hier?«

Todt verdrehte die Augen. »Ich glaube, niemand. Zu klein und zu teuer.«

»Wie kommen wir da rein?«, ließ John nicht locker.

»Die Nummer des Hausmeisters steht unten am Brett.«

John seufzte. Kein Hausmeister würde ihm die Schlüssel aushändigen, und morgen wäre es zu spät, war das Kind längst fortgebracht. Sie mussten jetzt hinein, mit Gewalt und möglichst ohne Lärm.

Im Schockzustand können Erwachsene stur wie Kinder sein. Max Todt zuckte die Achseln, verschwand im Kesselraum und kam mit einem Brecheisen zurück. John lehnte wie ein Betrunkener an der Wand und schaute gleichgültig zu, wie sein Retter die flache Seite des Winkeleisens am Türspalt in Höhe des Knaufs ansetzte und versuchte, das Schloss auszuhebeln. Offenbar hatte er Übung darin. Nach kurzer Anstrengung gab die Tür mit einem Knall nach, der wie ein Böller durchs Treppenhaus rollte. Dann war es totenstill. Entweder saßen die Turmbewohner auf ihren Ohren, oder sie lagen längst auf dem Ohr.

»Nach Ihnen, Marlowe«, flüsterte Todt und hielt die Tür auf.

»Ich stehe lieber Schmiere«, antwortete John und ließ Todt den Vortritt. Er war außerstande, dort hineinzugehen und zu finden, wovor er sich seit Wochen fürchtete.

Dass Maren Graf noch lebte, hatte er sich eingeredet, um die Angst vor der Angst zu vertreiben. Es war wie Pfeifen im dunklen Wald; der verzweifelte Versuch, seinem Instinkt zu folgen. Nur fünf von hundert vermissten Kindern fand man tot. Zehn tauchten nie wieder auf, waren gestorben für die Eltern, auch wenn sie in Päderastenclubs überlebten. Vielleicht drohte Maren dasselbe Schicksal; vielleicht hatte man sie so versucht loszuwerden, nachdem Jakob Schwarz gestorben war. Darum hatten sie den Golem auf ihn gehetzt. Aber wer waren *sie*? In der Legende schuf ein Prager Rabbiner den Lehmkloß, um die Synagoge vor der Zerstörung durch Christen zu schützen. Die töteten zu Ostern ein getauftes Kind, um die Tat den Juden als Ritualmord in die Schuhe zu schieben. Aber welche deutschen Christen bedrohten heute eine Synagoge? Zudem war nicht Ostern und Rabbiner Schwarz keiner der zwölf Gerechten. Ein anderer würde seine Aufgabe übernehmen. War dieser andere für den Tod von Jakob Schwarz verantwortlich und Joseph Golem sein williges Werkzeug?

John fühlte, wie das Blut in seine Arme zurückkehrte. Endlose Minuten vergingen, bis Max Todt wieder im Treppenhaus erschien. Kreidebleich ließ er sich auf der Treppe nieder. John kannte diesen Ausdruck, er hatte ihn mehr als einmal auf den Gesichtern von Polizisten gesehen.

»Soll ich die Mordkommission rufen?«

Todt sah ihn nicht an. »Sie ist nicht mehr da.« Er holte eine Barbiepuppe unter seiner abgewetzten Lederjacke hervor. »Hab ich hinter der Heizung gefunden.«

»Kluges Kind. Die Puppe ist ein Hilferuf.«

»Haben Sie eine Idee, wo er sie hingebracht hat?«, fragte Todt.

John schüttelte den Kopf. Heute Nacht wollte er keine unüberlegten Ideen mehr ausbrüten. Er wollte nur noch ins Bett.

Todt erhob sich. »Gehen wir. Die *Hausbar* wartet.«

»Ohne mich. Ich werde ein Bad nehmen und mir Hitchcocks *Vertigo* ansehen. Hab ich lange nicht getan.«

»Halten Sie das für eine gute Idee?«

»Die beste, die ich seit langem hatte. Ich leide nämlich unter Höhenangst.«

Sie gingen auf Socken die Treppe hinab und ließen die Haustür sachte ins Schloss fallen. Sie verabschiedeten sich nicht voneinander. Man würde sich ohnehin bald wiedersehen. Dachten sie jedenfalls.

* * *

Nachdem er ein heißes Bad genommen hatte, goss er sich den Rest des Apéritifweins ein und ging zu Bett. Um im Spiegelkabinett der Träume nicht noch einmal dem Golem zu begegnen, las er ein paar Zeilen aus den *Fragmenten* des

Philosophen Epiktet. Zum Beispiel den Satz: »Verlange nicht, dass alles so geschieht, wie du es wünschest, sondern wolle, dass alles geschieht, wie es geschieht, und es wird dir gut gehen.« Als ihm die Augen zufielen, schlief er tief und fest. Doch gegen Morgen zog es ihn, so sehr er sich auch sträubte, auf den Rummelplatz der Kindheit. In der ersten Kurve der Geisterbahn stand sein Großvater und hielt lachend sein Gebiss in der Hand. Dann kamen die toten Kinder. Sie spuckten oder starrten ihn vorwurfsvoll an, weil er sie zu spät gefunden hatte. Lea winkte ihm von fern zu, weder traurig noch froh. In der nächsten Kurve bekam er einen klatschnassen Lappen ins Gesicht, dann stand der Golem mit ausgestreckten Händen bereit, ihn zu würgen. Weil der Wagen in einer scharfen Linkskurve abbog, verfehlte der Lehmkloß sein Opfer. Als Letztem begegnete er einem Mann mit Hund im Arm. Bevor er begriff, dass der Mann er selbst war, flog der Hund in seinen Wagen. Er packte das Tier, doch auf einmal war es der Kopf einer Puppe mit dem Gesicht der kleinen Maren.

Schreiend fuhr John im Bett auf. Er schaute auf die Uhr: halb fünf. Er stand auf, griff die Bettdecke, ging ins Wohnzimmer und schaltete den Fernseher an. Seneca freute sich, dass sein Herrchen zu ihm aufs Sofa kam. Zu zweit zappten sie sich durch das Nachtprogramm – ein einziger Gruselfilm ohne Sinn und Verstand –, aber nur die neuesten Nachrichten ließen sie schaudern. Danach war jegliche Empfindung in dieser Nacht aus John Klein gewichen. Die Welt da draußen konnte untergehen, was ging es ihn an. Längst war auch er ein Ereignis der Geisterbahn geworden, eine mechanische Puppe, vor der die Leute erschraken. Wie Joseph Golem, dieser Mann ohne Eigenschaften, dessen Innerstes keinerlei Neigungen barg, weder gute noch böse. Alles, was er tat, geschah unter Zwang und aus Angst, zu nichts nütze zu sein. Oder aus dem eitlen Drang, geliebt zu werden. Für dieses Ziel löste er jede ihm übertragene Aufgabe mit Leichtigkeit, und nichts konnte ihn an seinem Tun hindern.

»Der Golem, das bin ich«, sagte John zu seinem Hund. »Und darum werde ich das Kind finden.« Seneca sah ihn mit schief gelegtem Kopf an. Wie könnte ein Hund auch verstehen, was sein Herr da ausgesprochen hatte: Werde wie der Entführer, denke und fühle wie er, dann kannst du ihm einen Schritt voraus sein und ihn zu fassen bekommen.

* * *

Er spürte keinen Schmerz, nur dumpfe Wut, dass er so unvorsichtig gewesen war und den Angreifer nicht hatte kommen hören. Das Messer hatte ihn zwischen Hals und rechter Schulter erwischt, doch die Wunde war nicht sehr tief und blutete nur wenig, weil die Klinge die Schlagader knapp verfehlt hatte. Man hatte ihn mit einem Hieb töten wollen. Der Schnüffler würde ihn ab jetzt nicht mehr behelligen, aber vor dem anderen musste er sich in Acht nehmen. Wenn er bloß wüsste, mit wem er es zu tun hatte ... Wollte ihm der Unbekannte das Kind wegnehmen? Wie gut, dass er es rechtzeitig aus dem Turm geholt und in das neue Versteck gebracht hatte, wo niemand wohnte, nur Tauben und Katzen. Und der Wind, das höllische Kind ...

Es bereitete ihm Mühe, vorm Spiegel den Verband umzulegen und ein frisches Hemd anzuziehen. Als er das schmutzige mit kaltem Wasser in der Badewanne einweichte, färbte sich das Wasser rot. Ohne dass er es kommen hörte, stand plötzlich das Kind im Schlafanzug an der Tür. Es zitterte am ganzen Körper.

»Das ist ja Blut! Ich will kein Blut!«

Er fuhr herum und sah, wie sich zu Füßen des Kindes eine gelbe Lache über die Türschwelle ausbreitete.

»Das ist nur rote Farbe. Deshalb musst du nicht gleich in

die Hose machen.« Er richtete sich auf. »Ab ins Bett! Und zieh dir was Frisches an. Sonst werd ich wütend!«

Sie rührte sich nicht von der Stelle, schob die Unterlippe vor und rieb sich die Augen. »Ich will nach Hause zu meiner Mama! Ich will mit Emma spielen.« Sie fing laut an zu heulen.

»Dummes Ding! Wie oft soll ich es noch sagen: Das hier ist dein Zuhause.«

Ohne sich die Hände abzutrocknen, strecke er sie nach dem Mädchen aus. Schreiend lief sie ins Zimmer und verkroch sich unter der Bettdecke. Aus Angst, ihr Schreien könnte die halbe Stadt aufwecken, drückte er das Kopfkissen auf ihren Mund und brüllte, sie solle still sein. Sie wurde still. Ihre dünnen Ärmchen hörten auf, wie Windmühlenflügel durch die Luft zu wedeln. Er zog das Kopfkissen weg, nahm sie in den Arm und drückte ihren Körper an sich. Weil das Mädele noch warm war, betete er zu Gott und bat ihn, sie nicht sterben zu lassen. Doch das Kind rührte sich nicht; Gott hatte offenbar keine Zeit, oder das Mädchen abgeschrieben wie die Puppe, die achtlos weggeworfen in einer Ecke lag.

15

Am Morgen danach fühlte sich John wie neugeboren. Um ein Haar wäre dieses Weihnachten sein letztes gewesen und er hätte die kommenden Jahre neben Lea auf dem Friedhof gelegen. Dass er vor seinem Hund ins Gras beißen könnte, war ihm nie durch den Kopf gegangen. Wer sollte sich Senecas annehmen, falls …? John verdrängte den Gedanken, notierte sich aber, dass er nach Neujahr die Pacht für Leas Grabstelle verlängern musste für die nächsten zwei Dekaden. Die Frage, woher er das Geld dafür nehmen sollte, quälte ihn weniger als das Problem, zu einem guten Frühstück zu kommen. Die Brunchlokale am Kollwitzplatz öffneten um neun, doch ihm verging der Appetit in der Gesellschaft von Leuten, die beim Essen ständig vom Essen redeten und über Gewichtsprobleme klagten; die proletarischen Eckkneipen *Willi Bresch* und *Bei Biene* servierten Hundefutter zu postsozialistischem Gejammer. Beim türkischen Bäcker in der Sredzkistraße gab's Kaffee, Kuchen und Bionade, auch kein Festmahl nach einer Wiederauferstehung. Blieb nur *Myer's Hotel.* Dort könnte er womöglich Hanna Wolff in die Arme laufen. Er würde sich nicht wehren, von ihr in Gewahrsam genommen zu werden.

Auf dem Weg zum Hotel fiel ihm ein, was Hanna in ihrem Anruf gesagt hatte: dass sie ab jetzt rund um die Uhr bewacht wurde. Sähe man sie zusammen beim Frühstück, wüssten morgen die Schlapphüte von Treptow bis Tel Aviv, wer der zweite Mann auf dem Dach der Synagoge gewesen war. Wenn sie es nicht ohnehin schon wussten. John ging trotzdem zu *Myer's*, weil sein Magen wie ein Wachhund knurrte. Bevor er das Hotel betrat, sah er sich nach dem

Auto mit den beiden Beschattern um. Wären sie dagewesen, hätte er sie aus Mitleid zum Brunch eingeladen.

»Einen wunderschönen guten Morgen!«, tönte es ihm von der Rezeption entgegen.

John antwortete: »Tach! Ich habe einen gesegneten Appetit.«

»Für Hotelfremde bieten wir unser All-you-can-eat-Brunch für achtzehn Euro an«, versuchte ihn der Rezeptionist abzuwimmeln, doch den Gast schien das nicht zu schockieren. Er zahlte, hängte seinen Mantel in einen Wandschrank und stürmte ins Restaurant. Zu seiner Enttäuschung war Hanna nicht unter den Gästen. Dafür jemand, den er hier kaum erwartet hätte – sein Partner Peter Kurz. Er sektfrühstückte mit einem jungen Afroamerikaner, einer hübschen Melange aus Sidney Poitier und Diana Ross.

»This is my partner John. He's not gay but he's okay«, grinste Peter. »And this is Walter, my Christmas present from Sarotti.«

»Nice to meet you«, sagte John.

»Would you like to ... Ich meine, willst du dich zu uns setzen?«

»Lieber nicht«, sagte John zu Peter, dann zu Walter: »My English is not so gay and I eat noisily.« Er verzog sich ans Büffet. Mit großem Eifer machte er sich daran, achtzehn Euro abzuessen.

Als er neun Euro vertilgt hatte, betrat Hanna Wolff den Raum, gefolgt von zwei Männern in grauen Anzügen. Sie würdigte ihn keines Blickes, während sie auf einen freien Tisch zusteuerte und an ihrer Handtasche nestelte, und er vermied es, sie anzusehen. Doch selbst Peter und Walter bekamen Stielaugen angesichts ihres atemberaubenden Aussehens, als sie im lindgrünen Lederkostüm auf High Heels zum Büffet klapperte. John stierte auf sein Rührei mit

Bacon und schlang wie ein Bauarbeiter. Als Hanna mit einer Schale Müsli an ihm vorbeiging, wehte ihm der süße Duft ihres Parfüms in die Nase. Ohne es zu wollen, starrte er auf ihren Hintern, dann auf ihre Beine, dann auf die Serviette, die ihr aus der Hand gefallen war. Er stellte einen Fuß auf das Papier und wartete, bis ihre Begleiter am Tisch Platz genommen hatten. Er hob die Serviette auf, um sich damit den Mund abzuwischen. Bevor er sie zusammenknüllte, las er die Botschaft, die Hanna kaum sichtbar mit Bleistift notiert hatte: *In zehn Minuten auf dem Damenklo.*

John musste sich Mut antrinken und bestellte ein Glas Sekt. In einem Zug kippte er das Zeug hinunter und verlangte die Rechnung. Sieben Minuten später sperrte er sich auf der Damentoilette, die zum Glück leer war, in einer der beiden Kabinen ein. Er kam sich vor wie ein Idiot. Nicht mal als Halbwüchsiger hätte er es gewagt, sich auf dem Mädchenklo zu verstecken. Er sah auf das Zifferblatt seiner Glashütte-Armbanduhr, ein Geschenk Leas zum fünften Hochzeitstag, und zählte die Umdrehungen des Sekundenzeigers. Noch drei Minuten – eine Ewigkeit. Da trat jemand auf hohen Absätzen in die Toilette und rüttelte an seiner Kabinentür. John gab keinen Mucks von sich, denn Hannas Sinn für Pünktlichkeit war nicht bloß weiblich, sondern orientalisch. Er irrte sich nicht, die Dame nebenan telefonierte mit einer Freundin, um mitzuteilen: »Sie soll nach'm Hotel kommen, mit zwee Russkies jeht se nich off Zimmer, nich ma für drei Mille.« Zum Glück war die Dame in Eile und räumte die Kabine für die Frau, die im Vorraum wartete.

»Bist du noch da?«, flüsterte die durch die Wand.

»Hanna, ich hab dir Dinge zu erzählen …«

»Dafür ist keine Zeit. Ich fliege heute zurück nach Tel Aviv. Sie haben mir den Fall entzogen.«

»Aber ich weiß jetzt, wer der Golem ist und wo er Maren versteckt.«

»Wir auch. Es ist der Hausmeister der Synagoge. Aber er hat sich in Luft aufgelöst, nachdem er letzte Nacht um den Wasserturm geschlichen ist. Wir glauben, das Kind ist dort versteckt.«

John drückte sein Gesicht gegen die Trennwand, weil selbst sein Flüstern wie verstärkt von einem Stadionlautsprecher durch den gekachelten Raum hallte. »Falsch! Da hab ich schon nachgesehen. Da ist nichts.«

»Du musst die Kleine aufspüren, bevor meine Leute sie finden«, unterbrach ihn Hanna mit bebender Stimme. »Sie wollen die Sache mit allen Mitteln vertuschen.«

Mit dem Fuß schob sie eine Pistole unter der Trennwand durch. John hob die schwere Waffe auf, eine israelische 9 mm Parabellum Jericho 491, auch Baby Eagle genannt.

»Bin schon lange aus der Übung.«

»Nur für den Notfall«, insistierte Hanna. »Sie hat einen leichten Rechtsdrall, und im Magazin sind nur drei Patronen. Ich hoffe, du musst sie nicht benutzen. Sie ist nämlich registriert. Das kann mich den Kopf kosten.«

John steckte die Pistole in seine Jackentasche, stieg auf den Klodeckel und beugte sich über die Trennwand.

Hanna saß mit hochgezogenem Rock auf der Brille und grinste. »Schäm dich! Einer Dame beim Pinkeln zuzusehen.«

»Wann sehe ich dich wieder?«

»Falls du Mist baust, kannst du mich im Militärgefängnis in Jaffa besuchen.«

»Du fehlst mir schon jetzt.«

»Warte, bis ich weg bin. Und bleib am Leben. Sie werden versuchen, dich zum Schweigen zu bringen.«

»Das haben schon andere probiert«, sagte John und wäre am liebsten zu Hanna hinübergeklettert. Das Knirschen in seinen Handgelenken ließ schon den Gedanken daran lächerlich erscheinen. So streckte er wenigstens einen Arm nach Hanna aus. Sie war aufgestanden und ergriff seine Hand.

»Schalom, Habibi!«, flüsterte sie, zog die Hand zurück, spülte, streifte sich den Rock über die Knie und verließ die Kabine. Eine Weile stand er wie angewurzelt auf der Klobrille, wie jemand, der sich an der Strippe erhängen will, aber nicht den Mut dazu hat. Dann schlich er sich aus der Damentoilette, nahm seinen Mantel aus dem Schrank und eilte aus dem Hotel.

Auf der anderen Straßenseite telefonierte ein Mann und drehte sich weg, als John Richtung *Metzer Eck* ging. Weil zu vermuten war, dass der Mann nicht allein war und ein zweiter im Auto wartete, bog er noch vor der Kneipe ab und nahm die Abkürzung über den Spielplatz zur Belforter Straße. Dort wartete er einige Minuten, um sicher zu sein, dass er nicht verfolgt wurde.

Auf dem kurzen Weg zur Diedenhofer Straße suchte John den Schnee nach Fußspuren Größe 50 ab, fand aber keine. Weiter durchs Viertel zu ziehen war sinnlos. Der Golem würde ihm nicht bei Tag auflauern. Falls er noch lebte. Von seinem Leben hing auch das Leben des Mädchens ab. Sie würde ersticken, verdursten oder vor Angst sterben, wenn man sie nicht schleunigst fand. Wenn er sie nicht fand. Aber wo sollte er noch suchen? Das Versteck im Wasserturm hatte er zu spät entdeckt. Die Synagoge war vom Mossad durchkämmt worden, die Wohnung des Hausmeisters mit Sicherheit ebenso. Genauso gut könnte er ein vierblättriges Kleeblatt auf einer Wiese suchen, eine billige Wohnung am Kollwitzplatz oder einen Ersatz für Hanna Wolff. *Lasziare ogni speranze* – Dantes Ruf in der Hölle, alle Hoffnungen fahren zu lassen, war für den sächsischen Sturkopf Ausdruck katholischen Defätismus. Seine calvinistischen Vorfahren predigten die Parole: Du hast keine Chance, darum nutze sie.

Vorsichtig schloss John die Haustür auf. Mit der anderen Hand umklammerte er die Pistole in seiner Jackentasche. Sie war nicht entsichert, würde aber auch so Eindruck machen, falls jemand ihm im dunklen Treppenaufgang des unsanierten Nachkriegshauses auflauerte. Ohne Zwischenfälle erreichte er seine Wohnung im dritten Stock des Vorderhauses und verriegelte die Tür von innen.

Den Rest des Tages lag John auf seiner neuen IKEA-Couch. Wie Aschenputtel ihre Linsen sortierte er fleißig seine Gedanken, warf die schlechten ins Kröpfchen, die guten ins Töpfchen. Wohin sollte er das Wissen um die kleine Maren werfen? War es gut, an jemanden zu denken, dem es schlecht ging, wenn man nichts tun konnte? Er fand keine Lösung für das Problem und entschied, dass es gut war für das Kind, solange er nur an sie dachte. Das Gehirn wird jede Sekunde von Millionen Neutrinos durchdrungen, die in Lichtgeschwindigkeit Gedanken als Information mitnehmen und anderswo abladen. Die poetische Vorstellung, dass unsere Gedanken und Gefühle wie Vögel davonfliegen und Schluckauf beim Empfänger erzeugen, war längst wissenschaftlich anerkannt, nur das Wie und Warum des Datentransfers harrte noch der Erklärung. John war niemand, für den der Physik-Nobelpreis bereit lag, obwohl er gern das Preisgeld eingesteckt hätte, um alle Kinder von Prenzlauer Berg mit GPS auszustatten. Für Maren Graf käme auch das zu spät. Seine Gedanken konnten sie nicht orten, ihr höchstens Schluckauf bereiten, den sie für ein Geschenk ihrer Eltern halten würde. Aus der Zeit gefallen wie der Graf von Monte Christo in seinem Verließ, wusste sie vermutlich nicht einmal, dass Weihnachten vorbei war, nur dass Schnee lag, mit dem man einen Schneemann bauen oder vom Berg des Wasserspeichers rodeln konnte. Immer wenn er als Kind Stubenarrest bekam, wusste er, weshalb, auch wenn er seiner Meinung nach nichts ausgefressen hatte. Maren Graf wusste es nicht, würde es nie erfahren und ein Leben lang nach einer Antwort suchen, falls er sie lebend fand. Seine Behauptung Hanna gegenüber, er wüsste, wo das Mädchen war, entbehrte jeder Grundlage.

In der Zeitung las er, dass in Lima zweihundert Menschen verbrannt waren, als sie im Kino den Film *Flammendes Inferno* schauten. Realität schlägt Fiktion. Der Film, den er mit einer israelischen Agentin erlebte, musste noch gedreht werden. Er war nur Akteur, einer von vielen, nicht Autor oder Regisseur. Niemand konnte sagen, wie der Film ausging und wer am Ende überlebte.

16

Im Kofferradio dudelte *It's a Marshmallow World* von Darlene Love, doch Franciszek Karras war des Englischen nicht mächtig, sonst hätte der lustige Text seine düstere Stimmung womöglich gehoben. Mit einer Flasche Berliner Kindl in der Hand und geschlossenen Augen ließ er die Musik durch sich hindurchströmen, um seine Trübsal wegzuspülen. Eine Frauenstimme wünschte allen Hörern in Berlin, die jetzt allein zu Hause oder im Auto unterwegs waren, eine gute Nacht. Obwohl er sich nicht angesprochen fühlte, versank Karras noch tiefer in seiner Verzweiflung. Früher war er kein grüblerischer Mensch gewesen; er tat alles, was ihm aufgetragen wurde, ohne darüber nachzudenken, und vergaß es hinterher. Seit er mit drei Jahren eine Hirnhautentzündung erlitten hatte, war sein Denkvermögen weit hinter seinem körperlichen Wachstum zurückgeblieben. Für Hilfsarbeiten konnte man ihn gebrauchen, solange keine Schreib- und Rechenaufgaben vonnöten waren. Nach dem Ende der DDR wollte ihn auch für Hilfsaufgaben niemand haben, weil er zu alt war und lernunfähig. Die Stelle als Hausmeister der Synagoge verdankte er seinem Sozialbetreuer, der nach langem Hin und Her durchgesetzt hatte, dass die Gemeinde einen polnischstämmigen Nichtjuden akzeptierte. Klagen gab es nie, Gott hatte Franciszek Karras mit bleiernem Verstand, aber goldenen Händen ausgestattet, mit denen er, anders als deutsche Handwerker, jede Arbeit prompt und ohne endlose Diskussion erledigte. Doch was man ihm in letzter Zeit aufgetragen hatte, ging an die Grenze seiner Fähigkeiten. Nachts ein Auto anzuzünden, obwohl es nagelneu war, mit dem toten Rabbi darin.

Sich die halbe Nacht im Gebüsch zu verstecken und eine hübsche Frau zu erschrecken, die zu allem Übel mit der Kraft eines Mannes auf ihn losging, sodass er ihr weh tun musste. Man hatte ihn beruhigt, die Frau sei eine Gefahr für die Kinder Zions und verdiene eine Strafe. Ebenso ihr Liebhaber, ein Detektiv mit zweifelhaftem Ruf. Er hatte ihn nicht vom Turm stürzen wollen. Aber als der Mann das Gleichgewicht verlor und sich wie von Sinnen ans Geländer klammerte, sollte er nicht lange leiden. Zu dumm, dass er den anderen nicht kommen hörte und der ihn mit dem Messer geritzt hatte. Die Wunde war nicht tief, aber sie schmerzte. Das Kind hatten sie trotzdem nicht bekommen, denn er hatte ein neues Versteck. Eines, das sie nie finden würden.

Karras öffnete noch eine Flasche Bier und spülte die unguten Gedanken hinunter. Niemand durfte ihm das Mädchen wegnehmen. Immer hatte er sich Kinder gewünscht, aber nur solche Frauen gekannt, die von polnischen Ärzten sterilisiert worden waren, damit sie keine schwachsinnigen Kinder bekamen. Als er es aufgegeben hatte, beschenkte Gott der Allmächtige ihn mit dieser hübschen Tochter. Anfangs hatte sie sich vor ihm gefürchtet, gedacht, dass er schlimme Dinge mit ihr tun würde wie Onkel Jakob. Jetzt fühlte sie keine Angst mehr. Niemals könnte er dem Kind weh tun, nicht mal, wenn sie böse wurde und schlimme Dinge sagte. Dinge wie: »Du bist nicht mein Vater; du bist gemein und blöd. Ich will nach Hause.« Er musste sie mit Barbital zum Schweigen bringen.

Jetzt war das nicht mehr nötig. Kein Mensch würde sie hören, das Haus stand leer, Wasser und Strom waren abgestellt. Darum saß er bei Kerzenlicht auf einer Holzkiste, während das Mädchen nebenan seelenruhig in einem weichen Bettchen schlief. Karras erhob sich, ging zum Kachelofen und legte Briketts nach, damit das Kind nicht fror.

Wegen der Rauchfahne konnte er nur nachts heizen, die Häuser ringsum waren bewohnt, von misstrauischen Bewohnern, die in jedem erwachsenen Mann, der allein am Kollwitzplatz umherging, einen Kindesentführer vermuteten. Als er die heiße Ofenklappe schloss, klopfte es an der Tür. Karras wartete, bis er die vertraute Stimme hörte. Dann entriegelte er die Tür.

* * *

Zur Pizza vom Lieferservice genehmigte sich John eine Flasche 99er Chateau La Caminade. Den Hauswein des Vatikans hatte er auf einer Auktion erstanden und für besondere Anlässe aufbewahrt. Heute schien ihm ein Tag mit so einem Anlass zu sein. Er nahm das Glas und erhob es – auf die Nacht nach seinem Nahtoderlebnis, auf den morgendlichen Abschied von Hanna Wolff, auf die Wiederkehr von Maren Graf. Auch wenn Gott und seine Diener sie abgeschrieben hatten, war sie nicht verloren, solange er, John Klein, halber Agnostiker und fünfzehnprozentiger Alkoholiker, sie nicht vergessen hatte.

Um den Fluss seiner Gedanken in seichte Gewässer zu lenken, schaltete er den Fernseher ein. Wie jedes Jahr um Weihnachten lief der Hollywood-Klassiker *Ist das Leben nicht schön?* Trotz des puritanischen Filmoptimismus, des gesegneten Vatikan-Weins und einer Cohiba-Zigarre fühlte er sich miserabel. Wohin er auch zappte, aus allen Kanälen floss ein bunter Brei aus Vulgarität, Gefühlsduselei, Lärm und Hässlichkeit. Kein empfindsamer Mensch konnte so etwas aushalten, ohne verrückt zu werden. John war sicher, dass die Jungfrau Maria eine Fehlgeburt bekommen und Josef sie aus Eifersucht mit der Zimmermannsaxt erschlagen hätte, wäre der Stern von Bethlehem ein TV-Satellit gewesen.

Als er zu Bett gehen wollte, hatte er das Gefühl, dass das ein unverzeihlicher Fehler war. Er nahm seinen Mantel und rief Seneca, der auf dem Sessel lümmelte und nicht begeistert war, dass es hinaus in die Kälte ging.

* * *

»Alles, nur nicht das!«, sagte der Hausmeister mit zitternder Stimme. »Es ist Sünde ... eine große Sünde.«

Der Mann holte eine Flasche Wein aus seiner Aktentasche, stellte sie auf die Munitionskiste, die Karras als Tisch diente, und legte einen Korkenzieher daneben. »Das Kindele ist nicht sicher hier. Sie werden kommen und es holen.«

Karras schüttelte den Kopf. »Hierher nicht. Nee, hier suchen sie nicht ... die nicht.«

»Die nicht, aber ... dieser Detektiv. Willst du, dass er dich findet und dir's wegnimmt? Oder die anderen?«

Karras' Gedanken wirbelten im Kopf herum wie ein Karussell. Dem Detektiv könnte er den Hals umdrehen, die anderen würden dasselbe mit ihm tun, wenn er das Kind nicht hergab.

Der Mann zog den Korken aus der Weinflasche. »Sieh doch ein, Franciszek, wir können das Kind nicht für die Ewigkeit verstecken. Sie muss weg, und zwar schnell.«

»Aber wohin, wohin soll sie weg?«

»Hier, trink einen Schluck. Das wird deinen kümmerlichen Verstand mit Weisheit mischen.«

Karras nahm einen tiefen Zug aus der Flasche, schaute aber genauso blöd wie vorher.

»Ich hab eine Stelle auf dem Friedhof ausgesucht. Da wurde unlängst umgebettet.«

Auf Franciszeks Gesicht gefror die Blödheit wie auf einem Foto. »Sie ist wieder ganz lebendig ... Sie schläft jetzt nur.«

»Und sie soll nicht mehr aufwachen.«

»Aber sie wacht immer auf, wenn sie schlecht träumt«, widersprach der Hausmeister.

Der Mann zog eine Flasche Coca Cola light aus seiner Aktentasche, dazu einen Plastebecher und eine Plastiktüte mit Tabletten. »Gib ihr das zu trinken, nachdem du die Pillen drin aufgelöst hast. Dann wacht sie nicht mehr auf.«

»Sicher? Sie weint immer, wenn sie aufwacht.«

»Todsicher.« Der Mann reichte Karras einen Schlüssel mit Anhänger. »Damit öffnest du die Tür zum Friedhof. Dann fährst du den Wagen aufs Gelände und legst sie in die offene Grube. Im Auto ist eine Schaufel. Vergiss nicht, danach Schnee auf das Grab zu schaufeln.«

Der Hausmeister nickte, hatte aber nicht zugehört. »Und wenn sie nur ein wenig tot ist?«

»Sie wird ganz dahin sein. War es schon in dem Moment, als Rabbiner Schwarz ...«

Karras versuchte, den Worten seines Besuchers zu folgen. Er begriff nur, dass er nicht mehr Vater des Mädchens sein durfte.

»Heute Nacht musst du es erledigen. Sonst kommt großes Unglück über uns. Willst du das?«

Karras wollte das keinesfalls. Aber sein Kind verlieren wollte er auch nicht. Sie konnte so fröhlich sein, wenn sie mit ihren Puppen spielte, diesen dünnen Dingern mit den prallen Brüsten und dem weichen Goldhaar.

»Bitte, sei uns dienstbar. Nur dieses eine Mal noch«, flehte der Besucher. Karras nickte. Er fühlte sich wichtig, ein gutes Gefühl. Doch nachdem der Besucher gegangen war, verschwand auch das gute Gefühl. Karras ertränkte die Leere im Wein. Aber je mehr er trank, desto trüber wurden seine Gedanken. Zehn Flaschen Wein würden nicht ausreichen, das Stimmengewirr in seinem Kopf zu einem klaren Auftrag zu vereinen.

* * *

Nachdem sie den Wasserturm samt Bunkerberg umrundet hatten, trottete Seneca weiter auf der Belforter Richtung Kollwitzstraße. John hätte noch eine Runde um den Block gedreht, er spürte weder Kälte noch Müdigkeit und würde noch früh genug von Dingen träumen, die auch einen weniger robusten Mann um den Verstand bringen konnten. Links der Straße standen die postmodernen Gründerzeithäuser namens KolleBelle, in denen nur Familien mit einkommensstarken Eltern wohnten. Gegenüber sah es aus, als hätte der Weltkrieg erst kürzlich geendet. Die Fassade des Eckhauses mit der Kellerkneipe *Enddorn* war zuletzt in den 1950er Jahren saniert worden und sah auch zwanzig Jahre nach dem Ende des Sozialismus noch aus wie zu Ulbrichts Zeiten. Daneben stand ein Haus, das den Krieg relativ schadlos überstanden hatte, nicht aber vierzig Jahre volkseigene Wohnungsverwaltung. Sprayer hatten die farblose Fassade mit Graffitis verschönert, obwohl oder weil niemand mehr hier wohnte. Alle Fenster waren blind von Dreck, die Treppenstufen zur Haustür bröckelten vor sich hin. Von seinem Küchenfenster in der Diedenhofer Straße konnte John in den Hof des Gebäudes blicken, das vermutlich wegen Erbschaftsstreitigkeiten nicht verkauft werden konnte. Als er fast an dem Spukschloss vorbei war, fielen ihm Fußspuren im Schnee auf, die ins Haus führten und aus ihm heraus. Die einen stammten von mittelgroßen Schuhen, die anderen eher von *Big Foot*, wie die Nordamerikaner den Schneemenschen nennen. Auf der Schwelle, wo der Schnee nicht hinkam, war ein roter Fleck. John rieb mit dem Finger darüber. Es war keine Farbe, sondern getrocknetes Blut.

Er griff in seine Jackentasche. Weder die Pistole noch sein Werkzeug war darin. Wie sollte er in das verschlossene Haus gelangen? Die Bewohner vom KolleBelle vis-à-vis würden die Polizei rufen, bevor er das Türschloss geknackt hatte. Aber er konnte nicht bis Tagesanbruch warten.

Fast hätte er die Taschenlampe vergessen, als er fünfzehn Minuten später erneut die Wohnung verließ. »Du bleibst hier!«, sagte er zu Seneca. Der bellte fröhlich und schien einverstanden.

John schlich zur Rückseite des leer stehenden Hauses, das nur wildes Gestrüpp vom Hof seines Blockes trennte. In keinem der Hoffenster war ein Lichtschimmer zu erkennen. Zwei Türen führten vom Hof ins Haus, eine in den Flur, die andere in den Keller. Beide waren zugesperrt, die Haustür mit einem Bretterverschlag, der Weg zum Keller mit einem billigen Vorhängeschloss. John schob die Brechstange zwischen die Bügel und knackte es mit einem Ruck. Nachdem er die knarrende Tür geöffnet hatte, sah er sich um, ob jemand aus dem Fenster lehnte. Aber die Mieter der angrenzenden Häuser, die ihre Stromrechnung bis nach Mitternacht belasteten, waren friedlich vorm Fernseher eingeschlafen.

Im Keller würde er das Kind nicht finden. Kein Mensch konnte den beißenden Geruch von Schwamm, Braunkohle und Rattengift länger als fünf Minuten aushalten. Trotzdem nahm John die Baby Eagle aus der Tasche und drückte den Sicherungshebel nach oben. Die Halogenlampe wies ihm den Weg ins Treppenhaus. Wie weiter? Er konnte nicht an jeder Wohnungstür klopfen und rufen: »Ist jemand zu Hause?«

Im Parterre, im ersten und zweiten Stock hatten die Fenster keine Gardinen oder Vorhänge, erinnerte er sich von seinen täglichen Spaziergängen mit dem Hund. Also ging er zielstrebig höher hinauf, bemüht, kein Geräusch zu machen. Was allein wegen der Pizza und der Flasche Chateau La Caminade ein Problem war. Auf jedem Treppenabsatz blieb er stehen und lauschte. Wenn Stille trügerisch ist, war er von Trug umgeben. Ab dem dritten Stock gab es noch zweimal drei Chancen, sich zu irren, den Dachboden nicht eingerechnet. Bei einer Trefferquote von eins zu sieben würde er Lotto spielen, hier aber ging es um das Leben eines Kindes, und um sein Leben.

Am einfachsten wäre es, den Golem mit einem Geräusch aus der Wohnung zu locken. Falls er nur ein Stockwerk höher hauste, hätte er jedoch genug Zeit, die Tür von innen zu verriegeln. Besser war es, sich von oben abwärts zu bewegen. Das konnte den Golem verwirren und ihm, John Klein, einen Vorteil verschaffen.

Oben angekommen, musste John enttäuscht feststellen, dass die Bodentür weit offen stand. Dahinter war nichts als Leere und Taubenmist. Aber warum sollte der Golem das Kind unterm Dach festhalten, wenn im Haus zwölf mehr oder weniger intakte Wohnungen mit Küche, Toilette und, was viel wichtiger war bei dieser Kälte, mit Kachelöfen zur Verfügung standen. Also Lotto spielen und wieder abwärts. Doch John wusste, er hatte weder Glück im Spiel noch in der Liebe. Aus Angst, sich zu irren, knipste er die Taschenlampe aus und verharrte zwischen zwei Wohnungstüren. Sein Bauchgefühl, das ihm oft half, war zu erschlafft von Wein und Pizza, um ihm zu einer Eingebung zu verhelfen. Er musste sein Glück versuchen. Von sechs Möglichkeiten waren drei günstig, weil sie auf derselben Etage lagen, und zwei fatal, weil er vier Treppen überwinden müsste, um einen Fuß in die Tür zu bekommen. Während er noch ausrechnete, wie viele Stufen er auf einmal nehmen musste, um so wenig Zeit wie möglich zu verlieren, vernahm John Schritte. Sie kamen, da war er sicher, aus dem vierten Stock, also eine Treppe tiefer. Doch aus welcher der beiden Wohnungen? Vorsichtig stieg er die Treppe hinab, brachte aber eine morsche Diele zum Knacken. Wenn der Golem Ohren hatte, konnte er das Blut in Johns Adern rauschen hören.

Weiter, nicht stehen bleiben, und das Moment der Überraschung ausnutzen! Eine der beiden Türen der vierten Etage würde sich öffnen, wenn er dem Golem eine Falle stellte. Nur welche? John fiel nichts Besseres ein als zu miauen. Das konnte er gut. Man lässt bei offenem Mund den Kehlkopf vibrieren, bewegt die Lippen nur leicht, um den Ton zu modulieren. Und da waren sie wieder, die Schritte, kamen näher, entfernten sich, verharrten auf der Stelle. John hatte seine Variationen von Katzenmusik durchgespielt, als sich im Schloss der linken Tür ein Schlüssel drehte. Mit ganzer Körperkraft warf der Detektiv sich gegen die Tür, doch von innen drückte jemand mit größerer Kraft dagegen. Nach kurzem Ringen fiel John durch die aufspringende Tür in die Wohnung und hörte Schritte, die wegliefen. Er hielt die Taschenlampe über die Pistole und rief: »Auf den Boden, oder ich schieße!« Noch ehe er zu Ende gesprochen hatte, verschwand ein Schatten im ersten Zimmer. Der Vorteil des Überraschungsmoments war verspielt, und John hatte keine Ahnung, wie viele Zimmer die Wohnung besaß. Als Erstes verriegelte er die Wohnungstür und steckte den Schlüssel ein. Wer immer sich hier verbarg, er würde nur über seine Leiche wieder herauskommen.

Die Hoffnung, dass etwas Licht von der Straße durchs Fenster drang, erwies sich als Trugschluss. Der Flur war völlig dunkel. Er betrat den Raum, in den er den Schatten hatte verschwinden sehen. Die Tür fehlte, sodass er von der Schwelle aus gefahrlos mit der Taschenlampe alle Ecken ausleuchten konnte. Hier war nichts, bloß gähnende Leere, herunterhängende Tapeten und eine Türöffnung, die in den nächsten Raum führte. Nur nichts übereilen, dachte John, und die Deckung nicht vergessen. Er drückte sich an die Wand neben der Durchgangstür und knipste die Taschenlampe aus. Besaß der Golem ein Nachtsichtgerät, wäre er verloren. Doch Johns Ohren waren besser als seine Augen.

Der Geräuschpegel stand auf null. Gern wäre er gleichzeitig vor- und rückwärts gegangen, um rundum gedeckt zu sein. Als Schreibtischermittler hatte er etwas wie *room clearing* nie gelernt, das beherrschten nur SEKler und Fernsehkommissare. Ohne Sturmtrupp hier aufzukreuzen, um ein bewachtes Kind zu befreien, kam ihm plötzlich so dämlich vor wie das Ermittlungsgebaren der Kommissare Schmücke und Schneider im Polizeiruf aus Halle. Aber die waren immerhin zu zweit dämlich, er für sich allein.

John drückte den Schalter der Halogenlampe und leuchtete mit ausgestreckter Hand in den Nebenraum, ohne sich vom Fleck zu rühren. Auch dieses Zimmer war wie leergefegt und führte, die Tür war herausgenommen, direkt in den Flur. Vermutlich gab es auf der anderen Seite des Flures außer Bad und Küche noch ein Zimmer. Da musste das Kind sein, und wo das Kind war, war auch sein Kindermädchen. Je länger er überlegte, desto mehr Zeit hatte der Golem, ihm eine Falle zu stellen. *Fortes fortuna adiuvat* – mit den Mutigen ist das Glück.

Er zog die Schuhe aus und schlich mit vorgehaltener Lampe zurück in den Flur. Bad- und Küchentür waren geschlossen, die Tür am Ende des Flures angelehnt. Er stieß sie auf, hielt Waffe und Lampe im Anschlag und stürzte kopfüber ins Leere.

Er hörte noch, wie die Pistole samt Taschenlampe über die Dielen rutschten, dann sauste ein zentnerschweres Gewicht auf ihn herab und wrang ihn aus wie ein Bündel nasser Wäsche.

* * *

Als er die Augen öffnete, erkannte er sechs Kerzen auf einem Chanukkaleuchter, von denen nur eine brannte. Und eine Treppe mit drei Stufen, die vom Flur in den tiefer liegenden Seitenflügel führte. Er hätte daran denken müssen, dass solche Stolperfallen typisch für Gründerzeithäuser waren; auch die Treppe in seinem Detektivbüro hatte ihn schon zu Fall gebracht.

Er lag verschnürt wie ein alter Teppich am Boden, Hände und Füße mit ledernen Gebetsriemen fixiert. John versuchte aufzustehen, indem er die Beine anwinkelte, doch es gelang ihm nicht. Jetzt wäre der passende Moment für den Auftritt von Max Todt, um ihm erneut aus der Bredouille zu helfen. Aber zweimal vom selben Schutzengel gerettet zu werden war so wahrscheinlich wie ein Blitz, der zweimal in denselben Baum einschlägt. Wütend über die Situation, in die er sich gebracht hatte, zerrte er an den Gebetsriemen, zog sie aber dadurch nur noch fester. Immerhin, er lebte noch und konnte die Lage abschätzen. Sie war, optimistisch gesehen, ernst, aber nicht hoffnungslos.

Als er Schritte hörte, schloss John die Augen und bewegte sich nicht. Franciszek Karras kam mit einem Schlafsack ins Zimmer. Er beugte sich über John Klein, um zu prüfen, ob er noch bewusstlos war, und begann dann, den Schlafsack auszurollen. John blinzelte vorsichtig und sah zum ersten Mal das Gesicht des Golem. Trotz vorstehenden, schiefen Kinns, kantiger Backenknochen und hässlicher Hakennase hatte es auf den zweiten Blick nichts Furchteinflössendes. Die tiefliegenden Augen spiegelten eine sanfte Seeele, die nicht zu dem hünenhaften Körper des polnischen Bauern zu passen schien. Um die Seele kümmert sich der Teufel, ich kümmere mich um das andere, dachte John.

Karras nahm Tabletten aus einer Schachtel, warf sie in ein Glas, goss Cola hinein und rührte den Schlaftrunk mit dem Finger um. Dann kniete er neben dem Detektiv nieder, drehte ihn auf den Rücken und griff ihm in den Mund. John wehrte sich, doch die Finger des Golem drückten seine Kiefer wie Eisenzwingen auseinander.

»Gleich wirst du schlafen. Erst noch ein Schlückchen trinken«, sagte der Hausmeister und goss dem Gefesselten die Cola in die Kehle. Der verabscheute Zuckerwasser und ließ es an den Mundwinkel wieder hinaussprudeln. Dafür setzte es Schläge mit Karras' riesiger Pranke.

»Du trinkst jetzt. Oder ich mach dich tot!«

Nachdem er das Glas geleert hatte, wusste John, was *water boarding* ist. Er rang nach Luft, bekam einen Schluckauf. Karras ließ von ihm ab und füllte das Glas erneut mit Cola und den restlichen Tabletten. Dann verschwand er im hinteren Teil der Wohnung. John durfte keine Zeit verlieren. Er rollte sich zur Seite, kam mühsam auf die Knie, rutschte rückwärts auf den Tisch zu und schob sich an ihm hoch. Es schien ihm wie eine Ewigkeit und verursachte ihm Höllenschmerzen, den Gebetsriemen über der Kerze oberhalb der Handgelenke zum Reißen zu bringen. Nun konnte er die Fesseln Stück für Stück lösen und abstreifen. Sofort ließ er sich wieder auf den Boden gleiten, den Riemen um die linke, seine schwächere Faust gewickelt. Nebenan fiel ein Glas zu Boden, und ein Kind weinte. Die Tür ging auf, und Karras platzte ins Zimmer. Seine Hand blutete. Fluchend nahm er eine Serviette vom Tisch und wickelte sie um den Daumen.

»Es tut mir leid, Onkel Franz«, schluchzte Maren in der offenen Tür.

Karras sah das Mädchen mit einer Mischung aus Zorn und Trauer an. »Jetzt muss ich dir weh tun, weil du das Glas kaputt gemacht hast.«

»Du hast versprochen, mir nicht weh zu tun«, sagte Maren trotzig. »Was man verspricht, das muss man halten.«

John hatte auf so eine Gelegenheit gewartet. Er drehte sich auf die Seite. »Lauf weg! Er will dich töten.«

»Halt's Maul!«, polterte der Golem und trat wütend auf die morschen Dielen, dass sie krachten.

John dachte nicht daran. »Nun mach schon! Sonst musst du sterben.«

Maren starrte den Mann am Boden an. Sie kannte ihn nicht, glaubte ihm kein Wort und blieb wie angewurzelt stehen.

»Der Mann lügt. Geh wieder ins Bett.« Weil sie sich nicht vom Fleck rührte, packte Karras das Mädchen und schob sie vor sich her. Doch Maren riss sich los und lief zur Treppe. Jetzt oder nie, dachte John und spannte seine Muskeln an. Mit einem Satz war er auf den Beinen, sprang auf den Riesen zu, warf die Gebetsriemen um den Hals des Golem, nahm sie über Kreuz und zog mit beiden Händen die Schlinge fest zu. Karras schwang seine Arme nach hinten, versuchte, den Angreifer bei den Händen zu packen, erwischte aber nur dessen Hosenbund und hob ihn daran hoch. Wie ein lästiges Insekt schüttelte er John ab und warf ihn gegen die Wand. Für einen Moment war er damit beschäftig, den Riemen am Hals zu lockern; genug Zeit für John, das Gleichgewicht wiederzuerlangen.Womit aber sollte er sich verteidigen? Die Pistole hatte er beim Treppensturz verloren, die Gebetsriemen bei der missglückten Erdrosselung des Golem. Im Faustkampf war er schon immer eine Niete gewesen.

Der Schatten des Golem verdunkelte den Türrahmen. John ging rückwärts wie ein Krebs, bis er eine Bettkante an den Waden spürte. Noch bevor er nach hinten fiel, gab es einen ohrenbetäubenden Knall. Der Golem blieb stehen, drehte sich um und sah das Kind mit erstaunten Augen an. Wie hübsch sie war, und so fröhlich, trotz ihres Dickkopfes. Warum hatte sie das getan? Er war nicht grob zu ihr gewesen, hatte sie nie unsittlich berührt wie Rabbi Schwarz. Beinahe liebgewonnen hatte er sie und für sie gesorgt wie Vater und Mutter. Wie konnte sie ihm so weh tun? Karras taumelte und fiel um wie ein gefällter Baum.

John wusste, dass noch zwei Patronen im Magazin waren. In gebückter Haltung rutschte er von der Bettkante und steckte vorsichtig den Kopf durch die Tür. Da stand das Mädchen mit der Baby Eagle. Sie zitterte und schob die Unterlippe vor, als würde sie gleich anfangen zu heulen. Mit einem Teddy statt der Pistole sähe sie so unschuldig aus in ihrem weißen Nachthemd. So ... unschuldig ... Nie mehr wollte er ... einen Golem ... zur Stre...cke bringen ohne Pa...pierstrei...fen mit dem kabba...listischen Zau...berwort *An-ma-nth* ... Die Worte in seinem Kopf klangen verzerrt und zerfielen wie Töne einer abgelaufenen Grammophonplatte. Das Letzte, was er ins Mobiltelefon sprechen konnte, nachdem er die 112 gedrückt hatte, war: »Belforter 21 ... vierter Stock ... Haustür zu ...«

17

»Trinken Sie! Sie dürfen auf keinen Fall einschlafen«, hörte John eine Stimme am Ende eines Tunnels.

»Ich trinke Kaffee nur mit Milch und Zucker.«

»Dann müssen wir Ihnen den Magen auspumpen«, erwiderte der Notarzt. »Das ist unangenehmer.«

John richtete sich auf und nahm den Plastikbecher entgegen. Er befand sich in einer fahrbaren Ambulanz. In seinem linken Arm steckte eine Infusionsnadel, durch die Natriumchlorid in seine Vene träufelte. Das gefiel ihm gar nicht.

»Damit Ihr Herz nicht schlappmacht«, meinte der Arzt, ein junger Mann mit Engelsgesicht.

»Werde ich meinen Hund wiedersehen?«, wollte John wissen.

»In dieser Welt oder in Bitterfeld, Genosse Klein.«

Erschrocken fuhr John herum, doch ihm war, als bewege er sich in Zeitlupe. Hinter ihm saß Kommissar Jenner und grinste.

»Den Genossen können Sie vergessen. Bin kein Sozi.«

»Noch immer links und verfassungsfeindlich?«

Am liebsten hätte er Jenner eins in die Fresse gehauen, aber von Zweikämpfen hatte er genug für heute. Jenner nicht, seine Abneigung gegen den ehemaligen Kollegen saß tief. »Diesmal sitzen Sie bis zum Hals in der Scheiße. Wegen Behinderung polizeilicher Ermittlungen in einem politisch motivierten Mordfall.«

»Habe nur eure Arbeit gemacht. Weil ihr eins und zwei nicht zusammenzählen könnt …«

»Nicht sprechen!«, unterbrach der Notarzt. Er wollte dem Patienten den Puls messen.

Jenner fühlte sich nicht angesprochen. »Trinken Sie Ihren Kaffee aus, Klein. Das wird eine lange Nacht.«

John lehnte sich zurück und ließ sich die Manschette um den Oberarm schnallen. »Ich sage nichts. Nur in Anwesenheit des Staatsanwalts.«

»Ist leider keiner da. Sind wohl alle zum Skifahren in Kitzbühel«, meinte Jenner und stieg aus dem Rettungswagen.

Der Druck der Manschette ließ nach, der Zeiger des Pulsmessers fiel zurück in seine Ruheposition.

»Sie haben das Herz eines Berliner Bären. Sonst wären Sie bei der Dosis Veronal jetzt in den ewigen Jagdgründen.«

»Hab das meiste wieder ausgespuckt«, gestand John. »Was ist mit dem Golem?« Der Arzt sah ihn fragend an. »Ich meine, der mit der Schusswunde. Ist er ...?«

Der Notarzt wusste nicht, wovon er redete. »War außer Ihnen noch jemand da oben?«

»Das Kind. Wo ist das Kind?«

»Da war kein Kind, soweit ich weiß. Soll die Polizei noch mal nachsehen?«

John schüttelte den Kopf. Er wusste, dass es zwecklos war.

John wollte aufstehen, doch der Arzt befahl ihm, liegen zu bleiben, damit das Infusionsmittel sich im Körper verteilen konnte. Inzwischen nahm er die Personalien des Patienten auf.

Während er Name, Adresse, Krankenversicherung angab, fragte sich John, wer Karras und das Mädchen weggebracht hatte, bevor der Rettungswagen kam. Die Erklärung lag auf der Hand und war kein Beweis für seine Intelligenz. Er hatte Hanna Wolffs Warnung nicht ernst genommen: Der Mossad verfolgte jeden seiner Schritte, konnte mühelos sein Mobiltelefon mit der spanischen Nummer orten. Nachdem er 112 gewählt hatte, waren sie gekommen, um

Karras und das Kind wegzubringen. Ohne sich um ihn zu kümmern. Sie rechneten damit, dass er nicht mehr aufwachte, und falls doch, von den deutschen Behörden kaltgestellt würde.

»So. Das war's«, sagte der Notarzt. »Wir fahren Sie jetzt ins Präsidium.«

John drückte dem jungen Arzt die Hand. »Wenn ich dem Tod noch mal von der Schippe springen muss, rufe ich Sie an.«

Der Wagen fuhr los. John ahnte, dass die Sache noch nicht zu Ende war und für ihn nicht gut ausgehen würde. Gott sei Dank aber war das Mädchen gerettet. Doch was hieß gerettet? Was konnte aus einem Kind werden, das in den Händen eines Kinderschänders gewesen war? Und wie würde sie damit fertig werden, auf einen Menschen geschossen zu haben, der es eigentlich gut mit ihr meinte?

Eine Last fiel von ihm ab. Er hatte das Versprechen eingehalten, das Kind zu finden. Andererseits hatte er es wieder verloren. Würde der Mossad den Eltern Maren zurückgeben? Oder sie aus Gründen der nationalen Sicherheit in die Obhut von verschwiegenen Pflegeeltern geben? Sie in einen Kibbuz bringen? Die Vorstellung erschien ihm so entsetzlich, dass er die Augen schloss und versuchte, an nichts zu denken.

* * *

Normalerweise verrichtete Moshe Meirowitz sein Morgengebet nach dem Frühstück in der Synagoge. Doch heute hielt er sich an die alte Sitte, bei Sonnenaufgang und vor der Leibesstärkung das *Schacharit* zu sprechen. Wann die Sonne am Horizont aufging, wusste er nur aus der Zeitung, denn in Berlin war der Moment selbst vom Dach der Synagoge nicht zu sehen. Am Morgen des 29. *Kislew* 5769, dem fünften Tag von Chanukka, lag Meirowitz längst wach, als es dämmerte. Seit dem Zubettgehen hatte er bis auf kurze Absenzen kein Auge zugemacht und gehofft, dass diese Nacht schneller als sonst vorüberginge. Stattdessen bewegte sich der Zeiger der Uhr wie ein lahmer Gaul aus Schnippischok zwei Schritte vor und einen zurück. Schuld daran war die Sorge, dass Franciszek Karras seine Aufgabe nicht erfüllte. Leicht konnte er zu dieser Stunde von einem Schlafwandler, der Polizei oder irgendwelchen Nachtschwärmern entdeckt werden. Bei Tag wäre es fast unauffälliger, ein verschnürtes Bündel mit sich herumzutragen, doch dann wäre da die Gefahr, dass die Anwohner des Friedhofs aus den Fernstern gafften. Jeder wusste, seit hundert Jahren wurden hier keine Toten mehr beigesetzt.

Der kalte Schweiß rann dem Rabbiner in den Hemdkragen, als er sich ausmalte, was geschähe, wenn man das tote Kind entdeckte. Wenn alles gut ging, wäre der Albtraum für immer vorüber. *Elohim* war sein Zeuge, dass er anders nicht handeln konnte. Er musste den Schaden von der Gemeinde abwenden, den Rabbi Schwarz mit seinem Eigensinn angerichtet hatte. An dessen Tod war er nicht schuldig, es war *Adoshems* Wille. Aber warum musste der Allerhöchste ihm nach der Beseitigung des Toten auch noch dessen Spielzeug aufhalsen? Konnte *Er* nicht machen, dass sein Benutzer *es* vorher wegwarf? Einen erwachsenen Menschen beiseite schaffen, der nicht mehr atmet, zudem noch einen schlechten Menschen, war eine Sache. Ein Kindlein, das die Süße des Lebens kaum gekostet hatte, in die kalte Erde zu legen, war etwas anderes. Wie die Aufforderung an Abraham, seinen Sohn Isaak zu schächten. Selbst für seinen treuesten Diener eine zu schwere Aufgabe, fand der Herr und erließ ihm die Prüfung. Warum, fragte Moshe Meirowitz beim Entzünden jeder neuen Kerze zu Chanukka, nahm *Elohim* in seiner Gerechtigkeit diesen Kelch nicht auch von ihm?

Auf eine Antwort wartete der Rabbiner indes vergebens. Entweder schätzte der Befragte ihn geringer als Abraham, oder aber es war sein Plan, ihn für ein höheres Ziel zu opfern.

Wie es auch ausging, er würde sein Los tragen und alle Schuld auf sich nehmen, denn Franciszek Karras war nur der Golem und er sein Rabbi Löw – Werkzeug und Meister in der Hand *Robon Olams*, des Herrschers der Welt.

Moshe Meirowitz überquerte die Rykestraße und ging auf die Synagoge zu. Mit einem Kopfnicken grüßte er den Polizisten, der frierend am Eingang stand, eilte über den Hof ins Bethaus und schloss sich in seinem Büro ein. Dort legte er den *Tallit* um, wickelte die *tefillin* sieben Mal entgegen dem Uhrzeigersinn um seinen linken Arm, schlug die *Modern Reader's Bible* auf und las laut den Spruch 5,3:

Denn die Lippen der Fremden sind süß wie Honig
und ihre Kehle ist glatter als Öl,
aber hernach bitterer als Wermut
und stumpf wie ein rostiges Messer.
Ihre Füße laufen dem Tod hinterher,
ihre Gänge führen ins Grab.
Noch schreitet sie auf dem Weg des Lebens;
Gut, dass sie nicht weiß, wohin sie geht.

Als er das Gebet gesprochen hatte, sah er auf die Uhr an seinem rechten Handgelenk. Viertel vor sechs. Um sechs begann der Dienst des Hausmeisters. Der Rabbiner goss einen Löffel Nescafé auf und aß eine Scheibe Matze. Um halb sieben war Karras immer noch nicht da. Hatte sich wohl nach getaner Arbeit einen hinter die Binde gegossen und verschlafen.

Punkt sieben hörte Meirowitz Schritte im Treppenhaus, aber sie klangen nicht wie die polternden Äppelkähne des

Hausmeisters. Eher wie quietschende Gummisohlen im Zweivierteltakt. Als es an der Tür klopfte, wusste Meirowitz, dass sie ihn holen kamen.

* * *

Bis zum Morgen stand John Klein im Polizeipräsidium in der Keibelstraße dem Kripobeamten Jenner und einem gewissen Struck – einem Staatsanwalt, der nicht Ski fuhr – sowie einer Ermittlerin aus der Vermisstenstelle Rede und Antwort. Er wählte seine Worte genau, bevor sie aktenkundig wurden, verzichtete auf Nebensächliches und erwähnte mit keiner Silbe seine Beziehung zu Hanna Wolff. Auch das Wort Golem verwendete er nicht. Sein Wissen um die Verbindung von Rabbiner Jakob Schwarz zu Marens Verschwinden behielt er ebenso für sich wie die Rolle Max Todts. Sollten die Kommissare sich selbst einen Reim auf alles machen, er wollte nur ins Bett und schlafen, träumen, vergessen. Bis ans Ende aller Tage. Die Welt war blauer und irdischer bei Nacht, wenn man schlief.

Auch Moshe Meirowitz musste an diesem Dezembermorgen Menschen Rede und Antwort stehen, an deren Verstand er zweifelte. In seinem Fall handelte es sich um den ersten Sekretär der israelischen Botschaft, einen Vertreter der Jüdischen Gemeinde und einen Mann vom Geheimdienst. Doch der Oberrabbiner zeigte sich im Gegensatz zu John Klein redselig, ja fast erleichtert, und gab eine umfassende Charakterisierung von Rabbiner Schwarz. Wie es sich für einen frommen Mann geziemt, lobte er vorab dessen tiefe Gläubigkeit und hohe Intelligenz. Als er die negativen Besonderheiten des Rabbiners schilderte, zuerst eine gewisse Rechthaberei und fanatische Deutschfeindlichkeit, zuletzt dessen unschickliche Neigung zu Kindern, unterbrach ihn der Botschaftssekretär.

»Rebbe, das wissen wir alles. Erzählen Sie ohne Umschweife, wie Jakob Schwarz zu Tode kam.«

Meirowitz fühlte sich unbehaglich. Es gefiel ihm nicht, die Erinnerung daran wieder aufleben zu lassen. Sie schien ihm wie ein böser Traum, der nicht vergehen wollte, seitdem er damals am Morgen aufgewacht war.

»Ich hatte ihn mehrfach zur Rede gestellt und die Folgen für die Gemeinde ausgemalt, falls öffentlich würde, dass ... Er lachte nur, meinte, den Juden würde in diesem Land niemand mehr ein Haar krümmen. Sie stünden über dem Gesetz und bräuchten sich nicht an die gojische Moral zu halten. Ich widersprach ihm entschieden, mahnte ihn an das Gesetz unseres Gottes, der die Kinder Israels liebt, damit sie Vorbild für alle seien. Vergebens. Jakob nahm ein fremdes Kind, verbarg es bei sich und versündigte sich an ihm. Als mir Derartiges zu Ohren kam, bestellte ich ihn in mein Büro, las ihm die Leviten, doch er leugnete die Sünde beim Namen seiner Mutter. Da verlor ich die Beherrschung, *Ha Schem* möge mir verzeihen. Er war schon im Flur, da packte ich ihn an den Zipfelquasten. Als ich ihn ... nicht sehr fest ... würgte, riss er sich los und fiel die große Treppe hinunter. Dann gab er kein Lebenszeichen mehr.«

»Warum haben Sie nicht sofort das jüdische Krankenhaus angerufen?«, fragte Ron Cohn.

Moshe Meirowitz überlegte. »Weil Sabbat war. Außerdem war Rabbi Schwarz tot, das konnte ich ohne Arzt beurteilen.«

Der Botschaftssekretär, ein distinguierter Mann um die vierzig, der nicht leicht die Fassung verlor, rang nach Atem. »Und dann hatten Sie die Idee, den Toten ins Auto zu bringen und es anzuzünden, um die Sache wie ein politisches Verbrechen aussehen zu lassen.«

»In unserem Viertel brennen fast jede Nacht Autos. Ich glaubte, wenn der Van der Gemeinde weit genug von der

Synagoge parkte, könnte er ein Ziel der Pyromanen sein. Und den Schaden von uns abwenden, der unvermeidlich gewesen wäre.«

»Warum unvermeidlich?«, wollte der Diplomat wissen.

Meirowitz hob die Stimme. »Lesen Sie keine Zeitung? Jede Indiskretion aus dem jüdischen Gemeindeleben wird genüsslich in der deutschen Presse breitgetreten. Ein Rebbe, der in der Weihnachtszeit ein Christenkind entführt – was für ein Skandal!«

»Besser als zu Pessach«, sagte Ron Cohn.

Der Botschaftssekretär tadelte den Geheimdienstler mit Blicken.

»Warum haben Sie das Kind nicht der Polizei übergeben? Oder uns?«, fragte der Gemeindevertreter.

Der Oberrabbiner machte ein bedrücktes Gesicht. »Ich wollte es ja. Doch dann fürchtete ich, die Kleine würde ihren Eltern alles erzählen. Und Franciszek, unser Hausmeister, weigerte sich, das Kind herauszugeben. Der Kerl ist im Kopf so hohl wie eine Kalebasse. Aber ein guter Mensch ... Wo steckt er nur?«

Die Männer schwiegen. »Was wissen Sie über diesen Privatdetektiv Klein?«, fragte Cohn.

»Kenn ich nicht. Ist er Jude?«

»Er hat das Mädchen gefunden. Und Karras angeschossen mit einer halbautomatischen Baby Eagle.«

»Dann ist er doch ein Jud«, sagte Meirowitz.

Der Geheimdienstler bohrte in der Nase. »Ein Heiratsjude. Mit den Konvertierten haben wir nur Probleme.

»Das heißt, er weiß alles«, seufzte der Sekretär.

»Nicht alle Deutschen sind Antisemiten«, gab der Gemeindevertreter zu bedenken.

»Israel hat keine Freunde, nur Verbündete«, erklärte der Geheimdienstler. »Es wäre besser, dieser Schnüffler wacht nie wieder auf.«

Meirowitz interessierte nur, wie es Franciszek ging.

»Er wird überleben. Aber als Hausmeister ist er unbrauchbar«, sagte der Diplomat kühl.

»Auch Sie sind nicht mehr tragbar, Rebbe«, setzte der Vertreter der Gemeinde hinzu. »Sie fliegen noch heute nach Tel Aviv. Dort wird man entscheiden, ob Sie ein neues Rabbinat bekommen oder Ihren Lebensabend in Mea Shearim verbringen dürfen.«

Meirowitz fühlte, dass seine Kehle trocken wurde wie die Brunnen nach der biblischen Dürre. »Alles, aber nicht Mea Shearim. Ich bin nicht ultra-orthodox und nicht wirr im Kopf. Kann ich nicht zurück nach New York?«

»Als Persona non grata?«, fragte Ron Cohn gereizt. »Sie haben genau fünf Stunden, um Ihre Sachen zu packen. Ich hole Sie um zwölf ab und fahre Sie zum Flughafen.«

Der Rabbiner sah ein, dass Widerspruch zwecklos war. »Und was wird aus dem Mädelchen? Sie kann doch alles erzählen ... Das wäre furchtbar.«

»Lassen Sie das unsere Sorge sein«, erwiderte der Diplomat. »Ist Ihr Pass gültig?«

Meirowitz nickte apathisch. Obwohl er gebeichtet hatte, war sein Herz schwer. Berlin für immer verlassen zu müssen, gefiel ihm nicht. Er hatte sich immer gewünscht, in Israel zu sterben. In Mea Shearim, diesem traurigen Jerusalemer Viertel der Habenichtse und Spinner, wollte er nicht mal gestorben sein.

* * *

Die Wintersonne fiel bereits zwischen dem Haus des Reisens und dem Haus des Lehrers auf den Alexanderplatz, als John Klein sein ehemaliges Dienstgebäude verließ. Man hatte ihn gefragt, ob er mit Blaulicht nach Hause gefahren werden wollte, doch es war ihm wichtig, ihnen zu zeigen, dass er keine weichen Knie bekommen hatte. Im dichten Morgenverkehr überquerte er die Mollstraße, ging Richtung Königstor, bog in die Saarbrücker und dann in die Straßburger Straße ein und war nach der unfreiwilligen Nachtschicht endlich zu Hause.

Seneca begrüßte ihn *allegro furioso*, als dirigiere er mit seinem Schwanz den Einzug der Gladiatoren. John schwor, den Rest des Jahres nicht mehr fremdzugehen, und trug den kleinen Spanier wie eine Wärmflasche ins Bett. Der Hund streckte sich auf dem Kopfkissen aus und wartete darauf, weggescheucht zu werden. Doch sein Herrchen verzichtete auf sein Platzrecht, weil er nicht mehr müde war. »Avanti vigilanti! Schlafen können wir, wenn wir tot sind«, rief John und zog seinen gelben Kashmirmantel an, in dem er aussah wie Marlon Brando im *Letzten Tango in Paris*. Zwar war Seneca nicht halb so hübsch wie Maria Schneider, dafür schämte er sich nicht, mit einem älteren Mann auf der Straße gesehen zu werden. John war es sichtlich unangenehm, dass sein Begleiter auf dem Weg zum türkischen Bäcker an jedem Baum ein Bein hob, um die aktuellen Hundenachrichten zu überschreiben, und sich zum Kacken vor den Eingang von Edeka hockte. Da er weder Papier noch Tüte bei sich hatte, rollte er den Hundehaufen in einen Schneeball und platzierte ihn mit einem perfekten Wurf im Abfallkübel.

Orhan begrüßte den Stammgast wie immer mit osmanischer Herzlichkeit und fragte, ob er die Feiertage gut überstanden habe. So glimpflich wie Sindbad seine Reise zur Insel der Zyklopen, antwortete John, wollte aber nicht ins Detail gehen. Zum Kaffee bestellte er ein Croissant für Seneca und ein belegtes Brötchen für sich.

»Probier einen von meinen Pfannkuchen. Hab ich schon mal für Silvester gemacht«, sagte Orhan und legte ihm eine Kugel mit Schokoladenguss auf den Teller.

»Du weißt doch, ich esse keinen Kuchen.«

»Sollst ja nur kosten und sagen, ob er gut ist.«

Aus reiner Höflichkeit biss John in den Zuckerguss und verdrehte die Augen. »Da ist Pudding drin. Ich liebe das Gelumpe seit dem Kindergarten.« Der Berliner Türke hielt das sächsische Synonym alles Minderwertigen für ein Gütesiegel und spendierte John noch einen Pfannkuchen.

Wegen chronischer Gewichtsprobleme reichte der Detektiv die angebissene Backprobe an seinen Hund weiter, der sie dankbar verspeiste. Weil Minusgrade Körperfett aufzehren, nahm John vor der Bäckerei Platz und genehmigte sich zum Kaffee die erste Morgenzigarette. Er warf einen Blick in die *Berliner Zeitung*. Im Lokalteil fiel ihm sofort der Artikel über die Verhaftung des Soziologen Max T. ins Auge. Seit gestern saß der wegen verfassungswidriger Äußerungen Vorbestrafte in U-Haft, diesmal war der Grund Anstiftung linksextremer Jugendlicher zu Gewalttaten. In seinen im Internet veröffentlichten Texten über Großstadtkultur, Gentrifizierung und zivilen Ungehorsam seien bestimmte politische Begrifflichkeiten enthalten, mit denen autonome Gruppen untereinander kommunizierten. Zwei Brandstifter, die dabei erwischt worden waren, wie sie Autos im Prenzlauer Berg anzündeten, sollten von dem Soziologen beeinflusst gewesen sein. John blieb das Brötchen im Hals stecken, als er die hanebüchenen Vorwürfe des Staatsschutzes las. Von Todts Sohn, der in einem brennenden Auto tot aufgefunden worden war, stand nichts in dem Artikel. Auch kein Wort über Franciszek Karras' halben Weg zum Himmel und die wundersame Rettung von Maren Graf. Dass die ganze Geschichte vertuscht werden würde, hatte er erwartet. Nicht jedoch, dass Todt als Bauernopfer in einer Staatsaffäre herhalten musste. Übermorgen sollte der Beschuldigte in Karlsruhe von der Bundesanwaltschaft einvernommen werden, hieß es.

John war kalt. Sein Blutkreislauf mühte sich, brachte aber

kaum mehr Wärme auf. Er bedauerte, nichts für seinen Lebensretter tun zu können; sie würden Todt durch die Mühlen der Justiz drehen, bis er wie ein zahnloses Hündchen nicht mehr laut zu bellen wagte.

Er aß den zweiten Pfannkuchen, um sich das Maul zu stopfen. Den Rest des Tages würde er im Büro Telefondienst machen und sich, falls niemand seinen Kater, Vogel oder Hund vermisste, mit der Jahresendabrechnung seines Einkommens verlustieren. Sein Partner war vermutlich über Neujahr wie in jedem Winter auf Sylt, um seine Libido abzukühlen. Johns Sexualleben war seit der Abreise von Hanna Wolff auf Dauerfrost eingestellt. Seneca freute sich insgeheim darüber, wieder die Nummer eins im Alltag seines Herrn zu sein.

18

Am ersten Wochenende des neuen Jahres machte John Klein einen Spaziergang zum Helmholtzplatz. Über die Danziger Straße war er seit Wochen nicht gegangen. Doch er hatte gehört, dass auf der Dunckerstraße ein Raucher-Café eröffnet hatte, bei dem auch Hunde nicht in der Kälte stehen mussten. Vielleicht konnte er dort überwintern und andere Gesichter sehen. Hunde- und Nikotinabhängige waren nach seiner Erfahrung überwiegend freundlich und gesprächig. John mochte Menschen, die sich ohne Notwendigkeit mitteilen. Echte Berliner tun das ungefragt, geben aber leider auch ungefragt ihre Meinung zu Staatsverschuldung, Sozialabbau, Benzinteuerung, Ausländerkriminalität oder Herthas Abstieg zum Besten. Zugezogene halten sich eher bedeckt, trauen den Eingeborenen nicht übern Weg und klären sie höchstens über Klimawandel, bio-aktive Lebensweise und die Schädlichkeit des Rauchens auf. Ein Typ wie Seneca jedoch wirkte selbst bei Verstockten wie Antidepressiva und riss sie manchmal gar zu der Bemerkung hin: »Ist der drollig.« Was so viel hieß wie: »Was für ein hässlicher Hund.«

Als sie die verschneite Straße an der Ecke Senefelder und Raumer überquerten, rutschte ein Auto mit weißer Tarnfarbe hysterisch hupend über die Kreuzung und kam ohne Blechschaden zum Stehen.

»Mensch, Klein!«, tönte es aus dem Audi A4. »Wie jehtet Ihnen?«

John brauchte sich nicht umzudrehen, um die Stimme ihrem Besitzer zuzuordnen. »Tach, Graf. Haben Sie im Lotto gewonnen?«

»Schickes Teil, wat!? Man jönnt sich ja sonst nischt.«

»Kriegt man so was vom Sozialamt als Treueprämie?«

Graf stellte den Motor ab und stieg aus dem Wagen. Den Zündschlüssel mit den Ingolstädter Ringen schwenkte er wie einen Rosenkranz.

»Hab ick mir von meen ersten Jehalt off Raten jekooft«, strahlte Graf übers ganze Gesicht.

»Gratuliere! Darf man fragen, für was für eine Stelle Sie sich qualifiziert haben?«

»Ick bin der neue Hausmeister in die Synagoge Rykestraße.«

Trotz seiner Kreppsohlen verlor John beinahe den Halt unter den Füßen. »Is ja ein dolles Ding!«

»Meen Vorjänger is aus jesundheitlichen Gründen in Ruhestand jejangen. Ick wees nich, wat ihm fehlt.«

»Eine ausreichende Pflegeversicherung«, spekulierte John.

»Jedenfalls hab ick jetzt ne Stelle mit Verantwortung.«

»Und wie geht es Maren?«

»Jut. Ab Herbst jeht se uff de jüdische Grundschule. Und später mal zum Gimnaisum.«

»Ich wusste nicht, dass Ihre Frau Jüdin ist.«

»Ick ooch nich«, gab Graf zu. »Aber off'n Amt hamse jesacht, dass in meene Olle ihr'm Stammbaum jüdische Wurzeln vergraben sind.«

»Da können Sie über Juden keine Witze mehr reißen.«

»Hab ick nie. Wat ick nich leiden kann, sind die Kümmelfresser und Polacken. Israel fand ick immer schon jut wejen dem General mit der Augenklappe. Wie hieß er noch mal?«

»Moshe Dajan. Auch der Rommel vom Sinai genannt.«

»Mensch, Sie kenn sich aus. Muss een Detektiv ja.«

»Dann grüßen Sie Ihre Frau«, beeilte sich John zu sagen, um schnell wegzukommen.

»Mach ick. Morjen wird se aus der Psychatrischen entlassen ... Ach, hätt ick fast verjessen. Wir möchten uns bedanken für ... Wenn ooch nich Sie die Kleene jefunden ham.«

John hob im Gehen die Hand, was so viel heißen konnte wie »Geht in Ordnung« oder »Vergessen Sie's.«

Als er am Helmholtzplatz um die Ecke bog, schwor er, nie mehr zu versprechen, ein vermisstes Kind zu finden. Versprechen nur noch, wenn es sich um Hunde, Katzen oder entlaufene Ehepartner handelte.

* * *

In einem Buch über chinesische Horoskope las er, dass er ein geborener Tiger war, für die das Leben Kampf und Risiko bedeutet bis ins hohe Alter. Eine rumänische Zigeunerin hatte ihm vor Jahren prophezeit, er würde eines unnatürlichen Todes sterben. Weil sie auch zwei Kinder in Aussicht gestellt hatte, machte er sich um sein Schicksal keine allzu großen Sorgen. Außerdem, welcher Tod war schon natürlich, wenn es kein Leben nach dem Tod gab? Sorgen machte ihm, dass Mitte Februar das Jahr des Hasen begann – ein turbulentes Jahr für Tiger, in dem es drunter und drüber gehen sollte, finanziell und gesundheitlich. Im vergangenen Jahr des Tigers hatte sein Horoskop aufblühendes Ansehen, Erfolg und stabile Finanzen in Aussicht gestellt, zudem Glück in der Liebe. Nur hinsichtlich der letzten Vorhersage gab es eine Steigerung von 364 Prozent gegenüber dem Vorjahr, da nämlich hatte er keine Nacht mit einer Frau im Bett verbracht. Hanna Wolff fehlte ihm, obwohl oder weil er nur einmal mit ihr im Bett gewesen war. Seit ihrer erzwungenen Abreise hatte sie sich nicht gemeldet. Ihm kam der Verdacht, dass sie sich vielleicht nur einen bequemen Abgang verschafft hatte.

Als er die E-Mails öffnete und eine Nachricht von Hanna

fand, schlug sein Puls Purzelbaum. Sie schrieb, dass sie heiraten und Hausfrau werden wolle. Es folgten blumige Worte über ihre geplante Hochzeit im Kibbuz Gadot auf dem Golan, John überflog sie und stockte bei dem Namen Karras. Hanna schrieb, er habe den Lungenschuss überlebt und sei nach der Entlassung aus dem Jüdischen Krankenhaus nach Polen abgeschoben worden. Somit sei Johns Idee vom ewigen Golem nicht aus der Luft gegriffen, obwohl sie es anfangs für ein Hirngespinst gehalten habe. Zum Schluss rang sie sich noch ein Kompliment an John als zärtlichen Liebhaber ab, schrieb, sie wolle ihn gern als Freund behalten und lud ihn nach Israel ein zur Bar-Mizwa ihres ungeborenen Sohnes. Das wäre in mehr als vierzehn Jahren, rechnete John nach. Die Frau hatte Humor.

Ansonsten hoffte er, eine Weile nicht mehr mit Menschen zu tun zu haben, die sich für auserwählt hielten und vierundzwanzig Stunden am Tag mit der Frage beschäftigt waren, ob und für wen das gut oder schlecht sei. Zum Glück gab es in Prenzlauer Berg noch andere Volksstämme, die einander nicht mochten, die fremdgingen, Dinge verloren, Ärger mit der Versicherung, dem Ehevertrag oder der Erbschaft hatten. Sie würden die Firma Kurz & Klein am Laufen halten, auch wenn die nächste Eurokrise so sicher war wie der Abstieg von Hertha BSC. Hauptsache, es reichte weiter fürs Hundefutter, den täglichen Kaffee bei Orhan und abends ein, zwei Biere im *Metzer Eck*. Dort würde er wieder öfter Billard spielen, um sich nicht noch einmal zu blamieren.

* * *

In der Nacht brannte wieder eine Luxus-Limousine in Prenzlauer Berg. John war froh, kein Auto mehr zu besitzen, obwohl ihn der Verlust seines Mercedes 320 S noch ab und zu schmerzte. Anfang Februar, als es schien, dass der Winter von sich selbst genug hatte, kaufte er ein gebrauchtes Fahrrrad. Noch am selben Abend wurde es vorm *Metzer Eck* geklaut, trotz eines daumendicken Kettenschlosses für 59 Euro. »Ick liebe dir, Prenzlberg, du preußisches Golgatha«, seufzte der Detektiv und streichelte seinen Hund, der diebstahlsicher war, weil er ihn nirgendwo ankettete, nicht der hübscheste seiner Art, dafür der Klügste seines Namens seit Seneca, dem Philosophen des Glücks. Ohne ihn würde er *vor die Hunde gehen*, mit ihm nie weiter vom Kollwitzplatz weg als nötig. Das Leben war nicht kompliziert, wenn man mit einem Quadratkilometer Auslauf zufrieden war, keinen Gedanken an bessere Zeiten oder zukünftiges Unheil verschwendete, sich keine Illusionen über die Natur der Zweibeiner machte und ihren Hang zu kriminellen Geschichten. Um diesen Ort zu ertragen, zu verstehen und nicht zu verzweifeln, brauchte er einen Hund. Nicht nur, weil eben Kafka meinte, in ihnen stecke alles Wissen der Menschen, die Gesamtheit aller Fragen und Antworten. Auch weil er noch etwas anderes lieben musste als seine Arbeit und das zweifelhaft schöne Vergnügen, am Prenzlauer Berg zu wohnen.

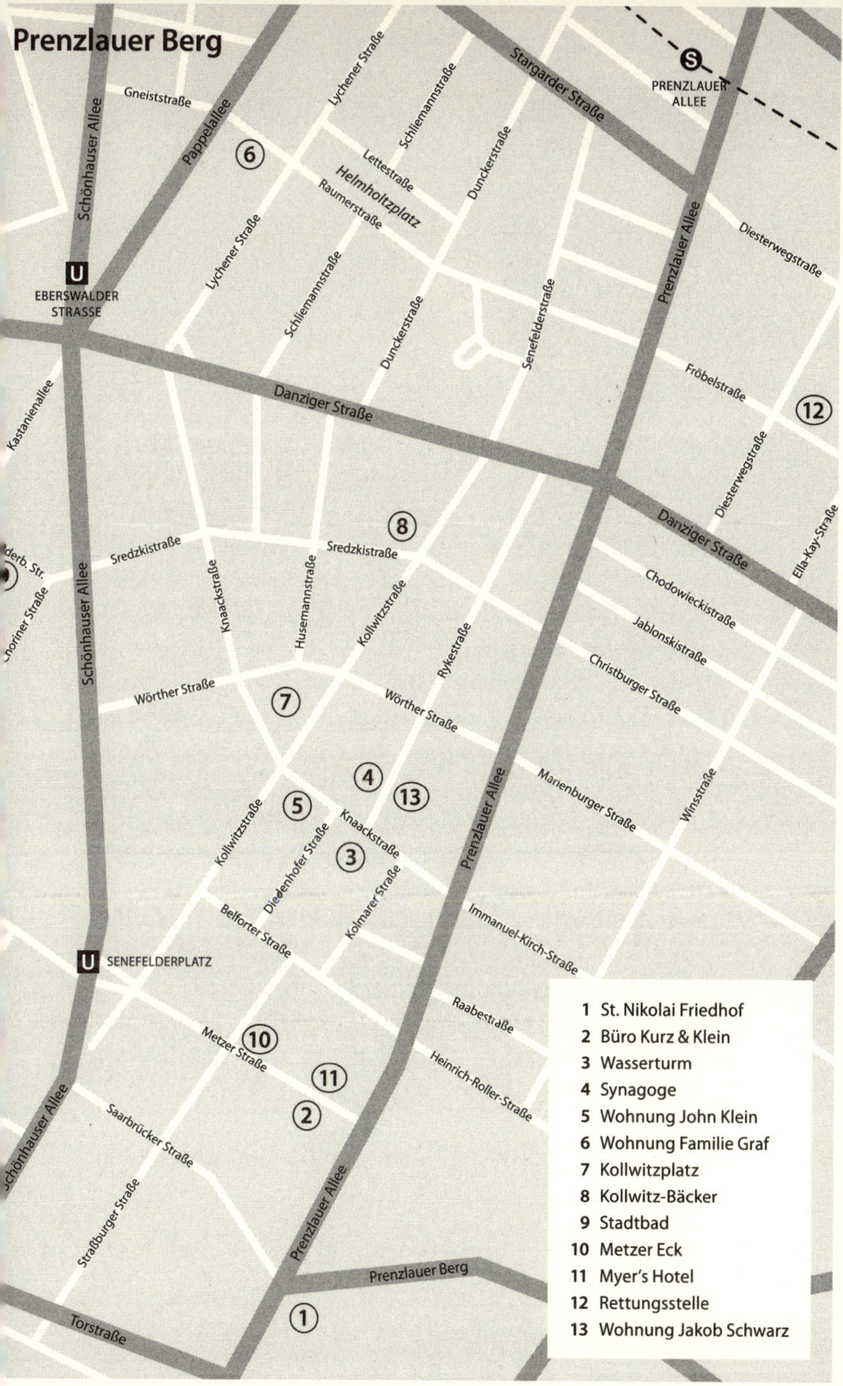
Prenzlauer Berg
Gneiststraße
Schönhauser Allee
Pappelallee
Lychener Straße
Schliemannstraße
Lettestraße
Helmholtzplatz
Raumerstraße
Dunckerstraße
Stargarder Straße
PRENZLAUER ALLEE
Diesterwegstraße
Prenzlauer Allee
EBERSWALDER STRASSE
Senefelderstraße
Fröbelstraße
Danziger Straße
Kastanienallee
Sredzkistraße
Knaackstraße
Husemannstraße
Kollwitzstraße
Rykestraße
Chodowieckistraße
Jablonskistraße
Christburger Straße
Ella-Kay-Straße
Wörther Straße
Marienburger Straße
Winsstraße
Diedenhofer Straße
Kolmarer Straße
Belforter Straße
Immanuel-Kirch-Straße
SENEFELDERPLATZ
Raabestraße
Metzer Straße
Heinrich-Roller-Straße
Saarbrücker Straße
Straßburger Straße
Prenzlauer Berg
Torstraße
1 St. Nikolai Friedhof
2 Büro Kurz & Klein
3 Wasserturm
4 Synagoge
5 Wohnung John Klein
6 Wohnung Familie Graf
7 Kollwitzplatz
8 Kollwitz-Bäcker
9 Stadtbad
10 Metzer Eck
11 Myer's Hotel
12 Rettungsstelle
13 Wohnung Jakob Schwarz

Thomas Knauf, geboren 1951 in Schkopau, ist freier Schriftsteller, Drehbuchautor und Regisseur. Seit 1970 Berliner, arbeitete er am Theater sowie beim DDR-Fernsehen. Von 1981 bis 1990 war er festangestellter Szenarist bei der DEFA, für die er u. a. die Drehbücher zu den preisgekrönten Filmen »Treffen in Travers« von Michael Gwisdek und »Die Architekten« von Peter Kahane schrieb.
Nach der Wende zog Thomas Knauf nach New York, wo er als Fernsehmoderator und Auslandskorrespondent der Wochenzeitung »Freitag« tätig war. Ab Mitte der 1990er Jahre wohnte er abwechselnd in Rio, Paris und Jerusalem und widmete sich als Autor und Regisseur verschiedenen Film- und Fernsehprojekten. Seit über zehn Jahren lebt und arbeitet er inzwischen in Berlin-Prenzlauer Berg.
2011 veröffentlichte Thomas Knauf unter dem Titel »Babelsberg-Storys« den ersten Teil seiner autobiografischen Skizzen; zwei weitere Bände sind in Vorbereitung. Im berlin.krimi.verlag erschienen von ihm 2012 die Kriminalromane »Der Golem vom Prenzlauer Berg« und »Berliner Weiße mit Schuss«.

Besuchen Sie den Autor im Internet: www.tomassonegri.de